Estive lá fora

Ronaldo Correia de Brito

Estive lá fora

Editora Objetiva Ltda.
Rua Cosme Velho, 103
Rio de Janeiro — RJ — Cep: 22241-090
Tel.: (21) 2199-7824 — Fax: (21) 2199-7825
www.objetiva.com.br

Capa
Duat Design

Imagem de capa
© Kamil Vojnar/Trevillion Images

Revisão
Tamara Sender
Joana Milli
Fatima Fadel

Editoração eletrônica
Abreu's System Ltda.

CIP-BRASIL. CATALOGAÇÃO-NA-FONTE
SINDICATO NACIONAL DOS EDITORES DE LIVROS, RJ

B877e

Brito, Ronaldo Correia de
Estive lá fora / Ronaldo Correia de Brito. – Rio de Janeiro: Objetiva, 2012.

294p. ISBN 978-85-7962-154-3

1. Romance brasileiro. I. Título.

12-4816. CDD: 869.93
CDU: 821.134.3(81)-3

para Ritinha Brito e João Leandro, meus pais

1.
Salto no claro

Antes de se atirar nas águas barrentas do rio Capibaribe, Cirilo lembrou as humilhações sofridas de colegas e professores, que não perdoavam sua rebeldia nem seu desprezo por um modelo de ensino corrompido, em meio às sombras da repressão. Por duas vezes escapara de um massacre durante as aulas e quis desistir do confronto. Sentia um absurdo desejo de repetir João Domísio, o tio arrastado pela enchente do rio Jaguaribe, o corpo branco perfurado de balas, irreconhecível nos redemoinhos da correnteza. Não passou pela cabeça de Cirilo a questão se a vida valia a pena, nem foi a ausência de motivos lógicos para viver que o trouxe à ponte em que se debruça. Sua revolta não se filia a nenhuma causa revolucionária como a do irmão Geraldo. Teria abjurado toda verdade proclamada para continuar andando pelos becos infames do Recife, em meio ao lixo e à merda. Os suicidas jogam com a morte uma peleja cheia de malícia e sedução, trabalham estratégias ao longo de anos e o que chamam de impulso é apenas a cartada final.

Homens puxam carroças, indiferentes a Cirilo e ao manguezal sobrevivendo nas margens do rio. Será que o concreto armado substituiu alguma ponte de madeira? Vira-se em busca de trilhos de ferro, imagina se passavam bondinhos por ali. Deseja romper com o cenário em volta, mas não consegue. A memória refaz seus vínculos com o Recife, apega-se covardemente às imagens que afogará no mergulho. Cansou de procurar Geraldo, ausente da família desde que veio morar na cidade. Prometeu à mãe que cuidaria do irmão, vigiaria seus passos. Mas Geraldo sabe aonde vai, ligou-se a um partido político e faz discursos nas praças. Cirilo oscila ao movimento dos ônibus cheios de passageiros, avistados num relance. Exaustos e solitários, eles escurecem igual à tarde em que o sol e a chuva se revezam arbitrariamente.

Entre o impulso do corpo e o salto para baixo, nesse tempo mínimo, Cirilo se despede das coisinhas pequenas, sem significado aparente. Os olhos, doentes de tudo querer ver, enxergam aguapés na correnteza lamacenta e flores semelhantes ao lótus. Sujeira borra as pétalas aquáticas e refaz lembrança de outros rios e flores, num lampejo de gosto pela vida. E se desistir de morrer? As mãos se crispam na balaustrada da ponte entre ilhas do Recife, cidade cujo destino é inundar-se no Atlântico. Ele também irá sumir; encher os pulmões de lama podre e sepultar-se entre algas marinhas que o olhar não alcança. Caso sobreviva ao afogamento, morrerá de pneumonia ou remorso pelo crime de João Domísio, o fantasma cuja história o persegue desde criança.

Sabe que no último instante lançará pedidos de salvação. Sempre se deixou conduzir por um rio invisível, debatendo-se em vez de nadar aprumado como os atletas das piscinas. Enquanto a mão esquerda o afastava do desespero, a direita anotava em cadernos o que lhe parecia necessário dizer, sobrevivendo através desses sinais. Quem garante a um náufrago que seu testamento escrito num pedaço de pano, enfiado numa garrafa e atirado ao mar, será lido? E que importância tem que seja lido ou não, se ao escrever o autor se liberta da apreensão, deixando seu testemunho sobre as ruínas? Centenas de escritos se guardaram por anos debaixo da terra, em túmulos ou edifícios soterrados, à espera de quem os libertasse da mudez. O que está sob a terra é nada. Olhar para cima e encarar a luz é bem mais aprazível que morrer. Pensa nessas coisas, porém nunca lembra quem as escreveu.

O sol do Recife cega. Não menos intenso brilhava numa cidade longe sobre a cabeça da avó, do pai, da mãe e dos irmãos, no dia em que se despediram chorando à porta de casa, a mãe recuada uns passos para que não vissem suas lágrimas. O pai levaria Cirilo à rodoviária, ao ônibus e à promessa ameaçadora do Recife. Altivo, parecia alheio à contração dos dentes do filho, à força com que segurava o choro porque era interditado aos homens da família chorar. Caminhava à frente, como o deus Hermes conduzia as almas ao inferno. Na véspera, Luis Eugênio narrara a história do rei que possuía três filhos homens e cada um deles, ao atingir a idade adulta, pedia licença para deixar a casa paterna. Geraldo, o mais velho, fora embora havia quatro anos, um pouco antes do golpe militar. "Você quer minha bênção com pouco dinheiro ou minha maldição com muito dinheiro?", perguntava o pai da história, e apenas o filho mais novo escolhia a bênção e um caminho espinhoso.

Adianta recompor os cenários que o cercam, se tem certeza de que irá morrer? Importa se nesse lugar onde se equilibra precariamente existiu, no século dezenove, uma ponte de ferro ou de madeira? A concretude da ponte não diminui seu desejo de evadir-se para fora da luz, num salto que ainda não aconteceu. Fugir significa delegar a morte para outro? Quem pulará da ponte no seu lugar? Geraldo não aceita os traçados da família, as árvores genealógicas que a mãe desenrola sobre a mesa após a janta, buscando nos rostos dos filhos sinais que apenas ela reconhece. Qual ponte do Recife Geraldo cruza nesse momento, indiferente às aflições da mãe? Em casa, o pai arrancou da moldura o retrato do filho primogênito, deixando um vazio na parede, uma ausência que nenhuma imaginação preenche.

Depois de chuvas prolongadas, casas e prédios do Recife se intumescem, rebocos largam os tijolos e as pinturas das paredes mostram camadas superpostas de cores: borrões abstratos que nenhum pintor conseguiria imitar. Fedorentas e tristes de tão escuras, as ruas lembram uma cidade bombardeada. Cirilo se desloca de um mastro a ponto de desmoronar e caminha para o outro lado da ponte. Acende um farol imaginário, sinalizando em busca de salvação. Avista a rua larga da Benfica, gradis de ferro, pinhas e capitéis de passado mourisco, azulejos portugueses brilhando no sol que apenas de vez em quando mostra a cara. Poderia subir à torre mais alta do castelo construído por um senhor de engenho, enriquecido no comércio de açúcar pelo sacrifício de escravos. Senhores opulentos e arrogantes, a mesa farta de sabores. Sente um oco no estômago, não comeu quase nada desde o café. Os bolsos vazios de dinheiro, a barriga vazia de alimentos. E se despisse a roupa antes de atirar-se nas águas? Achariam que desejava se banhar no Capibaribe, do mesmo jeito que se banhava no rio Jaguaribe. O morto boiando nu pareceria desvalido, sozinho e despojado do sobrenome Rego Castro que tanto orgulha a mãe. Encontraram o tio João Domísio com todos os sinais da nobreza: jaqueta de veludo, camisa fina com abotoadores de prata, botinas de couro curtido, um anel de ouro com arabescos de flores e ramos entrelaçados. No meio das águas barrentas, o corpo preso aos destroços das margens, morto com três tiros no peito esquerdo. Longe do Recife que ele tanto amou, onde Cirilo desceu de um ônibus empurrado pela vontade do pai, arrastando a mala de sola com poucas roupas e uma caixa de livros. Ansiando por encontrar o irmão, mas sem querer repetir a história do tio assassino.

A ponto de invadir as ruas, águas barrentas cobrem as pilastras de sustentação da ponte e não é possível enxergar os moradores habituais do mangue, os caranguejos de patas sorrateiras, que nas marés baixas escalam paredes como soldados as muralhas de uma fortaleza, para tomá-la de assalto. Formam escadas uns sobre os outros, desmoronam e caem. Os de baixo desistem de sustentar os de cima, abandonam a posição inferior que ocupam na escada de equilibristas e todos retornam à lama. Dizem que a sociedade recifense reproduz o comportamento dos caranguejos: ninguém gosta de ver o outro subir na vida. Cirilo inquieta-se, acende um cigarro, procura saber a hora. Por que a preocupação com o tempo? Escuta a voz de Álvaro, um amigo com quem divide angústias e o quarto de estudante:

— Aproveita o impulso! Ou queres te matar depois de reflexões?

Álvaro cita o que os outros disseram como se fosse próprio. Fragmenta os pensamentos alheios e dessa maneira constrói seu discurso. Argumenta que os bens de cultura são propriedade de todos, estão aí para serem usados, e profetiza que a assinatura irá desaparecer em breve.

Cirilo apalpa no bolso esquerdo da camisa uma carta que Leonardo escrevera para ele quatro anos atrás, quando ainda cursavam o primeiro período de medicina e quase fora linchado durante uma aula de anatomia. Na época, também decidiu se matar e procurou a mesma ponte da Madalena. Possuía um vínculo com a paisagem, os miasmas da lama, o cheiro podre da maré, o oceano um pouco além, colorido pelos barcos pesqueiros do Pina. Morou numa rua próxima à Benfica, dividia apartamento com sete colegas do mesmo lugar onde nascera. No tempo livre, caminhava até a ponte e observava os pescadores arriscando a sorte. Conhecia quase todos. Nunca se interessou pelos nomes, chamando cada um de pescador. Eles pediam cigarro, ofereciam os peixes pequenos, mas Cirilo não aceitava. Temia a poluição da água, a sujeira dos esgotos que envenenava as carnes brancas dos peixes. A mãe convencera o filho de que tinha saúde frágil, olhando-o como um sobrevivente dos nove meses de gravidez. Não podia correr riscos, bastavam os cigarros, mais de um maço por dia. Aprendera a beber e a fumar com Leonardo.

Na rua Paissandu, que desemboca na ponte, alguns palacetes mal-assombrados sobrevivem de pé. Cirilo gastava horas tentando adivinhar estilos na arquitetura eclética. As cidades se constroem com camadas superpostas de fantasias, cada geração se desfaz dos sonhos da anterior, tenta imprimir seu gosto ao presente, provar que está viva e possui vontade. Os resultados, muitas vezes catastróficos, davam ao Recife uma feição disforme, um rosto sem linhas serenas. No início da rua, casas revestidas de azulejos portugueses, com portas e janelas se abrindo diretamente na calçada, foram invadidas por moradores anônimos, gente que desconhecia a história dos casarios e arrancava os azulejos para vender aos colecionadores de antiguidades. Empalhadores, marceneiros e catadores de lixo se perdiam em salões de festa, quartos de portas de cedro e bandeiras entalhadas em motivos florais, salas de jantar com rico assoalho de sucupira, cozinhas onde sobreviviam fogões a lenha e banheiros escuros, escondidos no fundo do quintal entre mangueiras e jaqueiras seculares, como se envergonhasse aos antigos donos tomar banho e cumprir as necessidades do corpo.

Que canções as mulheres cantarolavam na cozinha enquanto faziam o almoço? E para as crianças dormir? Quando o autorizavam a vasculhar as ruínas, descobria no piso da sala de visitas as impressões de um piano, marcas de fogo de uma vela tombada durante a noite e manchas de sangue ou esperma nas paredes dos quartos, revelando que naqueles aposentos as pessoas se amaram e odiaram. Poderia investigar se o primeiro dono do casarão com batentes em pedra de cantaria era um joalheiro judeu ou um comerciante de seda; o motivo das pessoas abandonarem suas antigas moradas e o dinheiro gasto nos projetos frustrados. Porém esse conhecimento não o enriqueceria em imagens romanescas, melhor buscar traços suspeitos e compor o enredo de uma novela policial.

Mais abaixo na rua, ficava a praça Chora Menino, onde brigaram soldados rasos amotinados e camadas pobres da população contra militares legalistas, num tempo em que Pernambuco se ressentia por ter perdido vantagens políticas e econômicas para o Sudeste, onde estabeleceu-se a Corte. Civis e soldados saquearam o Recife, assassinando seus moradores. Nem as crianças foram respeitadas. Os corpos inocentes enterrados no chão da futura praça assombravam a cidade com seu choro. Alguns diziam que o pranto era de outros meninos, lamentando os pais mortos na escaramuça. Outros juravam tratar-se do choro de bebês que as mães abandonavam na roda de um velho orfanato, construído nas imediações.

Nas noites em que perdia o sono, Cirilo sentava num banco da praça e fechava os olhos para escutar o lamento. Se não havia carros passando nem cães latindo, se o vento soprava da rua da Aurora naquela direção, ele também ouvia os gritos de Geraldo atravessando as paredes de uma sala imunda, onde homens encapuzados o torturavam.

Quando procurou uma carta no bolso da camisa, sentiu as batidas aceleradas do coração. A saliva secara na boca e uma forte tontura o deixava sem equilíbrio.

— O que é isso, Leonardo?

— Escrevi pra você.

— Uma carta de amor?

— Não brinque, é sério.

— Eu imagino.

Não costumava colecionar as cartas recebidas, mas guardou essa que o amigo escreveu numa folha de caderno. Leonardo datilografara as sete primeiras linhas e depois escrevera de punho, com sua caligrafia delicada. Era a carta de um jovem aspirante a poeta, que sofria com o massacre de Cirilo. Sem poder fazer nada, ele assistia às lutas diárias como espectador que não compreende nem pratica a violência.

Chegaram juntos para a aula de anatomia, no anfiteatro de cento e cinquenta lugares, cheio com duzentos e setenta e cinco alunos, muitos de pé ou sentados no chão. Amontoavam-se no espaço exíguo, forçados a um calor infernal durante três horas de informações técnicas sobre ossos, músculos e nervos. Cirilo levantou-se e protestou contra o desconforto. Foi vaiado. Jogaram bolas de papel e pedaços de madeira em cima dele. Os colegas não perdoavam seus cabelos grandes, a calça baixa mostrando os pentelhos, a camisa curta, o ar de desprezo pela turma. Ergueram um aluno de corpo franzino e o empurraram sobre Cirilo, que se levantou e acusou-os de rebeldes sem causa. Viviam em plena ditadura, universitários eram presos, torturados e mortos, e eles se comportavam como moleques sem educação. Por que não agiam politicamente ao invés de fazerem baderna? Espantou-se com o discurso tomado de empréstimo ao irmão Geraldo, não costumava falar essas coisas.

Ninguém se defendia das denúncias de Cirilo, intensificando as vaias. Quando ele chamou-os de frouxos e covardes, responderam em coro: "Bicha! Maconheiro! Comunista!" Rapazes e algumas moças cerraram carga no apedrejamento, nos gritos e assobios, vencendo espaços que separavam os campos inimigos. Houve troca de murros e pernadas, mas ninguém sacou punhal ou revólver. Quando o tumulto fugia ao controle, o professor catedrático irrompeu na sala com sua equipe de adjuntos. Lembravam dominicanos inquisidores, cães do regime militar envergando batas longas e sujas. O chefe da tropa mandou Cirilo retirar-se e procurá-lo no dia seguinte. Ameaçou os amotinados com o IV Exército e garantiu que poria todos na cadeia, se não se comportassem bem durante as aulas. A turba fez silêncio e a aula teve início.

Na passagem escura que servia de entrada ao necrotério, onde deixavam os cadáveres para verificação de óbito, Cirilo sentiu-se escorraçado igual a um cachorro. Caminhou sem enxergar nada, o corpo dormente. Os gritos dos colegas que o molestavam haviam cessado ou ele fora acometido de surdez? Virou-se imaginando que Leonardo e Sílvio seguiam atrás dele, porém estava sozinho em meio aos defuntos nos carros funerários, à espera de serem abertos.

No primeiro ano de medicina, os alunos começam a aprendizagem lidando com a morte, uma educação às avessas para quem pretende cuidar de vivos. Lembrou-se do pai, da mãe, dos irmãos e do que eles fantasiavam sobre a universidade e o ensino médico. Quando retornou para casa de cabeça raspada, usando a boina de feltro verde com a palavra medicina, todos o olhavam como se fosse um rapaz de sorte, com o futuro garantido. A mãe confeccionara duas batas brancas com seu nome bordado no bolso e achou estranho que se recusasse a frequentar o hospital, mesmo sabendo que ele apenas passara no vestibular e que ainda não assistira a uma única aula. Surpreendia os olhares orgulhosos dos pais e temia não corresponder aos sacrifícios que os dois fizeram. Os primeiros sintomas de uma ansiedade beirando o pânico surgiram em consequência dessas expectativas, das dúvidas em relação ao curso que escolhera.

No dia anterior, soubera que Geraldo fora preso mais uma vez, porém ninguém o informara em qual delegacia. Lembrou-se da mãe implorando para que ele zelasse pela vida do irmão. Desejou morrer.

Os corredores sombrios por onde Cirilo caminha parecem os de um castelo num filme de terror. Só aos poucos ele consegue distinguir os contornos dos jambeiros, das mangueiras e dos fícus com lianas pendentes dos galhos altos. Passa a cantina, a rampa que dá acesso à biblioteca do primeiro andar, teme que joguem um saco plástico cheio de água em sua cabeça. O trote dura o ano inteiro. Cirilo assistia à maior parte das aulas molhado. Mais corredores pavorosos a atravessar e o medo de novas agressões da turma do segundo ano. No trote, cortaram seu cabelo e enfiaram os pelos dentro da calça. Mandaram que rolasse pela grama do pátio, pintaram seu corpo de vermelho e por último o obrigaram a mergulhar no canal onde corriam os esgotos da universidade. Ninguém o socorreu. Os revoltados apanhavam bem mais. Dentro e fora dos quartéis, os estudantes que pensavam ou se comportavam diferente do rebanho geral eram surrados sem compaixão. Um aluno não suportou o preconceito porque era homossexual e enforcou-se num departamento da escola.

Quando alcançou o pátio que dava acesso à rua, contemplou o sol como frei Caneca no seu último passeio pelas ruas centrais do Recife, a caminho do Forte das Cinco Pontas, onde sofreria pena de morte por ser um rebelde republicano. Cirilo não era filiado a nenhum partido nem possuía causas, enxergava as avenidas abertas e sentia o asfalto sob os pés. A prisão móvel de colegas se desfizera e a parede de professores em que sempre esbarrava, como num pelotão de fuzilamento, ficara para trás. A luz caindo de cima, bruta e quente, tornava o Recife mais nítido. Acendeu um cigarro, despiu a camisa e entregou-se ao sol com o propósito de despertar o corpo, mesmo que fosse pelo tempo de um percurso ligeiro, mesmo que não existisse resposta para suas perguntas. Apanhou um ônibus, desceu a Caxangá, saltou na rua Benfica e caminhou até a ponte da Madalena, a mesma que procuraria quatro anos depois, decidido a se atirar no rio. A voz de João Domísio ordenava: Venha! Pule! Morra! No dia seguinte, sentado na rampa que conduzia ao primeiro andar da faculdade, juntou forças para mais um enfrentamento. Foi quando Leonardo entregou-lhe a carta em que era possível reconhecer influências de Hermann Hesse, um autor alemão com marcas românticas e regionalistas, execrado pelas esquerdas que o acusavam de pieguismo e excesso de psicologia.

2.
Ao som da triste melodia

Cirilo move-se pelo desespero do presente, tateando às cegas, sem uma lanterna na mão que lance luz sobre o futuro — escreveu Álvaro numa carta, sem revelar o autor da citação. Talvez nem lembrasse quem falara isso. Não tinha importância, pois o desespero e a escolha pelo suicídio se assemelhavam no personagem a quem ele se referia e no autor da sentença.

O futuro pertence a Deus, repetia a mãe como uma atriz guiada por um ponto cego, num palco em ruínas. Poderia ser verdade, de tanto proclamar a tradição, embora todos já estivessem cansados desse criador perfeito e absoluto e desejassem assumir a própria criatividade. O futuro pertence a Deus, e a Cirilo apenas as águas barrentas que não cessam de correr, da mesma maneira que ele corria desesperado, num sonho da noite anterior.

No sonho chegava aos portões abertos de um mercado, na cidade onde crescera. Era um começo de manhã e as pessoas faziam compras. Caminhou pelo corredor do lado esquerdo, entre caixotes de madeira abarrotados de cereais. A mãe e Leonardo vigiavam seus passos, os movimentos inseguros do corpo, os longos braços de chimpanzé tocando os joelhos. Virou-se bruscamente, desejando surpreendê-los. Os dois continuaram firmes em seus postos de observação, um de cada lado, sem darem um passo até ele. Atravessou o corredor estreito entre os boxes dos vendedores, indeciso se comprava alguma coisa. Não possuía dinheiro, mas viera ali para fazer compras, participar de uma prova ou maratona. Imaginava um percurso ameno pelo outro corredor do mercado, onde vendedores ofereciam fitas e perfumes, e Leonardo se postara com um apito na boca. E se mudasse de lado? Precisaria retornar ao princípio do sonho, encarar a mãe e em seguida Leonardo, porém sentia muita raiva e temeu descontrolar-se. Quando ia esconder-se atrás de fardos de açúcar, uma mulher gorda passou por ele, numa carreira desproporcional ao seu peso, tentando alcançar um pátio aberto onde expunham e vendiam as carnes do açougue. Sentiu forte queimor no estômago, procurou a bolsa onde carregava os medicamentos alcalinos e os tranquilizantes, mas percebeu que os esquecera em casa. A casa do interior ou a casa dos estudantes, no Recife? Não lembrou em qual delas deixara a bolsa de lona verde do exército, comprada de um ex-soldado. Usava a bolsa proibida aos civis como protesto e rebelião. Parecia com o alforje de couro que o pai jogava sobre a cela do cavalo nos dias em que ia à feira, trazendo-o cheio de biscoitos e balas. Ouviu tiros. Os comerciantes abandonavam seus cubículos e corriam atrás da velha, que se transformara em Cirilo, gordo e suarento, tentando mover-se entre as vacas sangrando no chão de pedras graníticas, abertas ao meio, prontas para serem cortadas e vendidas. Olhou para trás e não viu Leonardo, nem a mãe. Avistou-os um pouco à frente, esperando que ele ultrapassasse o portão que se abria num pátio descoberto.

— Venha! — gritaram.

Mas as pernas não obedeciam, a camisa colava nas costas, os olhos miravam sem nitidez, como as lentes desfocadas de um cinema. A velha gorda tentava livrar-se das carcaças, em meio aos gritos, risos e vaias.

— Corra, Cirilo, corra! — instigavam Leonardo e a mãe.

Ele chegou perto deles, quando os dois poderiam içá-lo por meio de uma corda, numa viga do pátio aberto, a mesma em que penduravam as carnes de bois, vacas e porcos.

— Corra, corra, corra! — gritavam para a velha e Cirilo, indiferentes se os dois representavam a mesma pessoa.

Compreendendo não haver escapatória, que Leonardo e a mãe não estenderiam os braços para deter seu movimento, correu sem pensar na velha gorda. Os gritos aumentavam de intensidade, todos apostavam que ele venceria a prova e alcançaria uma posição bem melhor do que alcançara no vestibular. O único que duvidava do êxito da competição era ele mesmo, correndo e ultrapassando obstáculos até cair dentro da barriga aberta de uma vaca, as costelas formando um grande tonel, as patas para cima.

Acordou. Álvaro dormia na cama em frente à sua, o peito cabeludo e magro sem camisa, a boca aberta expondo carreiras de dentes ameaçadores. Sentia-se paralisado de terror. Leonardo não chegara ainda, certamente dormia no apartamento de Paula. Abriu a porta, saiu do quarto e se pôs a caminhar pelo longo corredor da casa, parecendo o mesmo do sonho ou da faculdade de medicina. Por onde caminhasse, o desespero seria o mesmo. Resolveu acordar Álvaro e relatar o pesadelo. Sabendo que ele não faria mais do que citar vários autores desconhecidos, desistiu. Era o seu método perverso de abalar convicções, de provocar uma nova ordem de pensamentos.

— Você quer se matar, Cirilo? Então, se mate.

— Quando morrer, volto e aperto teu pescoço sujo.

— Não faça isso. Quem vai roncar de noite pra você?

— Ninguém, porque estarei morto e livre de sua voz esganiçada.

— Oh! Que dramático nosso Cirilo. Nem dá pra negar que é um sertanejo dos Inhamuns.

— E você um filósofo desmiolado, que não diz coisa com coisa.

— Ser um intelectual é viver sob o signo do mero intelecto...

— De quem é essa?

— Leia na nota de rodapé.

— Dane-se!

— ... assim como a prostituição é viver sob o signo do mero sexo.

O céu ficou carregado de nuvens escuras, que logo se transformaram em chuva quente. No Recife chove assim, sem prenúncios, mal dando tempo às pessoas de procurar um abrigo. Chove subitamente, da mesma maneira que o sol se põe: enxerga-se uma bola vermelha no poente e já é noite. Um estertor ligeiro, o gozo na ejaculação precoce. Cirilo riu da comparação, sentia a chuva caindo nas costas encurvadas sobre a ponte, o rio lá embaixo confuso, as torrentes de água jorrando pelos bueiros imundos. Nem valia a pena se afogar em tanta sujeira. Como se os suicidas escolhessem: um tiro no ouvido dentro do quarto confortável e a mácula de sangue nos lençóis brancos de algodão; trinta comprimidos de fenobarbital e o vômito no tapete da sala; uma corda no pescoço e a feia sombra projetada na parede.

Sempre gostou de chuva. Basta o tempo mudar em chuvoso para sentir-se feliz. Lá no sertão de onde veio, quando o tempo ficava nublado, dizia-se que estava bonito. Feio era um dia de sol, queimando as lavouras e esquentando as cabeças descobertas. Demorou a acostumar-se com as pessoas que olhavam o sol quente e falavam: que dia bonito!

Os carros passam em velocidade, jogam água das poças em Cirilo. Ele sente calafrios e o desconforto da posição de monge meditando em meio ao barulho, um monge de calça Lee e camisa xadrez. Recebeu da mãe, que ganhou num lote de doações vindas dos Estados Unidos, na campanha *União para o Progresso*. Segundo o irmão Geraldo, os gringos mandavam donativos ao terceiro mundo — como eles descaradamente chamavam o Brasil e os outros países da América do Sul e Central —, cobrando em troca dos mestiços de índios e negros que se comportassem e não fizessem revoluçõezinhas iguais às de Cuba. A mãe também enviou algumas dessas roupas para o irmão mais velho. Ele cuspiu nelas e pisou-as enfurecido. Cirilo aceitou o presente materno, mesmo ficando ridículo em manequins bem maiores do que ele. Não tinha escolha.

As lembranças sombrias destoam da luz atravessando gotículas de chuva, uma poeira dourada tingindo as casas no final de tarde. Como será o Recife que ele deixará de ver? Restarão as enchentes e o cheiro apodrecido de canais e mangues? As pessoas ainda falarão com os esses engordurados, como se tivessem a boca cheia de comida?

Pescadores jogam as redes, mais pela aventura da pesca e de beber cachaça do que pela chance de ganhar algum dinheiro com o ofício. Moram rio abaixo, nas palafitas dos Coelhos, que inundam nas marés altas e nas cheias, lá onde o irmão Geraldo prega a cartilha do partido comunista a homens e mulheres miseráveis.

A fraca iluminação dos postes acentua as sombras das casas, opacas no tom fosco da noite começando. Cirilo deseja caminhar. Agora que enxerga sem nitidez o redemoinho das águas, sente-se menos atraído por elas. Quer bisbilhotar as janelas dos casarões da rua Benfica, imaginar o que as famílias jantam naquela noite. Não tem um tostão no bolso, apenas a carteira de estudante e os passes do ônibus, molhados a essa altura. Se não morrer, terá de virar-se para chegar ao trabalho e em casa.

— Ei, colega!

Escutou quando o chamaram. Os bêbados se tratam assim e Cirilo não se ofende de ser incluído na confraria.

— Faz tempo que não aparece. Esqueceu de nós?

Eram cinco homens: dois negros, um mulato e dois outros de cor indefinida, a pele amarela impregnada de bilirrubina. Nenhum possuía os dentes completos. Mesmo assim eles riam abusadamente, por nada, como se tivessem acabado de ganhar, sozinhos, o maior prêmio da loteria.

— Ou então ficou rico.

— Me mudei pra outro bairro.

— Podia visitar a gente. Continuamos aqui.

— Estou vendo. E os peixes?

O que parece líder ri e escancara a boca com os dentes podres.

— Os peixes? Naquele tempo já não tinha. Agora, tem menos.

Ri mais.

Outro consola:

— Mas a cachaça, essa nunca falta.

— Quer um gole? O colega levou chuva e, se não esquentar o corpo, adoece.

— É verdade.

O que segura a garrafa despeja uma dose generosa numa lata enferrujada.

— Beba, é de primeira.

Cirilo engole a aguardente de um trago e faz careta. Se o tempo não fosse nublado, os colegas perceberiam o quanto ele ficou vermelho.

— É álcool puro.

— Não diga isso, colega, não insulte a gente. Foi misturado.

— Pode confiar que todos são gente boa.

— Pobres, mas decentes.

— Agora eu morro de um jeito ou de outro.

— Nenhum de nós morreu ainda. Vocês morreram? — pergunta ao bando.

Riem e Cirilo também ri. As pessoas passam nos carros, os pneus jogam água e lama sobre o grupo recostado na ponte.

— Tá pensando em morrer?

Cirilo não consegue manter a gravidade olhando os cinco estrupícios saídos de alguma encenação vagabunda, parecendo com o *Sonho de uma noite de verão*. Conhece-os há bastante tempo, mas nunca perguntou o nome de nenhum deles. No teatro shakespeariano, se chamam Marmelo, Pino, Novelo, Flauta, Trombudo e Faminto e são artesãos que inventam de fazer teatro nas horas vagas: um carpinteiro, um marceneiro, um tecelão, um consertador de foles, um funileiro e um alfaiate. Esses aqui, da beira do Capibaribe, são pescadores que nada pescam de valor, biscateiros tapeando a vida com cachaça, vivendo dos trocados que esmolam e de pouca coisa mais.

— Sobrou um nome e uma profissão — diz Cirilo em voz alta.

— Já falei que é tudo pescador — resmunga o chefe, supondo que Cirilo falara com ele.

— Estou disposto a viver essa comédia muito trágica. Posso ser Trombudo, o funileiro.

Dessa vez ninguém comenta nada. Estão acostumados aos solilóquios, a falarem sozinhos quando a embriaguez chega ao ponto.

Que propósito radical sobrevive depois da aparição inusitada? Cirilo sabe onde eles moram, já foi algumas vezes aos seus casebres se abastecer de maconha. Saber onde moram e encontrá-los vez por outra nas pontes não cria nenhum vínculo entre eles. Até o personagem Trombudo, que Cirilo se atribuiu por deboche nessa companhia imaginária de atores, representa o papel de um muro ignóbil, uma parede separando os amantes da peça. Constata que o mesmo abismo concebido por Shakespeare entre os personagens populares e os nobres se manteve através de séculos. Só que no poeta inglês o desprezo pelos miseráveis e ignorantes não assume disfarce, é explícito e cruel. O amigo Álvaro não perdoa a promiscuidade e a contradição das esquerdas. A cada maré alta os ribeirinhos convivem com a merda que boia nas águas e se afundam na mais dura realidade. Mesmo assim alimentam de maconha as alucinações da burguesia esclarecida e dos estudantes universitários que vão às ruas morrer pelas causas sociais.

— O colega vai morrer por quê? Conta pra nós.

— Com certeza foi gaia. Homem querendo morrer é porque levou chifre de mulher.

Põe os dois indicadores das mãos na cabeça e move o pescoço, mugindo como se fosse um boi.

— Antes fosse — diz Cirilo.

— Se não foi gaia, tem jeito.

— Algum serviço? Passe pra mim que eu faço.

É um dos negros quem fala, o franzino de pernas finas.

— Tu não pode nem com o corpo e se oferece pra matar um homem.

Os outros riem com a gozação do chefe, mas o raquítico não se afoba. Para acalmar os nervos, bebe uns tragos na lata. Num lapso de memória, Cirilo escuta a voz nasalada de Álvaro falando que a esquerda festiva se mistura com a ralé como se fizesse parte dela, se expõe a alguns riscos bem vigiados, mas na hora do perigo real tira a bunda da seringa. A direita, essa, é bem mais coerente: mantém-se no mesmo apartheid desde a colonização. Cirilo pede a lata ao magricela, bebe uns bons goles e ri debochado da sociologia política do amigo. Ele fala de riscos como um professor de doenças infecciosas.

— O que são alguns vírus ou bactérias pra quem vai morrer? — pensa em voz alta.

— Não quer falar, não fala — encerra a conversa o chefe Marmelo.

Cirilo sente vontade de perguntar a Marmelo se ele conhece Geraldo. Pode dar alguns sinais. Seu irmão trabalhou um tempo nos Coelhos, numa ação pastoral da Igreja, junto aos pobres. Mas o chefe excedeu-se na cachaça e a pergunta fica para depois. Não sabe quando, pois ainda não desistiu do salto.

— Nem pense em morrer. Com a cachaça que tem no mundo... Quem bebe ela? Me diga!

— É um desperdício. Por isso eu bebo logo a parte que me toca.

Um dos ictéricos despeja no estômago quase meia latinha.

— E a pescaria? — pergunta Cirilo, sentindo-se mais leve.

— Hoje aqui não dá nada. Olha o rio como encheu! Quer descer lá pra baixo?

Aponta as colunas de sustentação da ponte. Quando a maré não sobe, nem o rio bota cheia, eles costumam passar a noite pertinho da água e dos mosquitos, sentados numa laje plana, onde os moradores das casas costumam jogar lixo.

— Uns colegas disseram que na ponte da Torre está melhor. Por lá, pelo menos o mangue se salvou. Garantimos uns caranguejos.

— Vamos pra lá, seu menino?! — convida o chefe.

— Não sei...

— E quem sabe?

— É, vamos!

Cirilo vai. Não tem mesmo nada melhor que fazer.

Seguem pela antiga Passagem da Madalena, onde acontece festa num solar da rua Benfica, o rosa, com telhado de quatro águas, escondido por uma platibanda que protege e ornamenta a fachada. É morada de gente importante, no estilo classicista imperial, com portas e janelas de arco abatido no térreo e balcão no pavimento superior. Avistada de longe, a casa sobressai impecável, mesmo depois da chuva. De lá, vem o barulho alegre de vozes e fogos.

Subindo a Paissandu e atrapalhando o trânsito, um grupo de músicos e brincantes ocupa a metade da rua. Cirilo e os pescadores bêbados acompanham o bloco com orquestra de cordas, madeiras e percussão. Os foliões improvisados, saídos de algum bar nas proximidades, seguem para comemorar o aniversário. Pastoras, pierrôs, colombinas, arlequins e até um homem vestido numa fantasia de urso dançam esquecendo o mormaço, pelo simples motivo do aniversário de alguém. Um bandolinista aparenta mais de oitenta anos. Ao seu lado, um rapazinho toca violão. A cantiga do coro feminino pergunta por blocos famosos de carnavais que deixaram saudade e fala que o Recife adormecia, ficava a sonhar ao som de triste melodia. Desengonçado, Cirilo levanta os braços compridos para o alto e contempla o céu ameaçando mais chuva. As sandálias pesam como chumbo, desequilibrando o corpo bêbado. Os colegas pescadores fazem passos com desenvoltura. Um deles põe a mão no ombro de Cirilo. O cheiro forte de suor e cachaça o incomoda. Há bem pouco tempo, não se importava com a possibilidade de engolir a lama podre do Capibaribe. Mas, agora, um simples mau hálito lhe provoca náusea.

Já não pensa em morrer.

3.
Pecados noturnos

Barrado na festa, Cirilo despediu-se da companhia imaginária de atores, prometendo rever os colegas qualquer hora. Caso se escondesse por trás de uma árvore, daria boas gargalhadas assistindo às trapalhadas dos pescadores. Na sua ausência, Marmelo, Pino, Novelo, Flauta e Faminto esperam mais um tempo na calçada, vendo através das grades o movimento das bandejas. Bêbado não é chegado a comer, mas a trupe esqueceu a data em que forrou o estômago. Todos acham mais seguro aguardar as sobras da festa do que jogar as redes na ponte da Torre. O embotamento do cérebro não apagou a astúcia, ainda sabem que os ricos se incomodam com maltrapilhos sujando o cenário da casa especialmente pintada para o aniversário. Os patrões — como nomeiam os que possuem mais dinheiro do que eles, o que significa a população inteira do Recife — não sentem dor na consciência ao se empanturrarem de comida e bebida, olhando do primeiro andar de suas mansões as palafitas da ilha do Leite, bem ao longe. O incômodo é estético, os pobres criam um fundo realista demais para as sebes bem-aparadas do jardim, os postes de ferro fabricados na Inglaterra e os jarrões de antúrios vermelhos. Marmelo lambe os beiços. Se algum empregado bajulador não esquecer a própria origem e não botar os cães em cima deles, está garantida a refeição.

A comida chega numa vasilha imprestável, jogada sem nenhuma ordem gastronômica: verdura misturada com pirão, ossos no meio do arroz, feijão e farinha em excesso, tudo subtraído das panelas onde cozinham a comida dos empregados, nunca igual à dos patrões. A entrega é realizada às pressas, chamam a companhia imaginária de atores para um canto fora da vista dos convidados, dizem "vão comer longe e não apareçam mais aqui", ou ainda "agradeçam ao patrão que é bondoso", ou mais ainda "se eu enxergar as fuças de vocês nas imediações atiço os cachorros". E os cinco abestalhados, os olhos opacos brilhando diante da visão maravilhosa, se desdobram em agradecimentos e curvaturas do corpo. Após tantos salamaleques, derramam boa parte da gororoba e sujam a calçada impecavelmente varrida e lavada. Ouvem insultos do empregado que veio atendê-los, sussurrados para não chegarem aos ouvidos dos convivas, que passeiam por jardins e terraços fazendo a digestão dos excessos alimentares. Em anos de subserviência o criado conseguiu um perfeito controle do aparelho fonador como poucos atores de teatro alcançam.

Os desastrados seguram a boia com dez mãos, temendo novos desperdícios, e se dirigem a uma praça nos arredores. Quem presencia o desvelo com que transportam a comida lembra o embaraço dos fiéis numa procissão, conduzindo o andor de um santo. Músicos e artistas também eram tratados dessa maneira até bem pouco tempo, comiam na mesa dos criados e entravam nos palácios pela porta de serviço. Felizmente, os pescadores da companhia imaginária nunca ouviram falar num bardo inglês, nem se imaginam atores shakespearianos, isso acontece apenas na cabeça perturbada de Cirilo, que perdeu de vê-los noutro cenário da comédia.

Quando chegam à pracinha ajardinada por um paisagista famoso, reproduzindo uma caatinga em pleno litoral, eles sentam em volta da comida. Indiferentes aos lajedos e cactos, os da trupe enfiam os dedos no repasto e o levam à boca. Catam pedaços de carne, amassam bolinhos de feijão, arroz e farinha, engolem sem mastigar, falam, brigam, grunhem, se engasgam. Comem alheios aos estudos de um médico exilado por causa de suas ideias revolucionárias sobre os nutrientes. Segundo ele, os moradores da zona da mata se alimentam bem pior do que os sertanejos habituados aos legumes, ao leite e à carne, quando chove e a terra produz. Os do mangue do Capibaribe escapam da fome comendo farinha de mandioca e caranguejo.

Impossível imaginar um cenário mais adequado ao banquete. A flora das terras áridas sobrevive por milagre no ambiente litorâneo do Recife, tão cruel e adverso aos de natureza frágil.

— O menino estava chateado — comenta Marmelo, o chefe.

— Continuo achando que foi gaia — um dos pretos fala se acabando de rir e repete com os dois indicadores o sinal de cornos na cabeça.

— E se for? Inventaram mulher pra botar gaia em homem.

— Eu que não levo.

— Leva não!? Conta pra ele, Lourinho.

O Lourinho, um dos amarelos de cabelo fino pela desnutrição e pelo álcool, se engasga de tanto rir.

— E eu sou doido de contar?

— Parem de conversa! Ninguém fala dos outros pelas costas. O colega é gente boa, saiu pra trabalhar — grita o chefe.

— Nem ficou pra boia.

— Comida tem bastante.

— Melhor mesmo ele ter ido. Fica mais pra nós — rebate um dos negros.

O chefe dá um murro em seu peito, que o derruba de costas.

— Se eu tivesse ido embora, também era bom?

— Não falei no chefe.

— Falou do nosso colega. Tá errado. Por castigo, vá arrumar o trocado da Coca-Cola.

Ele se levanta, procura uma esquina onde o movimento de pedestres é bem maior e por isso mais fácil de pedir esmolas. Às costas dele, num muro da Escola Politécnica, caiado de branco, algumas pichações feitas no dia anterior escaparam à vigilância da polícia: "Fora americanos! Abaixo o imperialismo! Viva Cuba!" O companheiro da trupe não sabe ler.

E se soubesse?

* * *

Depois que deixa os pescadores e os brincantes, Cirilo pega um ônibus na praça do Derby e desce na avenida Guararapes. Não pode faltar mais uma vez ao emprego, um curso para estivadores em que é professor. As aulas são ministradas pela televisão e ele esclarece as dúvidas dos alunos, acompanha os exercícios, passa tarefas. A turma de portuários é pequena, homens de várias idades que passam o dia carregando fardos pesados e chegam morrendo de cansaço nas aulas. Tentam aprender em dois semestres o conteúdo de quatro anos da escola regular. No final do intensivo, fazem exame. Se forem aprovados entram para o segundo grau, mesmo sem condições reais de concorrerem às vagas de uma universidade. Cochilam olhando a televisão ou escutam indiferentes os professores falarem de assuntos de pouco interesse para suas vidas. A escola funciona no Sindicato dos Portuários, o terceiro andar de um edifício do bairro do Recife, que olha para os armazéns da alfândega e para os navios ancorados. No quarto piso, um puteiro disfarçado de boate ostenta o nome Yé Yé Drinks. Nos três anos em que se acomodou ao emprego de fome, Cirilo nunca subiu o lance de escadas que leva ao prazeroso céu do andar superior. Esbarra em marinheiros bêbados, falando idiomas incompreensíveis; em mulheres sumariamente vestidas e com excesso de pintura no rosto; em executivos que dão o terceiro expediente nas camas do bordel. De início estranhou a convivência de um sindicato de homens rudes do porto, que sofreu intervenção após o golpe militar de 1964, com as mulheres pouco recomendadas. Pensa escrever sobre essa promiscuidade, mesmo sabendo que não terá coragem de mostrar seu texto a ninguém, muito menos publicá-lo. Convive com intelectuais, poetas, cineastas, escritores, músicos, pintores, simpatizantes da contracultura, hippies e místicos, todos de alguma maneira impregnados pelo discurso da esquerda, do feminismo e da liberdade sexual. Às vezes se imagina habitando o Recife livre de antigamente, aonde chegaram populações de holandeses, franceses, alemães, negros, judeus, católicos e protestantes, que se juntaram aos nativos, falando-se durante muitos anos todas as línguas vivas da Europa e várias da África. Mas duvida se houve mesmo essa Veneza dos trópicos, com as liberdades propaladas nos livros de História. Existem Recifes para todos os discursos conservadores e libertários, para a poesia de um número infinito de poetas. E na festiva esquina do Cinema São Luiz, em meio aos horrores da ditadura, alguns hippies teimam em se comportar como os jovens desgarrados e libertos, que andam sem destino e pedem carona nas estradas da Califórnia. Enxertados às margens do rio Capibaribe, rapazes e moças fabricam colares e pulseirinhas, fumam maconha, tocam violão e zanzam de um lado para outro feito os caranguejos.

O amigo Álvaro desestimula criações literárias com a cena recifense.

— O tema foi esgotado por Carlos Pena Filho. Qualquer verso que você escreva será inferior aos dele.

E declama um poema famoso sobre o bairro onde a cidade teve seu início, e ali convivem os pecados diurnos e noturnos, num clima sereno e equilibrado.

Um colega do apartamento onde morou, antes de se mudar para a Casa do Estudante Universitário, foi o único a frequentar a Yé Yé Drinks, de preços inacessíveis aos bolsos estudantis, o que lhe conferiu o status de barão para o resto da vida. Vangloriava-se de ter escolhido a mulher por fotografia, num *book*. O método prático e original era inédito na cidade. Bem diferente da velha Pensão Mirim, da Pensão Boemi, da Pensão de Júlia Peixe-Boi e da exuberante Pensão Chanteclair, funcionando num edifício de três pavimentos de refinado gosto, com grades de ferro, jarrões, bolas e pequenos pedestais sem ornamentos. Construído num local privilegiado do Cais da Alfândega, o prédio de fachada simétrica, antes de se transformar numa casa de prazeres, funcionou com seis residências de famílias respeitáveis e ricas. As pensões tinham pianistas contratados, um deles com idade de treze anos, tocando valsinhas, polcas e maxixes para clientes seletos, em apresentações que duravam das vinte horas à meia-noite. Arruinado, largando os enfeites das paredes e ameaçando vir abaixo, o edifício Chanteclair agora se emprestava para os hippies e artistas da contracultura fazerem instalações e performances ousadas, que acabavam invariavelmente com a presença da polícia, prisões e brigas.

Geraldo não perdoaria Cirilo, talvez nunca mais o olhasse no rosto, se soubesse que uma única vez ele cedera à tentação de subir os degraus da escada que levava ao quarto andar do prédio do sindicato, para entregar-se a um deleite reprovado na cartilha socialista. Movido por uma compulsão erótica e libido intensa, Cirilo cogitou muitas vezes essa possibilidade, desejou-a mesmo que contrariasse o irmão comunista e o que aprendera na convivência com as mulheres da família. Cada um praticava o feminismo ao seu modo. Geraldo buscava na mulher a companheira revolucionária, capaz para a luta, em tudo igual ao homem. Cirilo conhecia o ideário da contracultura, as reivindicações feministas, mas guiava-se pelo exemplo de Célia Regina administrar a casa e educar os filhos. Por extensão desse olhar sobre a mãe, alcançava a avó, as tias, as irmãs, as vizinhas, as outras mulheres. Quando ainda moravam na fazenda, estranhava que, após os trabalhos no campo, os homens sentassem para conversar, fumar e ouvir rádio. As mulheres lavavam a louça do jantar, arrumavam a casa, finalizavam o fabrico dos queijos, adiantavam o almoço do dia seguinte, punham feijão e milho de molho, debulhavam cereais, torravam amendoim e gergelim, e, quando todos já dormiam, costuravam as roupas dos filhos, de alguns empregados e do próprio marido. De madrugada, a mãe levantava junto com o pai: ele para tirar o leite das vacas e cuidar do gado; ela para servir o café e preparar o almoço. Os filhos também precisavam de cuidados e educação. O pai ajudava, apesar da canseira de sua própria luta, mas todo seu esforço se tornava pequeno, se comparado ao da esposa. Os homens que participavam das tarefas domésticas diziam fazer isso por generosidade, achando-se especiais e merecedores de elogios, enquanto os excessos da lida feminina não passavam de dever. Não havia lei de congresso estabelecendo a divisão de trabalho nas famílias, por isso as mulheres aceitavam passivamente as funções acumuladas ao longo de séculos. Algumas pareciam felizes nesse papel, como se dependessem dele para alcançar a plenitude. Continuavam vivendo e trabalhando, cuidando do marido e dos filhos da mesma maneira que suas bisavós, avós e mães. Célia Regina, apesar do catolicismo empedernido, do ranço de nobreza sertaneja alimentado pelas árvores genealógicas dos Rego Castro, que vez por outra ela desenrolava sobre a mesa da sala de visitas, era uma mulher forte e corajosa, mesmo sem cartilha ou discurso ideológico.

Sem estímulo para o emprego no Sindicato dos Portuários, Cirilo torna-se um professor ao acaso, garantindo a sobrevivência com o salário miserável. Completa a renda modesta dando aulas particulares a meninos ricos, que não gostam de estudar por motivos diferentes dos estivadores. A única chance de um estudante de medicina conseguir dinheiro é ensinar nos colégios. No começo, pensou que não manteria a promessa feita ao pai, de ajudá-lo a educar os irmãos mais novos. Fizera um acordo de receber dinheiro da família apenas seis meses, o tempo de se estabelecer na cidade, ser aprovado no vestibular e descobrir maneiras de ganhar a vida sozinho, o que se revelava bastante difícil de cumprir.

Chegou ao sindicato com bastante atraso. Os alunos tinham ido embora e, na televisão ligada, um professor explicava álgebra para ninguém.

Acomoda-se na última carteira e fuma um cigarro, tentando concentrar-se no que o professor fala. Nunca foi bom aluno de exatas, mas agora as equações lhe parecem simples. Os matemáticos desenvolveram um sistema aritmético avançado, para conseguirem fazer os cálculos algébricos. Com esse sistema, eles aplicaram fórmulas e calcularam soluções para incógnitas. Cirilo sente-se faminto e desamparado, o corpo dói e não relaxa na carteira desconfortável. Deita a cabeça para trás, tenta abstrair-se dos números. A álgebra originou-se na antiga Babilônia e a palavra significa, ao pé da letra, a reunião de partes quebradas: reunião, conexão ou complementação. Fecha os olhos e rememora os acontecimentos do dia: desejava morrer de verdade? Certamente não. Ou sim? Por que está sentado nesse lugar, agora? A maioria dos matemáticos indianos, gregos e chineses do primeiro milênio antes de Cristo normalmente resolvia equações por métodos geométricos. Abre os olhos e observa na tela um brinquedo de amarelinha, os retângulos enfileirados de um a dez, sempre na ordem de um retângulo seguido por dois retângulos, até finalizar num semicírculo que representa o céu. Cirilo conhece a brincadeira pelo nome de macaca e busca sentido para as figuras que se movem. O que a álgebra tem a ver com os pulos dos meninos sobre desenhos riscados com giz no chão? Sempre que um deles faz o percurso completo — vai do retângulo número um até o céu e retorna —, passando por todas as dificuldades sem cometer erros, ele ganha uma casa, um retângulo em que marca o nome: Filipe, Mariana, Francisco, Júlia... O professor transpõe a brincadeira para as equações algébricas, mas Cirilo desistiu de compreender o que lhe ensinam, fecha os olhos e registra apenas os roncos da barriga, a boca amarga, a fome. Continua sozinho na sala, esperando não sabe o quê. Os estudos geométricos dos gregos deram a base para a generalização de fórmulas, indo além da solução de problemas particulares para sistemas gerais, que especificam e resolvem equações. A voz amplificada da TV some e no lugar dela se escuta um adágio de Vivaldi para viola e alaúde. Cirilo lê na tela os créditos da música e acompanha os saltos das crianças, brincando a amarelinha. Ouve o barulho de janelas sendo fechadas e gritos no andar de cima. Não sabe para onde ir, talvez passe na casa de Paula ou durma no sindicato mesmo, se deixarem. As sandálias pesam cem quilos e ele as descalça. O atraso de sua vida são as sandálias, elas não permitem que caminhe com desenvoltura. Levanta-se, imagina o traçado da amarelinha e dá pulos na sala vazia. O barulho dos seus pés contra o assoalho ecoa como golpes de machado no tronco de uma árvore. Salta inúmeras vezes no desenho imaginário, para cima e para baixo. Num derradeiro impulso se joga dentro do céu, mas esbarra no senhor Luís, o secretário do sindicato.

— O que é isso, professor?

— Estava praticando álgebra.

— Desculpe, não entendi.

— Dei uns pulos para estirar as pernas — responde sem jeito.

— E a aula?

— Saí tarde do plantão e não cheguei na hora — mente sem embaraço.

— Os alunos esperaram um bocado.

— Vou compensar amanhã.

— Fale com seu Gilvan, primeiro.

Estende duas folhas de papel, uma branca e outra cor-de-rosa.

A segunda via é uma cópia feita com papel carbono. Cirilo imagina o velho escrevendo aquilo: se esmera para não errar, bate forte nas teclas emperradas de uma máquina antiga, ultrapassada como tudo no sindicato.

— É um ofício do interventor.

Intima Cirilo a se apresentar no dia seguinte, para uma conversa.

O rapaz assina.

Antes de descer as três escadas que levam à rua, desliga a televisão.

* **

O calor e o cheiro de maresia aumentam a náusea e o desconforto da fome. O mar está a alguns metros. Ancorados no porto urbano, os cascos dos navios impedem a visão dos arrecifes. Cirilo caminha a esmo, desorientado pelos sons das boates, as vozes em idiomas incompreensíveis, gritos, fragrâncias de perfume barato. Diz não às mulheres que o abordam, imagina o rosto sombrio de Geraldo vigiando-o de alguma esquina mal-iluminada. Se tivesse dinheiro para transar, comeria um sanduíche e beberia Coca-Cola, mas não tem um centavo no bolso, só os passes que secaram junto à roupa e novamente se molham no suor frio escorrendo pelas coxas e nádegas, umedecendo os pelos, a cueca suja, o pano gasto das calças. Os passes não alimentam e só dão acesso a ônibus superlotados de pessoas sonolentas e famintas como ele. Os navios iluminados convidam para viagens a lugares desconhecidos, onde viver é menos incerto, supõe.

Atravessa o emaranhado de prostitutas, responde aos convites na fala gravada de todos os dias:

— Não tenho dinheiro.

— Não estou a fim.

— É pecado.

— Só faço por amor.

— Você dá de graça?

— Pague um cachorro-quente e uma Coca-Cola que eu vou.

— Sou gostoso, sim.

Desvia para não abalroar as mulheres, são muitas pelas calçadas, de todas as cores, vozes e olhares, elas também precisam sobreviver, mais do que ele, pois até bem pouco tempo pensava em atirar-se no rio. O rio! Atrapalha-se no caminho que percorre há três anos — casa sindicato, sindicato casa —, desvia à esquerda e pisa em bosta na calçada da Madre de Deus, uma igreja barroca com seis altares em branco e ouro, de gosto rococó tardio. Nem mesmo em frente à casa de Nossa Senhora as mulheres de olhos enviesados o deixam em paz. Só agora ele percebe que inconscientemente evitou a ponte Maurício de Nassau, que leva ao bairro de Santo Antônio.

As pontes.

É impossível caminhar pelo Recife sem transpor pontes e ver o rio lá embaixo, seco na noite sem lua, um rio de lama e entulho. Se alguém mergulha no Capibaribe, afunda num atoleiro.

Na cabeça da ponte uma mulher o sustém pelo braço. Ele se compadece e ri.

— Só tenho o passe de volta pra casa — fala, antes de ser convidado.

Ela apalpa o bolso da camisa dele e pede um cigarro. Ele dá, põe um na boca e acende os dois.

— Obrigada, amor. Você é lindo.

— Você acha?

— Acho.

Veste-se igual às outras mulheres, um vestido vermelho apertado e curto, sandálias prateadas de saltos gastos. Usa batom e forte camada de maquiagem, recobrindo o rosto.

— Tá a fim?

— Não posso.

Ele se recosta na amurada da ponte, fuma, olha a mulher com tristeza e deseja Paula.

— Quero tirar sua roupa, benzinho.

— Estou suado e fedendo.

— Gosto de homem assim.

Penteia a barba de Cirilo com os dedos e ele fica a ponto de chorar. Com delicadeza, segura a mão de unhas longas e pintadas, afastando-a de seu rosto.

— Não dá, amor — diz no tom em que ela fala e se põe a caminho.

No trajeto da ponte, se volta duas vezes. A mulher continua parada como se esperasse por ele. Atravessa o cais de Santa Rita, chega à pracinha do Diário, sobe as escadas de madeira do jornal. Reconhece de longe o barulho das máquinas de escrever, o cheiro forte de cigarro e as vozes falando alto. O porteiro nem pede identificação, pois se acostumou a vê-lo por ali. Leonardo faltou ao trabalho naquela noite e somente agora Cirilo se lembra de uma prova na manhã seguinte.

— Ele deve ter ficado em casa, estudando.

Desce as escadarias e segue para o Bar Savoy, na avenida Guararapes. Precisa bater um papo com Álvaro e Sílvio, antes de ir para casa dormir. De conhecido encontra apenas o poema de Carlos Pena Filho, escrito na parede do bar: são trinta copos de chope, são trinta homens sentados, trezentos desejos presos, mais de mil sonhos frustrados.

Caminha para o Bar Central em busca dos amigos, mal suportando a fome e as sandálias pesadas. Faz uma última tentativa antes de ser vencido pelo desejo de ir atrás de Paula. O apartamento fica perto, mas Paula ameaçou trocar a fechadura da porta, desfazendo o triângulo amoroso que mantém com os dois amigos. Cirilo enfia a mão na bolsa e procura a chave inútil. Por que não a jogou no rio? A relação parecia perfeita, os corações impermeáveis ao que chamam vulgarmente de amor. Estudavam juntos, iam ao cinema e ao teatro, faziam sexo quando dava vontade. Se era perfeita, não podia durar. A mãe e o pai de Cirilo tomaram conhecimento do acordo amigável e não o aceitavam. Geraldo também não compreenderia, se soubesse dele.

De longe Cirilo avista a Estação Central, aonde poucos trens chegam e saem, depois que a ferrovia entrou em decadência. No alto do edifício imponente, águias de asas abertas ameaçam voar. Quase tudo é de ferro na estação: as colunas, os postes, as luminárias, a torre da claraboia, o mezanino, num projeto eclético como o de Paula, Leonardo e Cirilo. No bar de vitrola de ficha, homens dançam agarrados e se beijam na boca. Um rapaz convida Cirilo, porém ele o descarta sorrindo. Sem achar um amigo, toma a direção da Boa Vista, disposto a assediar as muralhas de Paula.

4.
A torrente em que nos afogamos

Leonardo faltou ao jornal naquela noite. Trabalhava como copidesque, lendo e editando o que saía publicado na imprensa nacional e internacional. Era um bom datilógrafo, sempre escreveu bem e dessa maneira garantia a sobrevivência. Melhor que dar aulas num telecurso do segundo grau, como Cirilo. Investiu na carreira de professor durante alguns meses, mas não possuía talento para mestre. Tímido, falava baixo e não perdera o ar de abandono adquirido ao sair jovem de casa. Foi morar interno num colégio de padres, onde todas as pessoas se compadeciam dele. Procurava ficar anônimo e se prestava bem ao papel de vítima. Quando morou em São Paulo, antes de mudar-se para o Recife, entregou um de seus poemas a um colega, que o inscreveu num concurso literário da prefeitura. Somente paulistas podiam concorrer e o amigo assumiu a autoria do texto, faturando o primeiro lugar, o dinheiro e a fama. Os compositores de samba do Rio de Janeiro costumavam vender suas músicas por uns trocados. Garantiam a cachaça e o tira-gosto nas noitadas de boemia. Leonardo nem o torresmo assegurou.

Se perdesse o último ônibus, dormiria na casa de Paula, no centro da cidade. O dinheiro nunca sobrou para o luxo de um táxi, mal pagava o cinema e o chope nos finais de semana. Ele e Cirilo faziam parte do reduzido número de alunos que cursavam medicina trabalhando. Uma penúria revelada em algumas notas baixas, num sono permanente, em ansiedade e medo de não dar conta das tarefas. Assumiam poucos estágios e tinham a remota perspectiva de um plantão remunerado a partir do sexto ano. Leonardo pedia dinheiro emprestado a Sílvio e aos colegas da Casa, assinava vales de adiantamento no jornal e nunca saía do vermelho. Nenhum dos amigos economizava algum trocado, todos sofriam uma carência crônica de alimento, amor e sexo. O restaurante universitário não funcionava aos sábados e domingos, obrigando os estudantes a procurar a casa de parentes e socorrer o estômago. Os mais desvalidos e sem familiares na cidade passavam fome.

Na noite em que decidiu faltar ao jornal e não estudar para a prova do dia seguinte, Leonardo convidou Paula para assistirem a um filme de Visconti no cinema de arte Coliseu. Funcionando num bairro longe do centro, a sala era um espaço de resistência cultural frequentada por hippies, artistas e intelectuais — o povo de esquerda. Ninguém ia embora logo depois da projeção, como se todos continuassem presos ao mundo vislumbrado na tela. Agitavam-se pelo hall, compravam chicletes e pipoca, bebiam água mineral, conversavam e recompunham pedaços de cenas, num esforço de fixar imagens e guardar as impressões do que viram.

Depois do filme, o casal jantou macarrão na Cantina Star e seguiu pro apartamento de Paula, na Boa Vista. Ela morava sozinha, recebia uma gorda mesada dos pais e costumava pagar as saídas com Leonardo. Conheceram-se na faculdade e formavam com Cirilo um trio inseparável. No começo da relação, Paula não tinha preferência por nenhum dos dois amigos. Quando entravam para estudar no quarto, o eleito era sempre o mais esperto, o que primeiro sentava na cama de casal. O excluído se retirava discretamente, dormia no sofá da sala e usava tampões de ouvido se desejava um bom sono. Paula fazia sexo com a mesma gula com que devorava as mangas, deixando o caldo da fruta escorrer pelos cantos da boca até lambuzar o corpo.

Nas paredes do apartamento misturavam-se retratos de amigos e da família de Paula, astros de revistas, cantores pop e estampas de santos trazidas de Juazeiro do Norte, repetindo os modos de exposição de casas simples do interior sertanejo. Cirilo se distraía vendo as combinações de imagens: a foto clássica de Marilyn Monroe para a *Playboy* ao lado de uma litogravura do Coração de Jesus coroado de espinhos e dos quatro roqueiros do Led Zeppellin, dois com as camisas abertas mostrando o tórax e as calças apertadas expondo os sexos avantajados. No meio das figuras, Paula colara a fotografia de um casamento, em tom pastel e pouco nítida. Cirilo gastava o tempo procurando adivinhar quem eram as pessoas, algumas reveladas apenas num contorno de cabeça, num bico de sapato insinuando-se entre as pernas de alguém na primeira fila, num braço sem corpo. Nunca compreendeu como Leonardo aceitara aquela exposição da família, o retrato de casamento da irmã mais velha, na fazenda onde nascera. A montagem expunha certo tom de deboche ou talvez fosse apenas um flash da alegria esfuziante de Paula. Depois de incansáveis investigações e contagens, Cirilo chegou ao número trinta e sete de homens, mulheres e crianças. Leonardo jurava que havia bem mais gente nas bodas. Ele aparece na fotografia de calças curtas e não usa paletó. É o mais novo dos onze irmãos, todos com signos astrológicos diferentes, faltando apenas uma casa para completar o zodíaco. Numa noite em que chegou bem tarde em casa, Cirilo viu uma carta de Leonardo ao pai, perguntando pelo signo de um irmão que nascera morto. Era bem comum nele esse tipo de pergunta, motivada por interesse na astrologia e curiosidade em descobrir como se moviam os planetas familiares. Seu signo Capricórnio, lento, emperrado e pessimista, levou-o a sofrer doenças próprias da infância, deixando os pais descrentes de que sobreviveria. Porém o rapazinho de onze anos revela saúde e placidez no rosto. Quieto perante o fotógrafo, chama atenção num detalhe: uma caneta no bolso da camisa sem mangas. Ele ainda não escolhera seu caminho, nem sonhava com uma máquina de datilografia Remington, de teclas duras, em que gastaria as pontas dos dedos, se esmerando em dar forma legível aos textos alheios, numa redação de jornal.

Talvez por causa dessa aparência mansa, fora preso poucos dias depois de chegar ao Recife. Uma garota pobre, assídua no apartamento que ele dividia com seis colegas da cidade onde nascera, ia para a cama com todos os rapazes, exceto com Leonardo. Instruída por uma prima mais velha, empregada doméstica dos estudantes, a garota denunciou-os por estupro. Avisados, os rapazes fugiram de casa. Quando chegou à noite de um cursinho, Leonardo foi algemado por um tio da moça, policial civil da delegacia do bairro. Nunca se revelou quem despachara o mandado de prisão. Era bastante fácil prender uma pessoa no Recife, bastava pertencer a alguma das polícias. Soube-se que a garota desejava extorquir dinheiro de sua vítima, se possível casar com algum dos rapazes supostamente ricos. Leonardo ganhou a loteria porque se encontrava no apartamento quando a polícia baixou por lá.

Um almanaque zodiacal para o signo de Capricórnio, que Leonardo consultava antes de sair de casa, aconselhava o seguinte para aquela data: “Tire o pé do chão! Dia de ser criativo e expressar emoções. Complicado, mas você consegue. Se não aderir à onda de sentimentalismo, vai acabar tendo problemas com o seu amor.” O vício de consultar horóscopo não foi abandonado, embora a sentença enigmática nunca tenha sido decifrada pelos astrólogos.

No dia seguinte à prisão, Cirilo esperava Leonardo para estudarem juntos, como faziam todas as manhãs. O amigo chegou bem mais tarde e entrou no apartamento minúsculo com os olhos vermelhos e uma intensa palidez. Cirilo tentou brincar, mas ele se mantinha de pé, os braços escondidos atrás das costas.

— Adivinhe onde eu passei a noite — perguntou quase chorando.

— Na casa de alguma menina.

— Errou.

— Então na zona do Recife.

— Na delegacia de Casa Amarela.

Estirou os braços, mostrou as mãos inchadas, cheias de hematomas, e caiu no choro. Nenhum dos dois amigos dava um passo à frente, continuavam parados como estátuas, esperando uma força que os movesse em alguma direção. Cirilo envergonhava-se da brincadeira, de nunca adivinhar o sofrimento das pessoas, do seu jeito cínico de encarar a dor. Não se conteve, segurou as mãos de Leonardo e também se pôs a chorar.

— O que foi isso?

— Lembra aquela menina que te falei, a que chamam de Amostra Grátis? Deu bronca.

— Mas você falou que não saía com essa menina.

— Ela prestou queixa de Oscar, quando soube que a família dele tem dinheiro.

— E aí?

— E aí a turma caiu fora.

— Vai, conta...

— Não me disseram nada.

— Sacanagem.

— Cheguei de noite, na maior inocência. Os soldados estavam lá, esperando. Me levaram, me prenderam numa cela, abriram um processo contra mim. Como vou conseguir o atestado negativo de antecedentes criminais, se passar no vestibular?

Sentou-se numa cadeira e voltou a chorar. Cirilo já não sentia compaixão, nem ternura, só pensava nos meios de livrar o amigo da enrascada. Tinha essa nova responsabilidade, além dos cuidados com o irmão Geraldo, embora nunca houvesse feito nada de concreto por ele. Ser preso e processado implicava viver sob suspeita. Sem a folha corrida da polícia — um atestado de boa conduta —, era impossível ingressar na Universidade, concorrer a bolsas de ajuda financeira e morar na Casa do Estudante Universitário. Significava portar um guizo de leproso pendurado no pescoço ou a estrela de judeu bordada na camisa.

— As mãos? — perguntou Cirilo, sem coragem de ouvir a resposta.

— De manhã, eu estava sentado, entrou um faxineiro, me olhou e começou a rir.

Cirilo baixou a cabeça, lembrando os horrores sofridos por Geraldo. Disse uma brincadeira:

— Você parece um anjinho barroco com esses cabelos encaracolados. Dá vontade de rir, mesmo.

A piada sem graça desencadeou mais choro em Leonardo. Andando de um lado para outro, sem imaginação, Cirilo entrou na cozinha e pegou uma garrafa térmica, açúcar, colheres e xícaras.

— Você já tomou café?

— Não.

— Beba um pouco. Mamãe diz que café é remédio pra tudo.

— Obrigado.

Leonardo tentou servir-se, mas não conseguia dobrar os dedos, por conta do edema.

— Deixa que eu ajudo.

Encheu a xícara até a borda. Quando mexia o açúcar, o café transbordou, sujando a toalha branca da mesa. Teve consciência de sua distração, da falta de delicadeza com o amigo, do desleixo em servi-lo. Na hora em que entregava a xícara a Leonardo, pensou no abandono de suas vidas, nos pais distantes, na casa, no irmão desaparecido. Não se conteve e botou pra tremer e chorar.

— Desculpe, não vou mais bancar o durão. Quem fez isso com você, por que motivo?

— Por nada.

Leonardo mal conseguia falar por conta dos soluços.

— O faxineiro perguntou a um soldado se já havia me dado o café da manhã. Ele respondeu que não. Ele fechou a cela e voltou com uma palmatória larga e pesada. Só parou de bater em minhas mãos quando desmaiei.

— Você deixou? Eu não teria deixado.

Cirilo agitou-se, andava pela sala pequena esbarrando nas cadeiras, dando murros nas paredes e na porta. Apanhou a xícara novamente e derramou mais café em cima da mesa.

— Porra, é assim? Um cara entra de gaiato, destrói suas mãos e fica por isso mesmo. Foi pra apanhar que nós escolhemos viver nessa cidade escrota?

A história da família de Cirilo começara num engenho de Pernambuco, há trezentos anos. Envolvidos na Guerra dos Mascates, os Rego Castro fugiram para as terras férteis do vale do rio Jaguaribe, nos Inhamuns. Um tio-avô do oitavo grau, João Domísio, fez comércio e enriqueceu transportando carne jabá, em tropas de burros, do sertão até o Recife. Percorria em sentido contrário a rota de fuga. Talvez sentisse a nostalgia da cana, do cheiro da garapa e do mel cozinhando nos tachos do engenho. Na primeira viagem encantou-se com a cidade, os sinos tocando no alto das torres das igrejas, o rio largo e perene, as pontes e o mar azul. Na terceira ou quarta apaixonou-se por uma moça a quem se apresentou como solteiro, acertando casamento. Longe, a esposa o esperava com os filhos. Voltou triste aos Inhamuns, não encontrando sossego na própria casa, nem saciedade no corpo gasto de Donana. Consumido pela saudade da noiva que deixara longe, resolveu matar a esposa. Inventou aos irmãos dela que estava sendo traído. Eles responderam que agisse de acordo com o código de honra sertanejo. Iriam apurar a intriga e, se ele estivesse mentindo, que se preparasse para a vingança. Numa tarde de inverno em que Donana se banhava num riacho atrás de casa, João Domísio enfiou um punhal em suas costas. Depois fugiu e se escondeu na casa do irmão mais velho, num quarto escuro aonde a luz do sol nunca chegou. Os cunhados vieram à sua procura, dispostos a vingar a irmã. Traziam nas mãos a prova do crime: o punhal ensanguentado. Perguntaram por João Domísio e exigiram que o entregassem a eles. A resposta foi um pedido: que respeitassem as leis da hospitalidade, sobretudo na casa de um irmão; se desejavam matá-lo, que o fizessem noutro lugar, ali, não. Francisca, a filha mais velha de Domísio, partiu em cima dos tios e tomou a faca assassina, arremessando-a bem longe no terreiro. Um vaqueiro de passagem enxergou uma ave prateada, ouviu o tinir do metal contra as pedras do terreiro e depois o silêncio. Ninguém nunca encontrou a faca, em anos de busca. Perderam-se os sinais da morte gravados na lâmina e o rico ouro de seu cabo, na forma de duas serpentes. A história narrada por sucessivas gerações fez do crime de João Domísio um legado dos homens Rego Castro, herança passível de se repetir noutros assassinos potenciais.

Quando caminhava até a ponte, desejando jogar-se nas águas barrentas do rio Capibaribe, Cirilo não tinha clareza se atuava por vontade própria, ou se apenas repetia a sina ruim de João Domísio. Tempo depois do crime, Domísio foi encontrado morto, o corpo perfurado de balas, boiando noutro rio, o Jaguaribe. Peixes haviam comido o seu rosto. As feições depuradas em cromossomas e genes perderam-se para sempre.

— Um primo de meu pai é delegado geral do Recife, mas nunca facilitou nada pra Geraldo. Até esqueço que esse cara existe. Vamos falar com ele e pedir ajuda. Seu crime pelo menos não é político.

— Você acha que faz diferença?

Esperaram horas numa sala estreita cheirando a fumaça de charuto. Molas de arame machucavam o corpo mal-acomodado no sofá com remendos e buracos. Pela divisória de vidro avistavam o primo de corpo moreno e gordo, em que se reconheciam traços dos índios jucás, primeiros habitantes dos Inhamuns, dizimados até só restarem as mulheres, os úteros de gerações sertanejas. O delegado também fizera o caminho de volta ao Recife e se instalara num posto de mando semelhante ao dos seus parentes coronéis. Descendia da Casa Grande do Umbuzeiro, fundada por um padre colonizador — o irmão do infeliz João Domísio — e uma índia de nome Páscoa, os pais de doze machos procriadores. A família herdeira dessa semente ainda reinava absoluta nos Inhamuns e os moradores de suas fazendas sujeitavam-se a trabalhar de graça, dois dias na semana. Cirilo se lembrou de um caso que a mãe costumava narrar para ele, e quis desistir da conversa com o primo. No povoado onde o delegado nascera, um irmão dele obrigou os pais de uma garota a entregá-la à dona de um cabaré para se prostituir, porque soube que ela transara com o noivo antes do casamento. Pela moral sertaneja, qualquer moça que perdia a virgindade e não casava tornava-se uma prostituta.

Um arrepio eriçou os pelos de Cirilo e ele preferiu não relatar suas lembranças ao amigo. Acendeu um cigarro sem pedir permissão, achando que no ambiente impregnado de tabaco um pouco mais de fumaça não faria diferença. Pessoas com a ética e a moral do primo ocupavam os cargos políticos e aplicavam a justiça e a lei. Sentiu-se um bárbaro dos trópicos, porém os livros lhe ensinavam que mesmo em países onde se criou a mais elevada arte e filosofia não conseguiram conter o impulso para o holocausto. E que há pouco mais de vinte anos milhões de homens e mulheres morriam na Europa culta e desenvolvida, em nome de ideologias e discursos de limpeza racial, coisa tão absurda quanto as arbitrariedades dos primos sertanejos. Apesar dos temores, ainda conseguia pensar. Extraía as experiências do passado recente desejando renová-las, mesmo sentindo-se vulnerável à decadência e às ruínas do tempo sombrio no Recife. Teve consciência de que sua geração vinha sendo aniquilada em delegacias semelhantes a esta onde ocupava uma poltrona suja. Porém confiava permanecer vivo, nem que fosse por esperteza ou sorte.

Leonardo vez por outra suspira e olha as mãos. Além da parede de vidro, o representante do coronelismo dá ordens aos berros como se comandasse uma tropa de jagunços nas terras áridas do Nordeste. Os dois rapazes não escutam uma palavra do que ele grita. Talvez ordene a prisão de um inimigo do regime militar.

Para diminuir o tédio nas aulas, Leonardo escrevia poemas e frases em pedaços de papel. Cirilo recebia os textos, lia-os e se achava incompetente para respondê-los: "O transtorno que nos deixa inquietos é consequência de um corte em nossas vidas: a separação da família que amávamos, o afastamento do campo e da natureza, a perda do elo com o sagrado. Temos o quê, de próprio? Quase nada. Talvez apenas o ceticismo."

As respostas aos bilhetes eram sempre pragmáticas, sem imaginação poética: "Somos fracos, mas precisamos sobreviver a todo custo." Tamanho otimismo nem parecia de Cirilo; o tom seguro destoava do seu fascínio pelas águas do rio.

"Você conhece as três virtudes taoistas? Primeiro se alcança a medida, depois, a modéstia. Por último, uns poucos conseguem chegar à bondade. Eu desejo ser bom, mas não quero a normalidade, pois ela é uma traição aos que sofrem. E você?"

Algumas mensagens impressionavam Cirilo, admirado com os conhecimentos do amigo mais velho. Ele nunca escutara falar no Tao, nem lera o livro proibido na China comunista. Sentia dificuldade em responder à altura: "Não tenho seus dons; confio na sorte."

Se a aula não despertava interesse, Leonardo enchia folhas de papel com longas dissertações filosóficas e existenciais, poemas de autores clássicos, tudo escrito numa letra impecável. Cirilo respondia com estocadas leves, frases curtas, quase ilegíveis por conta da caligrafia ruim. Leonardo percebeu que não havia sinceridade no que Cirilo escrevia, que ele era contraditório, fazendo de suas contradições um método de sobrevivência. A camaradagem em meio ao horror fortalecia a amizade e era o motivo de estarem juntos na antessala de um delegado. Os gestos grosseiros do primo, as baforadas incessantes no charuto, sem consideração pelos que sufocavam no cubículo malcheiroso, faziam refletir sobre o deslocamento do coronelismo sertanejo para uma cidade como o Recife, conhecida por suas revoluções libertárias. O primo movimenta-se como se estivesse no alpendre da fazenda, mandando derrubar bois e marcá-los com ferro em brasa. As mesmas estruturas medievais em cenários diferentes.

A porta de vidro se abre e os dois rapazes são intimados a entrar num ambiente mais esfumaçado e sufocante. Lembra os filmes sobre a máfia italiana na sombria Chicago.

Mão peluda estendida pelo primo.

Pedido de desculpas de Leonardo porque não pode corresponder ao cumprimento.

O corpanzil oscila na cadeira giratória sem levantar-se para os visitantes. As mãos arrumam papéis em cima do birô. Os olhos não encaram ninguém, girando para os lados como a cadeira. Os lábios escuros se abrem para baforadas no charuto e várias ordens.

— Falem que estou ouvindo.

Cirilo tenta relaxar um pouco.

— Papai mandou lembranças.

— Obrigado.

Insiste.

— O senhor tem ido aos Inhamuns?

— Muito pouco. Uns cabrinhas agitados como seu irmão não me deixam sossegar.

Morrem as possibilidades de conversa. Os dois amigos espantam-se com o tom agressivo da resposta, não esperaram horas para ouvir aquilo.

— Falem que o meu tempo é pouco.

Os rapazes se olham intimidados. Cirilo decide contar a história, mas o primo o interrompe.

— O rapazinho de cabelo encaracolado andou machucando as mãos?

Leonardo enche os olhos de lágrimas e Cirilo lembra a antiga lei sertaneja: homens não podem chorar.

— Por esse motivo viemos ter uma conversa com o senhor. Papai me disse que, se eu tivesse problemas, batesse na sua porta.

O homem dá uma longa baforada no charuto, recosta-se na cadeira que quase o derruba e se dispõe a ouvir os dois rapazes.

Na fotografia de casamento em que Leonardo aparece de calças curtas, os sapatos maiores que os pés, o contentamento das pessoas sobressai nos rostos, nos corpos relaxados apesar da máquina que se imagina montada num tripé, logo à frente. As irmãs possuem as mesmas fisionomias, o mesmo ar sereno e doce. Vestem-se com recato e sem os sinais da vaidade. Cirilo nunca perguntou se dançaram nessas bodas, nem sobre as iguarias servidas. Apreciava a cozinha farta e refinada da casa de Leonardo e por isso gostava de passar as férias com ele. Lembra-se dessas alegrias enquanto se alterna com o amigo, narrando os tristes acontecimentos que os levaram a pedir socorro.

— Socorro? Você come a garota e vem me pedir socorro!

— Eu nunca toquei nela, juro ao senhor.

— Conversa! Pra cima de mim?

— Estou falando a verdade.

— Nunca sentou um bandido nessa cadeira que não estivesse falando a verdade.

— Me ajude a retirar a queixa. Se abrirem um processo, não me matriculo na faculdade.

— Por que não pensou nisso antes de fazer a besteira?

— Que besteira?

— Ah! A besteira gostosa. Ou não é boa?

— O que eu faço pra convencer o senhor?

— Nada, meu amigo. Não existe homem santo, a menos que seja veado. É o seu caso?

— Não.

Leonardo sentia-se duplamente massacrado. Até achava a surra na outra delegacia menos humilhante. Procurou socorro em Cirilo, mas viu-o tão atordoado quanto ele. Uma vez fizeram uma viagem a cavalo, na mata que ladeava a propriedade da família de Leonardo. Escureceu cedo e os dois se perderam. Galopavam e sempre retornavam ao mesmo ponto sem saída. Tinham fumado maconha e os medos e fantasias se transformaram em alucinações. Cirilo achou que nunca mais encontrariam o caminho de volta. Morreriam de fome e sede ou devorados pelas onças da floresta. A menos que fossem encontrados pelos caçadores de veados-catingueiros, gente sem complacência pelos cervos em extinção. Os machos disparavam correndo no meio da mata, enganchando as galhadas da cabeça nos arbustos e espinhos. Uma judiação o que faziam com os animais de má fama, viris e polígamos, de carne saborosa. Os caçadores preparavam armadilhas, escondiam-se em esperas e atiravam com seus rifles e espingardas. Indefesos, os bichos quase nunca conseguiam fugir.

— O primo não pode fazer nada pela gente?

Cirilo teve ânsias de vômito quando pronunciou o substantivo primo.

— Foram os dois que foderam a putinha?

— Ninguém fez nada, já dissemos ao senhor. Por isso estamos aqui. Falo a gente porque Leonardo é meu amigo.

— Cuidado com quem anda. Seu irmão envolveu-se com os comunistas e está enrascado. Luis Eugênio não botou rédeas em vocês. Acha que criar filhos é deixar eles soltos no mundo.

A partir dessa fala Cirilo e Leonardo não escutaram mais nenhuma palavra. O delegado poderia berrar à vontade. O cerume natural dos ouvidos — aquele amarelo e amargo — formara uma rolha espessa barrando a entrada de sons alienígenas.

Cirilo ainda submeteu-se a um nojento aperto de mãos. Invejou Leonardo, que não podia corresponder à cordialidade mentirosa, limitando-se a balançar a cabeça.

Desceram as escadas do prédio decadente e saíram no cais da rua da Aurora, onde o poeta Manuel Bandeira ia pescar escondido nos tempos de menino. O sol alegre pegou-os de cheio, um sol forte, suador e queimante. Andaram sem direção, ofendidos e silenciosos, num pacto sem assinatura de não chorar. As calças jeans de ambos ameaçavam rasgar nas nádegas, de tão gastas. Eram dois estudantes pobres do interior, deslumbrados com o rio cheirando a esgoto, comovidos com a absoluta falta de perspectivas, dispostos a descobrir a poesia da cidade. Empanturravam-se de livros, cinema e música. Viam o que era possível ver e liam tudo o que estava ao alcance. Leonardo avistou uma cédula perdida, um dinheiro valioso. Pediu a Cirilo que o apanhasse, pois suas mãos continuavam inúteis.

— Tomamos um sorvete e dividimos o resto.

— É seu, foi você quem viu.

— Foi você quem apanhou na calçada. Eu não tenho mãos.

Riram. Cirilo pôs o braço sobre os ombros de Leonardo e atraiu-o para junto do seu corpo. Vistos de longe, na luz ofuscante do sol, pareciam bem magros. Dois rapazes caminhando pela rua da Aurora, em busca de uma sorveteria.

— Viu a peça dirigida por Hermilo Borba Filho?

— *Santa Joana dos matadouros?*

— Ela mesma.

— Acho que Brecht contradiz você, Leonardo, quando afirma que, ao morrermos, será mais importante ter deixado um mundo melhor atrás de nós do que termos sido bons.

Os rapazes cultos, apesar da juventude e da pobreza, nunca haviam lido o poema de Brecht sobre homens que vivem tempos sombrios. Se o tivessem lido e memorizado, poderiam subir na amurada que ladeia o rio e declamar em voz alta os versos do poeta de biografia suja. Quem transitasse pela rua de velhos casarios, alheio ao sofrimento deles, estranharia o teatro improvisado.

Talvez não.

A dor é mercadoria comum nas esquinas do Recife.

— Vocês que emergirão da torrente em que nos afogamos, lembrem-se, ao falar de nossa fraqueza, do tempo sombrio a que escaparam.

— Ai, nós que queríamos preparar o terreno para a bondade não podíamos ser bons.

— Lembrem-se de nós com indulgência.

Leonardo foi quem primeiro avistou a sorveteria.

5.
Entrarei no altar de Deus

Num retrato de família tirado meses antes de Geraldo viajar ao Recife, ele posa elegante na roupa larga para o corpo comprido e magro. Alguns pelos se mostram na abertura da camisa e o pomo de adão salienta a masculinidade viril. Com ar sereno e um sorriso levemente irônico, o rosto ainda não se cobre da barba que mais tarde começaria a usar. Cirilo, quatro anos mais jovem, enlaça a mãe e ocupa na fotografia o lugar que sempre lhe coube na família: o de amparo materno. Não possui a auréola guerreira do irmão, mas os olhos sobressaem pelo brilho e inteligência. O instantâneo mostra o pai Luis Eugênio com a face encovada, parecendo mais velho do que era na época, talvez porque muito jovem ficou sem os dentes. A prótese colocada depois nunca o ajudou a recuperar a musculatura facial estragada pelo desuso. Célia Regina, a mãe, não conseguia sustentar o sorriso nas fotografias de grupo, demoradas e enfadonhas por conta dos muitos preparativos. O desenho dos lábios lembra o da Mona Lisa e ela sobressai entre o marido e os filhos pelo esmero com que se arrumou. Usa um vestido de cambraia, cinto largo na cintura e saltos altos. Os sapatos disfarçam a estatura baixa e reforçam o princípio que ela ensinava às filhas: uma mulher, em qualquer situação, deve estar bem-calçada, mesmo dentro de casa, cozinhando ou varrendo quartos. Cinco meninas de diferentes idades calçam sapatos e meias, usam saias armadas, laços de fita nos cabelos, pulseiras e colares discretos. São as irmãs mais novas. O caçula não aparece na fotografia porque nasceu bem depois, quando Geraldo, vinte e um anos mais velho do que ele, já morava no Recife.

O pai tutelava as escolhas profissionais dos filhos. Desde menino Geraldo foi pressionado a ingressar nas forças armadas, a seguir carreira militar, chegando, se possível, ao posto de general. Foram tantos os argumentos e chantagens de Luis Eugênio que o rapaz submeteu-se a trinta dias de caserna, raspou o cabelo no estilo soldado, adoeceu gravemente de asma sem nunca antes haver cansado, até que o dispensaram com uma carteira de reservista de terceira categoria, por excesso de contingente. Célia Regina, cujo avô coronel havia comprado a patente, não sentia encantamento pelos galões militares. Sonhava ter um filho padre, mas logo cedo Geraldo frustrou-a, pois vivia cheio de namoradas e não manifestou vocação religiosa nem mesmo para assistir a missas aos domingos ou rezar o terço em família, seguindo a recomendação do papa Pio XII. Percebendo que semeava a fé em solo infértil, Célia Regina investiu no filho Cirilo, mais dócil e submisso, forçando-o a tomar lições de catecismo e latim, a ser coroinha na capela de um abrigo para velhas, o que implicava sair de casa às seis horas da manhã, antes mesmo de tomar o café e ir ao colégio. Como se não bastasse a pesada carga religiosa imposta ao filho, convidou para seu padrinho de crisma o clérigo a quem ele ajudava nas missas, sacerdote de carreira, mais tarde promovido a monsenhor. A manobra seguinte da mãe foi orientar a criança a solicitar ao padrinho uma bolsa de estudos no colégio diocesano, o que o deixaria preso por laços indissolúveis à Igreja católica.

No abrigo moravam cerca de quarenta mulheres idosas, a maioria inválida por doenças neurológicas e reumáticas, vivendo graças à caridade das freiras e de algumas instituições filantrópicas. Alojadas em quartos ou enfermarias, algumas assistiam à missa sentadas em cadeiras de rodas, precariamente instaladas numa câmara lateral à capela. A atividade do coroinha consistia em acender as velas do altar, conferir se todos os acessórios da liturgia estavam nos seus devidos lugares, ajudar o padre a paramentar-se, acompanhá-lo durante a missa e nas saídas e entradas da cerimônia. Cirilo sentia enorme dificuldade em movimentar o missal e o porta-missal de um lado para o outro do altar, por conta do peso do bronze, e sempre que se ajoelhava durante esses traslados temia não conseguir levantar-se, ou cair com a carga preciosa. Quando se queixava à mãe do esforço excessivo, ela respondia que se tratava de um ofício sagrado e que o filho precisava se aprimorar nele, alcançando a perfeição ritual. Não dizia nada ao pai temendo uma crise familiar. Luis Eugênio se proclamava um ateu confesso, inimigo da Igreja, para quem todos os padres não passavam de embusteiros, homens de saia, pois nesse tempo ainda vestiam batinas largas, semelhantes às roupas das mulheres. Cirilo resignou-se ao fardo imposto pela mãe e aprimorou o quanto pôde o seu latim canhestro. Gostava dos cantos litúrgicos, das celebrações da Semana Santa, de balançar o turíbulo cheio de brasas vermelhas e sentir o aroma do incenso. Sua maior tortura se dava quando o padre distribuía a comunhão segurando o cálice com as hóstias consagradas, enquanto ele sustinha a patena debaixo dos queixos fiéis, para que não se perdesse um único fragmento do corpo de Jesus. Algumas velhas o assustavam tanto quanto as pinturas de Brueghel, com seus olhos esbugalhados, verrugas gigantes na face e orelhas enormes. Quando o padre segurava a hóstia anunciando o Corpo de Cristo, elas abriam bocas descomunais, estiravam as línguas grossas e compridas, ameaçando engoli-lo como o peixe monstruoso que engoliu Jonas. O próprio celebrante esquecia as funções piedosas de que fora investido e não disfarçava o seu asco. Com pontaria arremessava a hóstia na cratera aberta à sua frente, cuidando em não contaminar as pontas dos dedos na saliva viscosa. O menino de olhos arregalados recuava o corpo, segurando a patena com mão trêmula. Sabia que ao final do périplo de comunhões ela estaria cheia de farelos de Cristo, misturados a saliva e catarro. O futuro monsenhor deixava crescer a unha do indicador direito para com ela afastar os sobejos caídos na patena, que por dogma tinham de ser recolhidos no cálice da consagração e degustados com vinho e água, no final de cada missa. Se não procedesse dessa maneira, profanaria a carne de Jesus, incorrendo em pecado mortal.

Obrigado a sair de casa toda madrugada e a caminhar até o abrigo de velhas no clima úmido e frio da cidade, Cirilo adquiriu uma doença respiratória diagnosticada com o nome de sinusite crônica renitente em consequência a rinofaringite. Alérgico ao incenso e ao pólen das flores do altar, ele espirrava durante a liturgia, atrapalhando mais do que ajudando, e por isso foi dispensado do ofício religioso, depois de três anos de sofrimentos e provas. Nesse tempo, aprimorou o latim e tornou-se um conhecedor do ritual da missa, de indumentárias e paramentos. De início, a mãe pensou que as freiras não haviam perdoado o filho por deixar cair uma brasa do turíbulo num dos tapetes usados nas festas solenes. Cirilo costumava se distrair com coisas pequenas e esquecer o que estava fazendo. Só alertou para o princípio de incêndio quando todos na capela sentiam o cheiro de lã queimada. O que o monsenhor revelou à mãe e ela a Cirilo, sobre sua dispensa da função de coroinha, tinha a ver com um problema de saúde. Nas primeiras horas do dia, Cirilo demorava a articular corretamente as palavras e a voz saía engrolada, tornando-se a falha mais evidente no latim. O padre anunciava o *Entrarei no altar de Deus*, no princípio da missa, esperando uma resposta precisa do seu coroinha. O que saía da boca do menino, no lugar de *Ao Deus que alegra a minha juventude,* era uma algaravia incompreensível e extravagante, parecendo um latim inventado por Satanás. Achando que a fala confusa ludibriava os fiéis, da mesma maneira que Deus confundia os idiomas na boca dos ímpios, temendo incorrer em heresia e ser reprimido pelo bispo, o padre solicitou o afastamento do seu afilhado de língua trôpega.

Luis Eugênio sabia por experiência própria que trabalho de menino é pouco, mas quem o desperdiça é louco, pois começara a ser levado à roça pelo pai desde os cinco anos. Ao tomar conhecimento de que o menino fora dispensado das funções litúrgicas, que lhe garantiam uma bolsa de estudos diocesana, depressa arranjou uma nova ocupação para o filho: responsabilizou-o pela feira semanal e pelas compras diárias de mercado e açougue, numa época em que a geladeira era um luxo para poucos milionários. Temeroso de que a mãe maquinava uma nova armadilha, que o empurraria de volta aos braços da Igreja, Cirilo comemorou a troca de ofício, achando vantajoso tornar-se o intendente da casa. Para garantir-se no posto, ele assumiu além das compras no comércio ser o emissário dos recados da mãe e acompanhá-la nas visitas aos parentes. Esforçava-se na eficiência, corria em vez de caminhar quando o mandavam em alguma missão, ajudava as irmãs nas tarefas escolares e ainda conseguia manter-se em primeiro lugar no colégio.

Geraldo frustrou o pai no projeto de ter um general na família, mas Luis Eugênio nunca desistiu do sonho acalentado desde que o convocaram com dezenove anos para lutar na Europa. Não viajou à Itália porque as forças aliadas chegaram antes dele, acabando a Segunda Guerra. Os tios comentavam à boca pequena que ele morria de medo de segurar um fuzil e casou-se às pressas para ser dispensado. Luis disparou a carga de sua infantaria no filho mais velho, sem jamais conseguir alvejá-lo. E se Geraldo se candidatasse ao Instituto Tecnológico da Aeronáutica, a elite da engenharia brasileira? A obsessão por trabalho, estudo e sucesso movia as roldanas da casa Rego Castro, impulsionava marido e mulher desde que habitavam a fazenda nos Inhamuns e resolveram deixar a lavoura e a pecuária para trás, como coisa superada e sem perspectiva de futuro.

— O progresso está nas cidades, o campo esgotou-se e morreu — proclamava Luis para os vizinhos fazendeiros, gente que sacrificava a vida por cabras e pés de milho.

— E quem vai alimentar os da cidade? — desafiavam.

— A lavoura mecanizada — respondia com convicção.

E a conversa terminava por aí, Luis assumindo ares de profeta, a face transtornada. Quem duvidava de um homem que aprendera a ler sozinho nos livros da esposa, que trouxera o primeiro rádio para os Inhamuns e ouvia as notícias do Brasil e do planeta?

Ninguém.

Mal completara vinte anos, ele assumira com a jovem Célia Regina o comando de uma fazenda com alguns milhares de hectares, na maioria terra infértil, no final da Segunda Guerra, quando em todo o mundo o campo começava a se esvaziar e as cidades recebiam grandes contingentes de migrantes, sem projetos de urbanização e saneamento, dando início aos aglomerados urbanos, às vilas e favelas.

Célia ficou órfã aos nove anos. Na manhã em que avistou o pai pela última vez, ele despediu-se da esposa, beijou o caçula de apenas cinco meses, sorriu para o rebanho de filhos pequenos e partiu a cavalo. Não chegou para o almoço, nem mandou recado justificando a ausência. Uma ave agourenta cantava no galho mais alto do ipê e foi bastante para a esposa ter certeza de desgraça.

Encontraram Francisco estendido de bruços, a faca inseparável na mão direita e, entre os dedos da mão esquerda, as águas barrentas de um riacho escorrendo. Morrera nunca se soube de quê, com apenas quarenta e dois anos, no vigor da idade, quando ainda poderia aumentar sua prole já bastante numerosa. O médico atestou um infarto, mas também poderia ser um acidente vascular cerebral, o que dava no mesmo.

Deixou a esposa com onze filhos pequenos, uma propriedade que carecia ser bem-administrada, coisa para a qual a jovem viúva não revelou nenhum talento. O engenho decaiu, os rebanhos de gado minguaram, as lavouras se cobriram de mato. Para continuar estudando na cidade, Célia foi entregue à avó materna e a uma tia viúva com dois filhos homens e alguns parentes agregados. A menina compensava o seu pouco comer lavando e passando roupa, cozinhando e arrumando a casa. Não havia maldade nem exploração ao lhe delegarem esses afazeres, mas uma hierarquia de tarefas domésticas em que não era possível excluir o trabalho das crianças. A pobreza dos que nasceram com sobrenomes ilustres e conheceram tempos melhores é bem mais difícil de suportar. Célia lembrava uma Cinderela correndo de um lado para outro, levando o chá da avó, o café da tia solteira, passando a camisa dos primos, mexendo as panelas e estudando sempre que possível, em todos os minutos livres, garantido as melhores notas no colégio, até alcançar um diploma de professora. Essa biografia de esforço e sofrimento era narrada e repetida aos filhos, todos os dias. Célia se empenhou em reproduzir na família a mesma disciplina rígida que se impôs e a mesma obsessão pela escola. Declarou ao marido que se ela fora capaz de exigir tanto de si própria, em condições bem menos favoráveis, tinha motivos de sobra para cobrar um bom desempenho dos filhos, que não sofriam privações semelhantes às que ela sofrera.

Duas qualidades de Célia Regina sobressaíam acima das outras: a generosidade e o compadecimento pela dor alheia. Sua casa nunca fechou as portas aos que entravam nela com fome. Célia deixava os seus pobres sentarem à mesa durante as refeições e dava sacos de legumes para comerem com os filhos necessitados. Geraldo observou que o pai enchia a despensa da casa e a mãe esvaziava.

Nos intervalos dos afazeres domésticos e do trabalho nas escolas, ela atendia pessoas com as mais variadas queixas e sofrimentos. Algumas precisavam de ajuda financeira, outras queriam apenas ser ouvidas e muitas necessitavam que ela escrevesse cartas a parentes distantes. Quando tinha provas e tarefas para corrigir, Cirilo assumia o lugar de escriba. Ele se habituara a ver a mãe nesse ofício antigo, bem comum entre o povo hebreu. O método consistia em sentar-se num birô, munido de papel e caneta, enquanto o suplicante sentava no outro lado, iniciando a narração do que deveria ser escrito. As salas da casa ocupavam um vão único e extenso, que unia o jardim à cozinha. Os moradores e as visitas iam e vinham por esse espaço aberto, indiferentes às sessões de fala e escuta, que aconteciam sem pudor nem constrangimento. Depois de ouvir os detalhes da narrativa, Cirilo perguntava o que era necessário registrar no papel. Se os relatos versavam sobre morte ou separação dolorosa, vinham sempre acompanhados de choro. O jovem escrivão esperava um tempo até que o pranto cessasse e o infeliz conseguisse falar novamente. Algumas vezes o narrador se exaltava, dava gritos e fazia ameaças à pessoa para quem a carta se dirigia. Noutras, suplicava ajuda, evocava passagens felizes da vida em comum e conceitos de honra. Todas as cartas terminavam com bênçãos ou maldições ao destinatário.

Os dramas se desenrolavam em meio às crianças se arrumando para a aula de inglês, o padeiro entregando o pão, o leiteiro o leite, as empregadas procurando saber o cardápio da janta, as meninas pequenas disputando bonecas, um pedreiro atrás de descobrir onde pingava a goteira, o liquidificador ligado na cozinha, o carro de som anunciando filmes, o primo trazendo a gaiola com um canário-da-terra para Luis Eugênio.

— Posso ler agora? Só um trecho, está bem?

— Leia.

— E se não fosse mamãe que nos ajuda, nós estaríamos passando necessidade, sem um teto pra ficar debaixo. E tudo por sua culpa, que inventou de ir pra São Paulo, dizendo que mandava buscar a gente com três meses e já vai à conta de um ano e nem notícia. Até parece que esqueceu a mulher e os filhos, arranjou outra família por aí. Mas Deus enxerga nossa amargura e não vai dar sossego ao resto dos seus dias.

Cirilo esperava com paciência a assimilação da linguagem escrita.

— Ficou bom desse jeito?

— Ficou, mas ainda acho pouco pra esse cabra safado.

E chora, enquanto o homem que conserta as goteiras joga telhas quebradas num terraço próximo, aumentando o barulho infernal.

* * *

— Diga pra ele mandar o dinheiro, que nós vamos embora de qualquer jeito.

Célia Regina larga as costuras na máquina e vem ler a carta.

— Você já escreve melhor do que eu, Cirilo, usa a crase no lugar correto. Só precisa melhorar a caligrafia.

Cirilo se cala, não reclama pelo tempo perdido, pois nunca tem coragem de contrariar a mãe.

— Leia mais um pouquinho... só o final.

— Otacílio, se compadeça de nosso sofrimento e mande o dinheiro das passagens, nem que seja de caminhão. Pense nos seus filhos, pois eles não pediram para nascer. Mande buscar a gente logo, antes que comece o inverno e as estradas piorem. Me despeço por aqui mesmo. Os meninos pedem a bênção e eu lhe desejo boa sorte. Sem mais para o momento: Francisca Amara da Silva.

As empregadas cantam na cozinha e o canário, mal chegou, já afina a garganta.

6.
Corpos elétricos

Cirilo gostava de tocar a campainha do apartamento desarrumado de Paula, de imaginá-la no outro lado da porta tentando descobrir pelo olho mágico qual dos seus homens pedia entrada. Vestindo apenas calcinha, abria a porta escondendo o corpo dos vizinhos, os muitos homens que não disfarçavam o desejo por ela. Recendia a flor de cajueiro, um cheiro doce que causa embriaguez na estação dos frutos, quando apodrecem debaixo das árvores. Cirilo ama os cheiros de Paula, percorre seu corpo de olhos fechados, um mapa por onde fareja em busca de lembranças amorosas. Prefere quando ela não usa um perfume da moda, o francês *Ma Griffe*, e deixa a pele se entranhar nos suores. Axilas, raiz das coxas e pescoço, cada reentrância com seu aroma guardado em segredo para aguçar os amantes. Os peitos são mornos, úberes volumosos e duros que Cirilo chupa e morde sem pena, deixando que Paula grite de dor e puxe enlouquecida sua barba. Rola sobre ela, os dedos das mãos e dos pés se alongam até as paredes sujas, atravessam janelas para as avenidas cortadas por ônibus elétricos. Enfia-se por corredores de abraços e gemidos, cumpre os doze passos da paixão e as três quedas, suporta açoites e a coroa de espinhos. Sobe ao Gólgota carregando a cruz do corpo, transpira e esporra num lençol branco cheirando a alfazema do campo. Termina sozinho e desamparado, suplicando ao pai que não o abandone antes da ressurreição ao terceiro orgasmo.

— Quer mais? — perguntava exausto.

Ela sempre queria mais, se possível todas as possibilidades do *Kama Sutra* e do *Jardim das Delícias.*

Mas de repente ele senta no chão, na cama ou no sofá, onde tiverem parado. Acende um cigarro, deita novamente e olha para cima, como se estivesse arrependido dos transbordamentos. Recolhe-se e ela se ressente pelo abandono. Ele chupa fundo o cigarro, a chama brilha e se recobre de cinza, outra vez se acende vermelha como os olhos de um gato que pulasse entre os dois amantes. Triste e longe, em paragens que jamais menciona, Cirilo queda indiferente à mulher por quem morreria até bem pouco tempo atrás, em meio a confissões de amor. Ela o deixa fumar o segundo cigarro, o terceiro, contempla o corpo nu clareado pela luz de um farol de carro atravessando os vidros das janelas, e percorre com dedos elétricos a pele arranhada do amante.

— Cansou?

— Não.

— Desistiu de mim?

— Nunca desisto de uma mulher — responde rindo e beija os peitos eriçados de Paula, o corpo roliço de índia cariri.

Ela pensa em não falar nada, mas é teimosa e não resiste.

— Você me larga, assim...

— Desculpe.

— Já pensou o quanto é difícil para uma mulher essa rejeição?

Ele não responde, ainda não se refez e prefere fugir por um tempo. Se fosse possível, desapareceria após cada orgasmo e só retornaria quando preenchesse o vazio por doar jorros de esperma, um desgaste que apenas os homens compreendem.

Ela o deseja por perto, não quer libertar o membro que reteve entre as coxas como propriedade sua.

— Paula, você sabe o que significa conduzir o desejo por veia de coral ou nu celeste?

Ela ri nervosa, sente a boca seca de saliva.

— Não. Você inventa cada uma.

— É o verso de um poeta espanhol, um surrealista.

— Álvaro deve saber.

— Deixa pra lá.

Cala por uns segundos e beija a mulher novamente. Depois cheira as partes do seu corpo, como se desejasse aspirá-las para dentro de si.

— Eu quero conduzir meu desejo, não me exceder tanto. Talvez, assim, me recuperasse ligeiro.

Paula silencia medrosa.

— O que foi?

— Acho você complicado, bem diferente de Leonardo.

Cirilo se encolhe, procura o lençol e cobre o sexo.

— Leonardo não fala essas coisas. Deita em cima de mim, mexe-se devagar e nem sei quando ele goza. Adormece tranquilo como uma criança.

— Você prefere dessa maneira?

— Algumas vezes tenho medo, não sei aonde vamos chegar. Você também não sabe. É por isso que fala em conduzir o desejo por veia de coral?

Cirilo não responde.

— Leonardo é tímido, sem surpresas. Eu encontro ele onde procuro. Você, não. Nunca sei onde está.

Puxa a barba de Cirilo e morde sua orelha, mas ele não se manifesta, nem vira o rosto.

— Ei, rapaz, olhe para mim! Ficou chateado?

Ela senta e segura a mão dele.

— Não vou dizer quem é melhor ou pior, já causei muito estrago na amizade de vocês. Mas tenho de escolher.

— Me escolha, sou melhor — diz rindo.

— Vou escolher o que faço de minha vida. Pra começo, dispenso você e Leonardo. Ou um dos dois. Não é possível manter um marido e um amante no mesmo apartamento. Os cômodos são pequenos, qualquer dia nos atropelamos.

Ela termina de falar e se deita sobre Cirilo, abraçando-o com força.

— Arranje uma cerveja pra mim, estou com sede.

— Você não traz nada pra casa, gigolô.

— Sou duro. O que ganho mando pra minha mãe. Você é rica.

Ela se levanta rindo, sai e volta com uma cerveja e dois copos. Ele senta e bebe. Pensa em se vingar de Paula, dizer algo que a magoe, arranhe sua admiração por Leonardo.

— Você me acha feio? — pergunta fazendo caretas.

— Acho você bonito demais pra ser honesto.

— Não entendi.

— A beleza é uma armadilha. Você se preocupa em ser melhor do que seu irmão Geraldo, até nos atributos físicos.

— Sério?

— Sério, e você sabe disso.

O barulho forte de um ônibus elétrico demora a se desfazer em silêncio.

— As mulheres adoravam Geraldo. Há pouco eu fiquei triste imaginando como ele faz amor com Fernanda, a polícia batendo na porta ou alguém atirando uma bomba pela janela. Deve ser uma barra pesada.

— Nós também sempre imaginamos Leonardo entrando pelo apartamento, vendo a gente...

— Culpa sua, que deu chave pra ele. Devia ter dado apenas pra mim.

— Vou trocar a fechadura da porta, acabar com a mamata do acesso livre para os dois.

Enchem os copos, bebem mais e Cirilo acende o quarto cigarro.

— Assistiu à aula de pneumologia ontem?

— Assisti.

— Sabe que cigarro provoca câncer?

— Sei e não me preocupo.

— E comigo, se preocupa?

— Por quê?

— Sou fumante passiva.

— Ah, esqueci.

— Você esquece tudo que se refere ao meu bem-estar.

— Oh, senhorita!

Ele deita novamente, levanta a perna e a repousa no ombro de Paula. Escuta o barulho da rua, pedaços de conversa, a porta do elevador do prédio batendo com força. Os motoristas ignoram a lei e buzinam forte. Flashes luminosos projetam figuras nas paredes e nos móveis. Paula acaricia a perna suspensa, desce a mão até a coxa e ao sexo apaziguado, querendo reanimá-lo. Cirilo retira a mão com carinho, lambe os dedos que o excitam e pede outra cerveja. Lembra-se de mais um verso falando sobre corpos que não devem repetir-se na aurora. Ainda são dez horas, ele não quer dormir no apartamento de Paula e nunca tem ânimo para um segundo turno de sexo. Levanta-se, veste a calça e espera a cerveja. Quando Paula chega com a bebida, ele bebe dois copos como se fosse água.

— O sexo é minha fraqueza, sempre foi — diz como se continuasse uma conversa.

Paula se incomoda com a própria nudez e põe um vestido.

— Mas é através do sexo que eu me transformo e avanço na vida. Você compreende?

Ela não responde.

— Geraldo se tornou homem fazendo política e brigando por ideologias. Eu sobrevivo pelo sexo, mesmo que você me ache bruto e possessivo.

Os cabos de um ônibus elétrico se soltam, ouve-se o barulho de freios e os vidros da janela se iluminam com descargas brilhantes. Cirilo fica irritado com o tumulto na rua, segura o braço de Paula e não deixa que ela vá olhar o acidente.

— Você precisa de um apartamento melhor!

— Quem paga pra mim?

— Pede dinheiro ao teu pai, manda ele vender uns bois.

— É muito engraçado.

— Aqui a gente não consegue estudar nem conversar. É um barulho do inferno!

— Vá pra sua casa, fique na companhia dos machos que moram com você.

— Não engrossa, Paula.

— Eu preciso lembrar que esse apartamento é meu?

— Nosso.

— Nem de brincadeira.

— Vai, me dá um beijo!

— Me devolve a chave!

Ela parte para cima dele, mas Cirilo a abraça e beija.

— Não faça isso comigo, indiazinha. Eu estava a ponto de morrer e agora me sinto vivo. Sabe o poeta surrealista? Ele fala de outro poeta que tinha o sexo atravessado por uma agulha. Também enfiaram uma coisa parecida no meu sexo. Mas a cirurgia deu errado. Na hora em que eu mais preciso ficar junto das mulheres com quem faço amor, me retiro pra longe, fico bruto. Sempre foi assim. Apesar do seu fogo, Paulinha, sei que prefere homens delicados.

Uma crueldade conhecida arrepia o corpo de Cirilo. Durante toda a noite esperou o momento de machucar Paula, de cuspir em Leonardo, o amigo bonzinho que todos adoram. Escuta a sirene de um carro de polícia e buzinas de outros automóveis. O trânsito emperrou lá embaixo na rua.

Cirilo deita e fecha os olhos. Deseja ir embora, precisa estudar, mas não consegue sair de junto de Paula. O afeto que une os três amigos se complica a cada dia, ele não se concentra em nada, dorme mal, sente fortes dores no estômago, vai aonde o convidam, caminha pela cidade nas horas mais impróprias, parecendo um louco.

— Você gosta de Sílvio?

— Adoro Sílvio. É uma pena não curtir mulheres. Ficamos uma noite juntos nessa mesma cama, mas ele não funcionou. Sem problemas, eu disse, e somos amigos até hoje.

— Eu sei.

— Mas o que tem Sílvio com sua história? Vocês transaram?

— Não, claro que não. Nada contra. Mas, da mesma maneira que ele não funciona com mulher, eu não funciono com homem.

O trânsito se refez, cessaram as buzinas, voltou o habitual ruído de fundo. Escutam as vozes festivas dos hippies estacionados na esquina do Cinema São Luiz. Para onde eles vão agora?

— Sílvio está apaixonado por Leonardo.

Jogou a fala e esperou o efeito. Paula deu boas risadas, agitou o corpo como sempre fazia ao rir. Não quis falar nada, apanhou um leque numa mesinha próxima e abanou-se com ele. Sem prestar atenção em Cirilo, sentiu vontade de que ele fosse embora, que a deixasse em paz. Mas não teve coragem de exigir nada, continuou em silêncio, bebendo cerveja e escutando os ônibus passarem. Foi Cirilo quem retomou a conversa.

— Você não foi ao congresso de pediatria, Paula.

— Não pude ir.

— Leonardo e Sílvio foram e dividiram o quarto.

— Eu soube, e daí?

— Sílvio acordou Leonardo de madrugada e pediu pra deitar junto dele. Sentia-se mal, como se fosse morrer. Leonardo teve pena e deixou que ele entrasse debaixo do lençol. Os dois só dormem pelados, você conhece. Leonardo teve uma ereção repentina e melou Sílvio. Sentiu-se constrangido e não pôde mais dormir. No dia seguinte, Sílvio agradeceu a Leonardo por ter salvado a vida dele. Incrível, não?

Paula começou a rir sem controle. Ficava tonta com um copo de cerveja e se tornava mais engraçada do que era normalmente. Se estivesse numa festa, agarraria os homens e daria vexame.

— Está rindo de quê?

— De sua trama ingênua, Cirilo.

— Trama?

— Bebi, mas o cérebro ainda funciona. Quer sujar Leonardo, seu melhor amigo, e sujar Sílvio, que segura sua barra de dinheiro e é fiel a você. Trai seus princípios por minha causa, achando que desse jeito me ganha. O que é isso, Cirilo, não me conhece? Que desespero é esse? Cadê o discurso da faculdade, a coragem de enfrentar aqueles babacas, nossos colegas? E seu orgulho do irmão Geraldo? Será que ele entrega os companheiros assim como você, quando é pendurado no pau de arara? E essa camisa do exército, o cabelo grande, é tudo fantasia? Você é machista e não se enxerga. Não tem um pingo de coerência e ainda finge que vai se matar.

Sem esperar defesa, ela enfia as mãos nos bolsos do rapaz, tentando encontrar a chave do apartamento. Cirilo a repele, negando-se a entregar a chave. Os dois lutam e Paula acaba desistindo.

— Não tem importância, eu mando trocar a fechadura da porta.

A porta que Cirilo tenta abrir depois de percorrer a cidade com fome e sem dinheiro, num dia em que não teve coragem de mergulhar no Capibaribe. A fechadura ainda é a mesma, a chave entra macia nas engrenagens, gira duas vezes para a esquerda e a sala se revela na luz fraca de uma luminária, suficiente para que ele veja as roupas de Leonardo e Paula espalhadas no sofá. Sente um ronco na barriga, a tontura da fome e o gosto amargo da nicotina. Cai por cima das roupas, pensando no que irá fazer. Do quarto, chegam vozes sussurradas. Cirilo vai até o banheiro, lava as mãos e o rosto, se olha no espelho. Tem uma aparência deplorável, lembra os pardieiros do Recife, caindo aos pedaços. E se cortar o cabelo e raspar a barba? Procura uma tesoura e encontra no nécessaire de Paula. Quando era menino, desbastava a cabeça com a tesoura da mãe e ela o repreendia. O pai também não permitia que raspasse as penugens do rosto com a navalha que amolava nos sábados, deixando a lâmina afiada no ponto de cortar os cabelos do braço. O pai se intrigava com uns riscos na parede do banheiro, feitos com o lápis preto de escurecer o bigode. Muitas vezes Cirilo teve o impulso de revelar em pleno almoço da família que se tratava do número de vezes que ele se masturbava. Cada traço correspondia a milhões de espermatozoides jogados fora, milhões de vidas desperdiçadas segundo o padre falava nas aulas, olhando a cara assustada dos meninos peritos em buscar o prazer nas curvas da mão. Manchas brancas nas unhas denunciavam os culpados. Cirilo olhou as unhas sujas e roídas, segurou a tesoura entre os dedos, imaginando se teria coragem de tosquiar-se. Desde criança odiava cortar os cabelos, chorava e esperneava como os cabritos quando eram sangrados. Deixava a barba e os cabelos crescerem, mais por preguiça do que por protesto. Agora desejava mudar de rosto, não se reconhecer a mesma pessoa, reagir aos massacres e bater de frente. Achou que Paula e Leonardo não deviam ser os primeiros a receber suas porradas. Mas a tesoura trabalhava com o automatismo de uma máquina de cortar grama e tufos de cabelo já enchiam a pia branca encardida. Tentou dar um acabamento ao corte grosseiro, enquanto não ia a um profissional. Contemplou-se sem compaixão e jurou que nunca mais seria maltratado, nem que para isso fosse preciso matar. Juntou montes de cabelo e espalhou-os por cima das roupas de Leonardo e Paula, largadas no sofá. Em seguida foi até a porta do quarto e girou a maçaneta. Estava trancada a chave. Paula falou numa voz sonolenta e baixa, como se temesse acordar Leonardo.

— Cirilo?

— Oi!

— Vai dormir na sala?

— Não, vou pra casa.

— Que horas são?

— Não sei.

— Já jantou?

— Não.

— Tem comida na geladeira.

— Estou sem fome.

Não quis escutar mais nada, afastou-se da porta e foi até a cozinha. Abriu a geladeira, havia mesmo bastante comida. Uma garrafa de vinho estava pela metade. Retirou a rolha, bebeu uns goles e caminhou com a garrafa na mão. Apanhou sua bolsa, foi novamente até o quarto e arremessou a garrafa contra a parede. Em meio ao estouro de vidro partido, ouviu gritos de Paula. Pressentiu Leonardo sonolento e nu, mal refeito do esforço do amor, Paula enfiando um vestido às pressas, mas não esperou para vê-los. Saiu sem fechar a porta do apartamento. Tinha apenas quinze minutos para alcançar o último ônibus.

7.
A sedução dos livros

Luis Eugênio é o quinto de nove irmãos. Os pais nunca sabiam enumerar os filhos que morreram antes de nascer, nem repetir os nomes dos que não alcançaram a idade de um ano. As crianças vinham ao mundo como os bezerros e os cabritos e se criavam da mesma maneira. Num retrato de família o pai e a mãe de Luis Eugênio aparecem sentados, com dois rebentos mais novos junto às pernas. São meninos louros, bem-vestidos, de olhos arregalados para a máquina fotográfica. O pai usa cabelos rentes ao crânio, possui olhos pequenos que lembram os de um enfermo e orelhas abertas assimétricas. É possível reconhecer nele os aldeões rústicos que debandaram de Portugal para arriscar a sorte no Brasil. Na esposa se destacam os cabelos pretos escorridos e os malares proeminentes dos índios. O pai parece bem triste e a mãe não sorri, talvez para não ressaltar a boca murcha de quem perdeu os dentes cedo. Dois meninos aparentam o mesmo tamanho e idade: um deles posa sereno e o outro não disfarça a vontade de esconder o rosto, de se enfiar em algum buraco. Na ordem crescente de filhos homens, o quinto retratado é Luis Eugênio. Ele chama atenção pela elegância no paletó de linho, pelos cabelos escuros cuidadosamente penteados e repartidos ao meio, e pela desenvoltura como olha a câmera. Destaca-se como a imagem mais bonita da família, mesmo parecendo com a mãe, de rosto nada exuberante. No terceiro plano, de pé, duas moças tímidas buscam amparo para as mãos, o que não representa dificuldade para a terceira das irmãs, que sustenta nos braços um bebê de poucos meses. Ao lado dela o esposo, um primo legítimo incorporado ao retrato de família. Chamam atenção sua altura e a cabeleira espessa. O último personagem da foto, o primogênito, também usa um paletó elegante e gravata de nó perfeito. É o único que posa em diagonal, contempla a máquina com ironia, num leve giro de cabeça. Apesar da diferença de idades, Luis Eugênio apegou-se ao irmão mais velho com um fervor que devia ao pai. Procurava imitá-lo em tudo, principalmente no gosto pelos livros, mesmo não sabendo soletrar uma única palavra. O irmão advogava todas as causas de Luis Eugênio junto à família, pois durante a infância e adolescência ele se tornara conhecido por ser briguento e de difícil convivência.

Quando o primogênito voltava da cidade, após noitadas de namoro e farra nos cabarés, Luis Eugênio retirava os arreios e a sela do cavalo e ia soltá-lo no pasto, a troco de um pagamento simbólico: que o irmão lesse em voz alta, para ele escutar, romances e livros de cavalaria. Por estranhas conjunções, os pais não haviam conseguido dar o mesmo grau de ensino aos nove filhos. Alguns, como o irmão mais velho, se destacavam por seus conhecimentos diferenciados e certo grau de cultura livresca. Luis inventava utensílios domésticos e agrícolas, técnicas de prensar queijo, de trançar varas nas cercas ou drenar riachos e fazer açudes, mas faltavam-lhe esforço e concentração para os livros, o que ele só veio a alcançar bem mais tarde. O trabalho na fazenda desses Rego Castro menos nobres significava religião e vida. Ninguém conhecia o lazer, entregando-se aos afazeres da agricultura, da pecuária e da casa numa rotina interminável e estafante, que envelhecia as pessoas cedo e as matava antes do tempo. Aos quarenta e cinco anos, o pai mais parecia um velho, embora o corpo não revelasse cansaço, nem se entregasse à preguiça e ao descanso. Quando ia à cidade para algum negócio urgente, não tomava café para não perder tempo, alegando haver muito serviço esperando por ele. Sentar numa cadeira enfadava mais do que passar o dia curvado na enxada, limpando o mato dos pés de arroz ou tirando leite das vacas. Depois de acordar de madrugada e passar a manhã cozinhando o almoço para dezenas de pessoas, a mãe sentava à mesa e comia com o marido, os filhos e agregados. Terminada a refeição, ficava um longo tempo de olhar perdido, absorta e distante. Por fim ela se mexia na cadeira e era como se a ordem do mundo se refizesse, autorizando as pessoas a também se moverem e falarem.

O relógio da sala de jantar bate as horas.

O marido adquire coragem e pergunta no que a esposa pensa.

As filhas por alguns segundos sonham com um passeio ou festa.

Passado o transe, a mulher contempla os da família e responde que estivera imaginando o que fazer para a janta.

Diplomada professora, Célia Regina aceitou o primeiro emprego que lhe ofereceram: dar aulas na fazenda de uns parentes enriquecidos com o plantio de arroz e a criação de gado. O ramo aristocrático e falido dos Rego Castro se curvava ao outro ramo sem classe, porém rico. As terras ficavam distantes do lugar onde se formara, mas Célia Regina não tinha escolha. Sua mãe conseguira arruinar a propriedade do pai, em poucos anos de viuvez e fracasso administrativo, nunca aceitando casar novamente e se impondo um luto rigoroso. Vestia-se de preto e cobria a cabeça com uma mantilha nas poucas vezes em que ia à cidade, à procura da igreja e dos confessionários.

Entre os alunos, um rapaz inquieto e inteligente encarava Célia Regina com olhar atrevido. Antes que a professora chegasse à casa de seu pai, ele viajara a outra propriedade da família, conduzindo um rebanho de gado. A fazenda ficava distante e isso o obrigou a demorar-se vários dias. Os pais souberam que o filho havia dançado numa festa, se enamorado por uma jovem e prometido casamento. No retorno, um irmão mais novo foi ao encontro do viajante e o informou sobre a professora que se instalara com uma escola. Sem trocar a roupa suja e empoeirada da viagem, ele entrou na sala vazia de alunos. Examinou as carteiras, os mapas pregados nas paredes, um globo terrestre em cima de um armário. Encantou-se com os objetos estranhos ao seu mundo de vaqueiro e não soube como se mover dentro do espaço que lhe pareceu tão sagrado como o de uma igreja. Avistou uma pequena mesa e sobre ela vários livros arrumados. Tocou-os com receio, temendo machucá-los. Pela primeira vez estranhou o gibão, as perneiras e as botas, achando que apertavam seu corpo e impediam os movimentos. Olhava para os lados pedindo socorro, mas não via ninguém. Envergonhado pelas lágrimas que não conseguia controlar, apanhou um dos livros e ao invés de abri-lo esfregou-o no peito, sem compreender o que fazia. Então jurou casar com a dona daqueles livros, mesmo sem nunca tê-la visto, esquecendo a promessa feita à outra moça. O vaqueiro era Luis Eugênio, um dos filhos iletrados da família Rego Castro.

Humilhado por se achar rude e ignorante frente à professora educada e culta, Luis Eugênio demorou a compreender que sua raiva não passava de um disfarce da paixão. Despeitado e com ciúme dos outros alunos, decidiu aplicar-se nos estudos e em menos de um ano seu progresso na leitura, na gramática e na aritmética deixou a professora surpresa. Ela soube depois que o aluno mal dormia, passava as noites ao lado de um candeeiro aceso, lendo com voracidade e enchendo as páginas dos cadernos com cópias de crônicas e exercícios de matemática. O pai levantava-se da cama, ia junto dele e reclamava contra os excessos da vontade de aprender, lembrando que no dia seguinte ele teria de acordar de madrugada para a ordenha das vacas. A fazenda se mantinha e prosperava com o trabalho de todos e não gostava de lembrar isso aos filhos. Ansioso por recuperar os anos perdidos, por dizer ao irmão primogênito que nunca mais levaria seus cavalos ao pasto em troca da esmola de ouvir a leitura de um livro, desejando falar com a professora sem ser corrigido a cada frase, Luis Eugênio não media sacrifício nos estudos, mesmo adquirindo olheiras escuras e fundas por conta da vigília. Após dois anos morando na casa dos parentes, Célia Regina olhou o moço absorvido na interpretação de um texto, achou-o tão belo que sentiu um aperto no peito. Nessa noite, foi ela quem não dormiu pensando no que a mãe iria falar quando soubesse que a filha se apaixonara por um dos alunos. Não demorou e a mãe mandou buscá-la de volta, imediatamente, pois não consentia que pernoitasse debaixo do mesmo telhado com o homem por quem se apaixonara.

Um tio do rapaz levou o pedido de casamento, celebrado três meses depois. Luis Eugênio recebeu terras para administrar num sertão longe e seco, com casa, açude e cabeças de gado. De quebra, livrou-se da Guerra e da chance de morrer anônimo na Itália. Célia Regina acrescentou ao seu modesto enxoval uma pequena biblioteca, que cabia num caixote de madeira em que a mãe guardava rapadura, antes do engenho arruinar-se.

Graças aos conhecimentos armazenados nessa caixa, Luis Eugênio pôde continuar seus estudos nos dez anos em que viveram no sertão de lajedos. Ao chegar à cidade onde foram morar depois, candidatou-se ao exame de admissão numa escola noturna, quando já completara trinta anos e se envergonhava de sentar ao lado de rapazinhos. Convencido de que o saber chegara tarde para ele, resignou-se ao constrangimento e concluiu com louvor um curso de segundo grau em contabilidade, profissão que nunca exerceu porque se dedicou ao comércio. O aprendizado dos cálculos não impediu que um primo sócio o desfalcasse e o levasse à ruína financeira, quando Geraldo e Cirilo moravam no Recife e a família mais precisava de dinheiro.

A vida urbana aproximou-o do cinema, dos jornais e revistas, ampliando seus conhecimentos sem corrigir a inclinação política conservadora, alinhada aos partidos de direita, embora fosse avesso às coisas da religião. A ruptura com a Igreja aconteceu logo na chegada à cidade, quando procurava uma casa para alugar. A maior dona de imóveis era a diocese católica, que não assumia publicamente o apego ao dinheiro, atribuindo seus bens a uma instituição com o nome de Obras Vocacionais, encarregada de formar jovens pobres na carreira eclesiástica. O administrador de vocações era um padre de fala camuflada e olhar enviesado. Ele enganou o impaciente Luis Eugênio, dando preferência aos inquilinos mais recomendados, protelando o contrato até o dia em que Luis perdeu a paciência. Os tios velhos da família Rego Castro se escandalizavam com o pavio curto do sobrinho no tratamento com os clérigos, mas houve quem atribuísse o acontecido ao sol quente de outubro e ao excesso de preocupações financeiras. Na subida ao seminário diocesano, depois de expor pela décima vez os motivos por que tinha urgência em receber a casa, Luis Eugênio deixou-se arrebatar pela cólera do mesmo modo que Jesus Cristo ao ver o templo ocupado pelos vendilhões, e num ímpeto desfechou uma bofetada no padre, que perdeu o equilíbrio e caiu na ladeira de pedras. Foi um escândalo na cidadezinha com bispado, e só não abriram um processo de excomunhão contra Luis Eugênio porque o lugar ainda não se refizera de outro processo mais famoso, desta vez contra o padre Cícero, acusado de embuste e sacrilégio.

8.
Banquete de mendigos

Boa parte dos moradores da Casa do Estudante Universitário se aglomerava numa sala estreita do andar térreo, de frente para a televisão, quando Cirilo apareceu de cabelo e barba cortados com extravagância. Assistiam à final de uma partida de futebol, quase todos de pé, descalços e sem camisas, soltando gritos e pulando nas jogadas perigosas. A sala só enchia nas noites de programas humorísticos ou quando havia jogos decisivos. Raramente davam festa na Casa, um mero pretexto para os moradores se embebedarem, trocar murros e transar com alguma menina das proximidades, ali mesmo no pátio aberto, encostados nos pilotis que sustentavam o edifício. O feito era comentado pelos outros rapazes e o atleta sexual explícito gozava de prestígio durante semanas. Ia de quarto em quarto narrando detalhes do desempenho, no estilo de um comentarista de futebol.

No andar térreo havia apenas essa pequena sala de recreação; o restante do espaço se abria ao campus. Os três pavimentos superiores possuíam cada um dezesseis quartos, onde se alojavam quatro estudantes, num arranjo que lembrava a arquitetura socialista de Niemeyer ou os edifícios periféricos do leste europeu. Os andares se dividiam em alas servidas por dois banheiros coletivos, com apenas duas privadas e dois chuveiros, o que provocava congestionamento em horários concorridos como o amanhecer. Os cubículos das privadas tinham portas, mas os chuveiros eram abertos, não permitindo nenhum recato durante os banhos. Favorecia os exibicionistas, que costumavam desfilar nus pelos corredores, de bandeiras hasteadas como se fossem subir numa mulher ou se exercitar na mão. A Casa era um ambiente de homens, ou melhor, de machos, oferecendo poucas chances de sobrevivência aos tímidos e delicados. Nos dias em que faltava água, o que se tornou frequente durante um longo período, os estudantes não podiam tomar banho, as bacias sanitárias se enchiam de merda até as bordas, se espalhava um cheiro pestilento pelos quartos e corredores, reforçando o cenário e a atmosfera de campo de concentração. Como os protestos tinham sido proibidos por ato institucional, havendo risco em praticá-los, muitos estudantes optavam por abandonar temporariamente a residência. Os que não tinham para onde ir sufocavam na atmosfera duplamente escatológica: a das coisas que devem acontecer no final dos tempos, num contexto apocalíptico vislumbrado pelos profetas, e a das coisas mais terrenas, relativas aos excrementos humanos. Nenhum sociólogo investigava a sério os frequentes suicídios e acessos de loucura entre os moradores, talvez para não descobrir o desconforto e o sofrimento a que viviam submetidos.

Mulheres não entravam ali, em nenhuma hipótese, o que fez circularem boatos sobre um estudante de História, membro de uma Irmandade Mariana. Ele tinha visões de Nossa Senhora apenas do lado de fora do prédio, porque nem mesmo à Virgem Maria se franqueava o acesso. A residência das moças universitárias funcionava no centro da cidade e não estabelecia nenhum intercâmbio com a dos homens. Nesse ambiente masculino de três andares, doze banheiros, quarenta e oito quartos mobiliados com camas, mesas de estudo com luminárias próprias, guarda-roupas e maleiros, cento e noventa e dois rapazes das mais variadas procedências geográficas, estratos sociais, credos, ideologias e cursos confinavam-se como num gueto, sutilmente vigiados pelo esquema repressivo da reitoria e por colegas olheiros que aceitavam o emprego de delatores, a troco de benefícios insignificantes e um pouco de dinheiro. Os pelegos nem sempre conseguiam manter o disfarce e sofriam rejeição dos estudantes mais politizados. Uma corja de moradores mau-caráter formava um partido naquele ambiente rústico, dando sustentação aos Judas. Estouravam agressões, que terminavam sempre na sala de uma assistente social. Ela escutava as queixas, indiferente e sonolenta, contando o tempo para a aposentadoria. Se as disputas ganhavam cores subversivas, encaminhavam os suspeitos a um departamento de vigilância e repressão, instalado dentro da própria universidade.

No começo Cirilo rejeitou a ideia de residir na Casa do Estudante, pois temia não suportar outro ambiente repressivo além da faculdade de medicina. Assumiu um número maior de alunos particulares, mas não ganhava o suficiente para continuar dividindo os custos do apartamento onde morava com sete colegas. No final do primeiro ano, fez um balanço financeiro e declarou-se falido. Não tendo a quem pedir ajuda, chegou à conclusão de que a única saída para reduzir suas despesas a menos da metade era a Casa. Convenceu Leonardo a candidatar-se a uma vaga com ele e, se tivessem sorte, dividirem o mesmo quarto com dois desconhecidos. Leonardo temia não conseguir um documento necessário, a folha corrida da polícia com a declaração de que não possuía antecedentes criminais. A lista de papéis também incluía um atestado fornecido pelo juiz, vigário ou delegado da cidade do aspirante à vaga, afirmando que o mesmo era pobre na forma da lei. Também exigiam histórico escolar, comprovando o bom desempenho no curso frequentado, cartas de recomendação de pessoas importantes e certificado de serviço militar ou dispensa temporária. No trote promovido pelos moradores da Casa, o folclore era de que eles submetiam os novatos ao teste da goma, uma prova em que o aspirante sentava despido sobre fina camada de pó branco e, em seguida, contavam-se as impressões deixadas pelas pregas anais. Com esse procedimento simples descobriam se o aspirante perdera alguma membrana em práticas condenadas na cartilha machista. Tratava-se de uma brincadeira estudantil jocosa, a que ninguém era submetido de verdade, mas com ela se estabelecia o padrão de conduta sexual na morada universitária.

Humilhante de verdade era o exame médico para o ingresso no serviço militar. Cirilo apresentou-se num quartel do exército, que funcionava ao lado de uma praça. Havia candidatos de sobra e poucas vagas. Mesmo assim, os rapazes precisavam ficar despidos em longa fila, num espaço aberto por onde circulavam soldados rasos e oficiais. Envergonhados, os tímidos ocultavam o sexo com as mãos em concha. Outros mais afoitos nem se incomodavam em posar nus por mais de uma hora, até serem chamados pelos médicos. O exame consistia em mostrar as mãos e os pés com os dedos abertos, soprar o punho fechado para diagnosticar se havia hérnia, abrir a boca e estirar a língua, virar de costas expondo a bunda. Todo esse vexame para no final ouvir a pergunta cretina se desejava ou não servir o exército. Por que não a faziam antes da humilhação? Em caso negativo, a vítima recebia um documento de terceira categoria, com a observação escrita: excesso de contingente. Antes de alcançar esse grau nas forças armadas brasileiras, o cidadão ainda precisava jurar à bandeira nacional:

— Dispensado da prestação do serviço militar inicial, por força de disposições legais, e consciente dos deveres que a Constituição impõe a todos os brasileiros, para com a defesa nacional, prometo estar sempre pronto a cumprir com minhas obrigações militares. Inclusive a de atender às convocações de emergência e, na esfera das minhas atribuições, dedicar-me inteiramente aos interesses da Pátria cuja honra, integridade e instituições defenderei com sacrifício da própria vida.

Um palavreado que bem poucos compreendiam.

Mesmo sabendo que não encontrará Sílvio nem Álvaro no ambiente futebolístico, Cirilo entra na sala calorenta recendendo a suor de axilas. Deseja provocar as primeiras reações ao seu novo corte de cabelo, mas ninguém repara em sua presença, todos absortos no movimento da bola e dos jogadores. Apenas um estudante de comunicação do segundo pavimento se dirige a ele com os olhos bandeirosos de quem fumou maconha. Os que fazem uso desse remédio na Casa se consideram membros da Irmandade de Leibowitz, como os sobreviventes de um desastre nuclear narrado no romance de Walter M. Miller, uma ficção científica de muito sucesso entre os iniciados. Na primeira parte do pequeno romance o autor descreve a luta de monges copistas para salvarem livros e manuscritos, após a guerra atômica final. Álvaro, que faz uma leitura religiosa e filosófica do texto, vendo nele o esforço da civilização em refazer-se do ciclo de nascimento e decadência, do caos seguindo-se ao cosmos, não tolera a brincadeira dos rapazes, vociferando em tom apocalíptico: os que falham em aprender com a História estão condenados a repeti-la. Os símbolos de *Um cântico para Leibowitz* foram incorporados à linguagem hermética dos maconheiros. Chamaram os baseados de livros e os usuários de maconha de monges. Num recenseamento feito entre os cento e noventa e dois moradores da Casa, constatou-se que os leitores de livros no formato tradicional sempre recorriam aos livros de efeitos psicodélicos. Daí passarem a constituir uma sociedade fechada como num convento da Idade Média, semelhante à dos seguidores de Leibowitz, numa tentativa de se preservarem e reconhecerem. Vez por outra um noviço cometia deslizes imperdoáveis, desfraldava bandeiras que ameaçavam a ordem sacrílega.

O inexperiente estudante de comunicação procurou Cirilo para o empréstimo de um livro, mas ele só possuía algumas pontas de baseados. Na secura de puxar um fumo, o jovem aceitou os tocos e quando avistou Cirilo naquela noite falou em voz alta, para todo mundo escutar:

— Sabe aqueles pedaços de livro que você me emprestou? Eu juntei eles e fiz um livro genial. Que leitura, cara!

Aos pulos, Cirilo sobe as escadas até o segundo pavimento. Encontra Álvaro dormindo, a porta aberta, papéis espalhados pelo chão, o cinzeiro cheio de pontas de cigarro, as luzes acesas. Carlos, o outro inquilino, ainda não chegou do departamento de física. Esse também ama a bagunça, jamais forra a cama, pois considera uma perda de tempo. Cirilo joga a bolsa sobre o birô, troca de roupa e resolve fazer um lanche no quarto de Sílvio. Não dá tempo nem sente coragem de estudar a prova do dia seguinte. Atravessa os corredores escuros, vez por outra escuta os gritos dos torcedores lá embaixo, sobe mais um vão de escadas. Felizmente a porta de Sílvio está fechada apenas com o trinco, os outros moradores do quarto assistem ao jogo e ele pode remexer à vontade nas coisas do amigo, que estuda na casa de um colega e não deve retornar essa noite. Sempre há bastante comida nos armários e gavetas, caixas repletas de biscoitos, leite condensado e em pó, chocolate, frutas, pães e até ovos. Uma irmã de Sílvio traz feira nos domingos. Graças a uma sociedade em que não contribui com nada, Cirilo escapa de passar fome. Enche um copo d'água e prepara leite com bastante chocolate. Come biscoitos, pão com queijo e geleia de goiaba. Enquanto faz a refeição, remexe em gavetas, folheia livros, passa as páginas de um álbum de fotografias. Sabe exatamente o que deseja ver, nunca resiste ao fascínio de um determinado retrato. Sílvio é o pobre mais rico da Casa do Estudante, o mais generoso, não se importa que Cirilo coma seus lanches, nem que pegue emprestado o gravador e as fitas. Possui tudo o que os outros rapazes nem sonham ter, é dono do maior arquivo de informações, além de ser o banqueiro de alguns maus pagadores.

Após comer bastante, Cirilo arruma a despensa improvisada e escreve um bilhete agradecendo o banquete. Sente-se elétrico, não consegue dormir com a barriga cheia e decide caminhar pelo campus. A noite esfriou depois da chuva, o céu se encheu de estrelas e os sapos cantam nos alagados da várzea. Não há risco em perambular pelas ruas sem calçamento, em meio aos prédios escuros. Apanha o gravador de rolo, um modelo com caixa acústica interna e amplificador integrado, que funciona a bateria e é bem difícil de transportar por conta do peso. Procura e acha um carretel de fita magnética com um adesivo: *Beggars Banquet*. Será a sobremesa. Nenhum dos monges cogita onde Sílvio adquire essas raridades, a capa original do long-play dos Rolling Stones, censurada pela gravadora e substituída por uma chapa branca igual a um cartão de visitas, com o nome da banda, do disco e, no canto inferior direito, as iniciais escritas em maiúsculas: RSVP — Répondez, s'il vous plaît. Sílvio guarda entre suas relíquias a reprodução da imagem proposta e recusada: um banheiro com paredes repletas de frases obscenas, que infelizmente não se consegue ler, e uma privada imunda, semelhante à da Casa.

Mas não era a esses grafites indecifráveis que Cirilo retornava como um viciado em heroína. Dentro de um envelope de cartolina dura, envolto em papel de seda com manchas amarelas, Sílvio conservou um retrato, o único que trouxera de casa quando veio morar no Recife com a irmã e o cunhado, logo após ficar órfão. Um estranho magnetismo na fotografia atrai o primeiro olhar do observador para as seis figuras de pé — quatro homens, uma menina e um menino — e só depois se observa em primeiro plano inferior uma morta dentro de um caixão suspenso em dois tamboretes, ladeado por quatro castiçais de velas acesas. A imagem de fundo é uma casa com porta e janelas fechadas, como se a morta tivesse sido expulsa de seu interior, sem direito a retornar. Nenhum dos cinco filhos fotografados, nem o pai, contempla a mulher vestida em mortalha clara, uma das mãos imersa numa faixa escura e a outra pousada sobre o peito. Dois dos três rapazes vestem calça e camisa de linho branco, usam bigodes finos e cabeleiras cacheadas. O da extremidade segura displicentemente com a mão esquerda uma coroa de flores naturais e ramagens, que o menino Sílvio ajuda a sustentar. O segundo irmão da esquerda para a direita se apoia na parede com as mãos. O terceiro, semelhante no rosto e no cabelo aos outros dois, veste uma calça larga de riscado, camisa de mangas curtas aberta no peito, por onde se vê uma medalhinha pendurada no pescoço. Esse sustém uma coroa de flores metálicas, com uma faixa caindo para os dois lados, em que se lê: saudade eterna de seu esposo e filhos. A menina ajuda com a coroa de flandres pintada e parece proteger-se por trás da mesma. O pai também veste calça e camisa de linho branco, mas não arregaçou as mangas até os cotovelos como os dois primeiros filhos. Com exceção do pai e de Sílvio, todos olham fixamente para a frente, inclinam as cabeças para a frente, avançam com o olhar por cima do caixão em que a mãe apodrece. O passado está no plano inferior da cena, representado na morte. Atrás, a casa se fecha para não receber mais ninguém. Os vivos aparentam não conseguir transpor o limite das ruínas expostas, o corpo da esposa e mãe. Os três rapazes e a mocinha criam diagonais com a cabeça, como se desejassem escapar pela tangente. Os olhos preferem fixar a câmera apontada para eles e não a morta. Contemplam a máquina, signo de um tempo vivo, moderno, que registra as ruínas em imagens sem interferir na escolha de seus atores. O caixão será lacrado com uma tampa, o corpo levado para longe, as velas apagadas e o obstáculo ao progresso irá desaparecer. Talvez a perda cause estragos no marido, certamente não desfará a beleza dos três rapazes, vestirá de preto a mocinha recolhida e, nunca, nunca mais se apagará na memória do menino de cabeça levantada, belo como um anjo em que o feminino e o masculino se digladiam. A irmã mais velha não aparece no retrato porque morava no Recife quando a mãe morreu. Casara dois anos antes com um agrônomo — que visitava a cidade onde ela residia com os pais —, a serviço de um departamento federal de obras contra a seca. Quando retornou a Várzea-Alegre em visita à família enlutada, ficou um mês ajudando a pôr ordem na casa e, na volta ao Recife, levou o irmão caçula para viver com ela. Sílvio estudou em bom colégio e foi o segundo colocado no vestibular de medicina. A irmã o amava mais que aos próprios filhos, talvez porque ele representasse um derradeiro vínculo com a família e o mundo que deixara longe. Em gratidão a esse carinho, Sílvio nunca denunciou o cunhado que o molestou anos seguidos, só o deixando em paz quando ele foi morar sozinho. Durante todo esse tempo, suportou que ele o estuprasse com os dedos, enquanto se masturbava gemendo.

* * *

Cirilo guardou a fotografia com cuidado, receando que o papel velho se partisse nas dobras. A cidade onde Sílvio nascera ficava bem próxima à sua e eles certamente eram primos. Estavam em família. Mesmo com o parentesco, arrumou a bagunça e saiu para a noite lá fora. Pensou em acender um baseado ali mesmo. Ouviu o tumulto de fim de jogo e achou arriscado. Apanhou o carretel de fita, o gravador e desceu as escadas cruzando com a turma eufórica pela partida, discutindo lances aos gritos. No lado de fora, sentiu o tempo frio. À medida que se afastava da Casa, mergulhou num silêncio quebrado por coaxos de sapos e cri-cris de grilos, o que mais amava. Sentou num banco de parada de ônibus, deserta naquela hora em que as faculdades noturnas haviam terminado as aulas. Acendeu o cigarro e fumou-o devagar, retendo a fumaça nos pulmões o máximo de tempo pro barato chegar ligeiro. Depois, afastou-se da residência e procurou no escuro a estátua de um pernambucano consagrado herói. Ele morava naquela várzea e acharam de homenageá-lo depois de morto com uma escultura de bronze, no meio de um caminho de terra, onde se formavam poças d'água e cresciam mangueiras gigantescas, que assombravam no escuro. Um largo pedestal de granito servia perfeito para sentar ou deitar, e até passar a noite se tivesse vontade. Quando chegou ao esconderijo, sentia-se no ponto. Pôs a fita do *Beggars Banquet* e deixou rolar. Cantou, dançou, despiu a camisa, fez xixi em cima de um sapo. Falava sozinho, arriscando comentários em voz alta sobre a banda. Ouviu umas cinco vezes a faixa *Street Fighting Man*, cantando e dançando mais desvairado a cada audição:

Everywhere I hear the sound of marching charging feet, boy
Cause summer's here, and the time is right for fighting in the street, boy
But what can a poor boy do?
Except to sing for a rock and roll band
Cause in sleepy London town there's just no place for a street fighting man! No!

E gritava os dois últimos versos traduzidos, trocando propositalmente os endereços: Pois no Recife sonolento não tem lugar para um lutador das ruas! Não!

Quem se declarava lutador das ruas, Cirilo? Em meio aos fumos do remédio, o monge gritou que era o momento de ser politizado e atuante. Mas percebeu, mesmo de cabeça cheia, que alguma coisa o excluía da revolução que faziam em Paris, Londres, Praga e na América do Sul. Com a boca seca e bastante taquicardia, voltou para casa e dormiu.

9.
Sonhos de Cirilo

Lembro de um sonho. Ele me pareceu claro nos minutos em que fiquei acordado, mas dormi em seguida, perdendo o que um demônio revelou. Eu caminhava por uma rua escura, não era propriamente a rua de uma cidade, apenas um caminho de terra. As sombras lembravam recortes negros de casas, não tenho certeza se eram mesmo edifícios ou árvores. Os sonhos mexem com a minha ambivalência entre o campo e a cidade. Caminhava e sentia alguém se aproximando por trás de mim, os passos firmes de quem pisa um calçamento, porém o chão era mesmo de terra molhada, acabo de lembrar o cheiro forte de chuva. Essa pessoa que se confundia com o negrume da noite soprou duas sentenças no meu ouvido. Eu precisava me decidir por uma delas, fiz minha escolha, não recordo qual foi, em seguida soltei um gemido forte. Álvaro garante que uivei, um uivo longo e fino, todos na Casa escutaram. Precisava vencer o torpor que se segue aos pesadelos, levantar-me e anotar o que ouvira e falara, pois talvez se tratasse de uma revelação, algo que me ajudaria a transpor as dificuldades com que me deparo, mesmo que fosse uma revelação de Satanás. A sonolência me venceu e adormeci imediatamente, ficando apenas algumas imagens vagas, isso que o professor de psiquiatria chama de conteúdos oníricos.

O sonho de nove dias depois é mais rico em detalhes, embora eu tenha demorado a anotá-lo e perdido boa parte das impressões. Nele, retorno por uma estrada de terra aos Inhamuns, a uma casa cuja arquitetura não corresponde à do meu pai e sim à do meu avô paterno, numa outra fazenda. Na encruzilhada que leva à casa eu me deparo com um cego folheando um livro aberto entre as pernas. Ele veste uma camisola de tecido grosso e rude, os cabelos e a barba são longos e desgrenhados. Paula e Leonardo me acompanham, mas eu não os vejo, sinto apenas a presença deles. Sei as razões que me conduziram até ali: consultar o cego sobre passagens obscuras de minha vida. Olho as páginas do livro e só enxergo mapas, vários rios correndo e longas estradas de barro. Nunca imaginei que existisse tamanha fartura de água nas terras áridas do sertão, pois nas gravuras as serras aparecem cobertas de vegetação calcinada. Os mapas se confundem com outros desenhos em movimento, não reconheço a paisagem e choro porque ela se transformou desde que a vi pela última vez. Agito-me e esqueço o mais importante do sonho, as revelações feitas pelo velho. Pago seu trabalho com uma nota de cinco, ele corre exultante por dentro da casa de meu avô, até alcançar um alpendre nos fundos, de onde se atira num precipício, desaparecendo. A sensação é a mesma de quando eu arremessava um balde num poço fundo e escuro, ouvia o barulho do choque contra a superfície líquida, supunha pela tração na corda que ele já enchera e o deixava afundar mais, perder completamente o peso, só voltando a adquirir resistência quando eu o içava de volta. Não lastimo o desaparecimento do velho, já estou numa outra cidade contemplando um mar escuro, que mais parece um lago sem ondas. Falo a Leonardo c Paula de minha surpresa ao descobrir um oceano em pleno sertão. Eles reclamam da água fria, imprestável para o banho. Enfio meu pé na superfície espessa e afirmo que a água é tépida. Eles já não me escutam, saíram às compras no comércio. Ando sem rumo pela cidade de construções retangulares e encontro um grupo de cinco meninos sentados em volta de uma mesa, em frente à empanada de um teatro de bonecos. Conversamos bastante, penso em ajudá-los, mas não sei de que maneira. Todos parecem sonolentos, alguns deitam em bancos compridos, outros se recostam em mim. Um dos meninos se levanta e dá início à representação. O teatro se agiganta de repente, cresce em escadarias de madeira, pisos e sacadas. Descubro que os bonecos representam pessoas conhecidas. Um deles sou eu, preso dentro de uma moldura suspensa na beira do fosso da orquestra. O menino manipulador ameaça soltar o fantoche amarrado por fios. Quando ele faz isso, percebo que a imagem em queda livre é a de Nossa Senhora. Ela cai das alturas lá embaixo, nas profundezas do fosso, bela, luminosa e cercada de anjos. Cai, cai e se perde. Acordo em pânico.

Noutro pesadelo, Paula e eu estamos numa festa fora do Recife, não sei que lugar é aquele, parece um hotel; isso mesmo, é um hotel de férias. Paula entra com um colega nosso, um cara de quem eu gosto, ele se chama Mário; sempre que olho para ele acho-o sujo, como se tivesse suado e não trocasse a roupa. Sinto ciúme do cara, o sentimento me desagrada, registro a sensação de angústia e o posterior alívio que experimentei ao acordar. Paula cacheou os cabelos, é bem estranho o rosto dela com a auréola de cachos, achava impossível que se formassem aneis naqueles cabelos lisos de índia, mas eles foram enrolados e isso me desagrada porque sempre gostei de correr os dedos nos fios lisos gordurosos. Ela não presta atenção em mim, nem sei onde o inconsciente pescou esse Mário para o meu sonho, imagino que tem alguma coisa a ver com mar e rio, talvez eu esteja levando a sério a psicanálise lacaniana ou ande obcecado pelo desejo de atirar-me no rio e sair no mar. Mas o cara não tem nada a ver com o rio nem com o mar em que penso afogar-me, só se for uma praga de Paula, vingança por conta das insinuações que fiz sobre Leonardo e Sílvio, uma puta sacanagem. Abandono a festa saturada de gente e entro num carro preto com aspecto de coche funerário. Ligo o carro — eu nem sei dirigir — e ele move-se para trás. Conheço um abismo a bem poucos metros e deixo o carro seguir, espero apenas escutar nossa explosão no precipício. O coche misterioso desce pelos obstáculos do abismo, parece ter pés e pernas e caminhar numa pista asfaltada. Anda por trilhas e vai dar numa casa singela, em meio à paisagem montanhosa. Desço num alpendre largo, olho dentro de uma sala onde moram nove pessoas, homens e mulheres portadores de paralisia cerebral. Como tive essa informação não se explica, faz parte do sonho, sei do número nove, mas não avisto todos os doentes. Quem me atende são duas garotas morenas de cabelos encaracolados, elas se incluem entre os nove paralíticos, embora sejam saudáveis e belas. Tenho uma pergunta a formular, porém desperto. A angústia cede, reconheço a cama enjambrada da Casa. Álvaro, Leonardo e Carlos dormem ao meu lado.

10.
Entrevista com o professor de anatomia

A tarde de céu escuro não podia ser mais deprimente. Chuva fina e um calor abafado que os ventiladores não afugentam. A luz de chumbo, filtrada entre nuvens, agrava as ruínas da faculdade: rebocos caídos, faixa de lodo nas paredes, piso escorregadio, lâmpadas acesas sem brilho, móveis inúteis nos corredores. Cirilo atravessa o cenário decadente de boca seca e coração trancado. Nunca o edifício lhe pareceu tão sombrio e ameaçador. As roupas molhadas de suor grudam na pele, enquanto caminha ao encontro do professor titular de anatomia, um conhecido vampiro de almas, como se caminhasse para a forca. Procura uma corda em que se agarre, mas só consegue lembrar um jogo infantil e o medo que sentia de perder a partida e ser enforcado. Um dos jogadores escolhia uma palavra ao acaso, anotava num pedaço de papel e guardava. Em seguida, ele escrevia a primeira letra da palavra e, na sequência, traços correspondentes às letras que precisava para completar o nome escolhido. O segundo jogador tentava acertar a palavra enigmática, dizendo letras. Começava sempre pelas vogais. A cada erro, o algoz desenhava uma parte do corpo na forca e, se o jogador não acertava a palavra após um número de lances, morria pendurado no laço, com requintes que dependiam da habilidade do adversário em fazer os desenhos. Cirilo sempre escapava ileso, era sagaz, às vezes botavam a corda no seu pescoço, sentia o peso do nó corrediço e o fôlego sumindo, mas num último lampejo descobria a consoante misteriosa.

Os jambos maduros formam um tapete vermelho debaixo da árvore de galhos baixos. Não sente fome agora, mas na volta apanhará um fruto. Depois do encontro, talvez consiga engolir a polpa branca.

Laço no pescoço, ponte sobre um rio, salto, corpo suspenso, pés balançando. Quase caiu numa poça de lama. Chegará à entrevista com o professor general num estado deplorável, as mãos trêmulas, os nervos enfraquecidos, a ponto de chorar. Basta uma lembrança triste pra que chore. Por exemplo: a mãe estendendo lençóis sobre os filhos dormindo, nas noites de chuva. Busca protegê-los dos respingos d'água na casa de telha vã. A mãe pequena e corajosa empurra os filhos para a frente:

— Vá, meu filho!

— Vou.

— Geraldo já deixou a casa.

— Vou.

— É o futuro.

— Vou.

— Seu pai precisa de ajuda.

— Vou.

— Confio em você.

— Vou.

Os colegas da segunda turma largam a aula prática de anatomia despindo os jalecos, guardando pinças e bisturis de dissecação. Os rostos jovens e alegres destoam das feições expostas em mesas de aço, enfileiradas na sala comprida. Várias mesas de frente para outras, cadáveres olhando cadáveres, nus sem pudor, os pelos corroídos, os membros amputados ou dissecados, como as carniças que os urubus abandonam na margem da estrada. Com o tempo, os olhos dos estudantes se habituam ao quadro sombrio de um Rembrandt. Na Lição de Anatomia do dr. Tulp, o sexo se resguarda atrás de um pano branco, como o de Cristo na cruz. Álvaro afirma que os católicos vestiram o Cristo em suas imagens e que na época crucificavam as pessoas despidas. Ali na faculdade, os cadáveres são expostos nus durante anos, até perderem a função de ensinar. O que acontece depois que se tornam imprestáveis para as aulas, quando os estudantes dissecaram o último tendão ou músculo e rastrearam todos os trajetos de nervos e vasos? São enterrados como as pessoas comuns? Contam histórias horríveis sobre bedéis que atiram pedaços de carne humana aos cães. Há matilhas em torno do necrotério, aonde chegam os cadáveres para verificação de óbito. As famílias trazem seus mortos dentro de caixões enfeitados com flores, algumas chorosas porque não gostam que sejam abertos para se verificar do que morreram. Cirilo assistiu a um funcionário pegando rosas de um ataúde, colocando-as numa garrafa com água e dizendo em voz alta que ia levá-las para a filha aniversariante.

Tanques de formol margeiam as mesas de aço, esperam o mergulho de volta dos corpos indigentes. Cirilo também conta os minutos, a secretária mandou-o aguardar numa das salas de aula prática. Cumprimenta os colegas barulhentos, senta num banco desocupado. Leonardo combinou que Cirilo passaria à noite no jornal, após a entrevista. Se não fizesse isso, é porque fora preso. No Recife, se alguém atrasa um encontro, se homens estranhos perguntam por determinada pessoa, se avistam uma Rural verde nas imediações de casa, é sinal para ligar as sirenes. Mas quem escuta sirenes, se os ouvidos estão surdos de medo? Leonardo desejava acompanhar o amigo. Cirilo preferiu que ele não fosse por conta da ficha suja na polícia. Álvaro discursou duas horas sobre a perversidade do regime transformar uma vítima em bandido. Trata-se apenas de um estudante do primeiro ano de medicina, um rapazinho agredido por colegas em sala de aula. Mas um estudante não comum pelo sobrenome. A árvore genealógica dos Rego Castro chama atenção com Geraldo, um ramo que começa a dar trabalho ao regime.

— Essa entrevista aconteceu quando, Cirilo?

— Há quatro anos.

— Geraldo ainda frequentava engenharia?

— Não tinha sido expulso, mas ia bem pouco às aulas.

As vozes desceram escadas, deram gritos, reclamaram da chuva chata. Escutou-se o baque surdo de pedras caindo no chão e o de galhos partidos. Alguém tentava alcançar os jambos maduros no alto, derrubá-los, insatisfeito com as frutas apodrecidas na lama. Os ajudantes de sala devolviam os corpos rijos aos tanques, entre conversas sobre futebol e mulheres. Nada lembrava respeito ou deferência, nem o ar triste de alunos, professores e funcionários na missa ao cadáver desconhecido, celebrada nas solenidades de formatura. Os corpos faziam barulho imergindo no formol, semelhante ao de baldes atirados num poço: tchibum! O som do mergulho despertou uma lembrança em Cirilo: se fosse preso e desaparecesse, talvez doassem seu corpo à faculdade de medicina. Teria alguma utilidade depois de morto, já que não enxergavam nada de bom nele, enquanto vivo.

Tchibum!

— Teu time não ganha um campeonato. Só leva goleada.

Seguravam o fardo pelos ombros e pés e o depositavam na piscina de águas amarelas. Subia um cheiro sufocante de formol, que tomava o fôlego e enchia os olhos de lágrimas sem comoção.

Tchibum!

Um forçudo se atraca sozinho com a carga e a coloca de volta no tanque comum.

— Goleada é domingo.

— Do Sport? Pago pra ver!

Alguém descobre uma particularidade num corpo, mostra aos companheiros e todos acham graça. Os professores caminham apressados, olham o estudante, indiferentes. Um deles se aproxima de Cirilo e informa que o dr. Demócrito virá logo mais. Pelo visto, a conversa é de conhecimento geral. Um bedel limpa as mesas vazias, os outros se retiraram e logo mais Cirilo estará sozinho na companhia dos cadáveres.

— E você achou que ia ser preso?

— Sinceramente, achei.

— Por conta de Geraldo já ter sido preso ou por causa de você mesmo?

— Sei lá! É preciso motivo pra ser preso? Basta pensar. Eu já pensava no primeiro ano, embora não tivesse coragem de falar. O silêncio era meu método. E certa dose de cinismo e provocação.

— O professor! — anunciam.

Cirilo levanta-se com respeito, vê a hora no relógio, passa das seis, está escuro e ainda chove muito. Não trouxera guarda-chuva, não possuía nenhum, perdera todos os que comprara.

— Boa noite, professor!

— Boa noite, doutor!

Ele usava um método propositalmente cerimonioso, um recurso para intimidar os alunos, reduzi-los a nada. Seu complexo era consequência do tamanho pequeno, pouco mais de um metro e cinquenta de altura. Carrancudo, jamais ria, mantinha o corpo ereto e, mesmo diante de alunos de estatura elevada, parecia mais alto e superior. Os olhos injetados de sangue seriam consequência do formol aspirado desde os dezoito anos, quando entrou no curso de medicina e dedicou-se ao estudo da anatomia, ou a expressão de um ódio indisfarçável, um rancor contra todos e tudo.

— O senhor não tinha roupa mais adequada para vir falar com um superior?

Cirilo ensaiara exaustivamente com Leonardo e Sílvio o papel que representaria diante do mestre. Decidiram que era necessário manter o controle e fingir humildade, nunca ceder às provocações nem responder os insultos. O titular dispunha de poder suficiente para expulsá-lo da universidade, pois fazia parte de uma direita que se organizava desde os primeiros anos da década de sessenta e ganhara mais força com a ditadura.

— Desculpe, posso voltar outro dia.

— O senhor acha que eu disponho de tempo para perder com alunos baderneiros?

— Não compreendi.

— Não se faça de inocente! O senhor conturba o meu departamento, enfrenta os professores e os colegas com esse jeito rebelde. Seus pais nunca o ensinaram a ser decente?

Cirilo sentiu-se personagem de um romance inglês do século dezoito, quando os alunos eram ameaçados e castigados com surras de vara. Temeu que a qualquer momento seu algoz ordenasse que ele baixasse as calças e mandasse um bedel açoitá-lo até que chorasse e pedisse perdão. Conhecia o texto da pantomima barata, o enredo, as sequências e o papel que lhe competia representar.

— Meus pais cuidaram bastante de minha educação.

— Não parece.

— O senhor acha?

— Ensinaram-no pelo menos a escovar os dentes? Aposto que, se tirar a camisa, vamos encontrar grude nas suas axilas. O senhor fede como aqueles piolhentos sebosos que ficam na esquina do Cinema São Luiz. É também um deles? Hippie não pode ser médico, pois o princípio básico da medicina é a higiene. O senhor já ouviu falar em Hygieia, a deusa grega da saúde, filha de Asclépios? Certamente, não. Os estudantes de hoje ignoram a história e a mitologia e só pensam em enriquecer. Por que o senhor resolveu estudar medicina?

O professor mantinha a mesma impostação que empregava nas aulas do anfiteatro, a retórica fora de moda, buscando impressionar os alunos e parecer superior ao seu um metro e cinquenta. Usava o massacre como técnica, a lógica dos torturadores nas delegacias. Cirilo apelou ao método infalível de lembrar coisas agradáveis, uma estratégia para não sucumbir ao esmagamento: banhos de rio, cavalgadas, balanço no galho mais alto de uma árvore.

— Minha família é grande. Todos os parentes que precisavam de atendimento médico e hospitalização ficavam em nossa casa, na cidade. Eu me acostumei a acompanhá-los aos consultórios, a dormir nos hospitais. Observava os médicos trabalhando e quis ser um deles. Por isso vim morar no Recife.

— Na sua cidade não tem faculdade de medicina?

— Não.

— E na capital?

— Tem uma. Mas é costume na minha terra procurar o Recife.

— Por que não ficam por lá mesmo? Tomam as vagas dos nossos estudantes e ainda nos dão de presente um governador comunista.

— O senhor se refere a Miguel Arraes? É histórico gostarmos do Recife. Minha família saiu daqui, há trezentos anos, e colonizou o Ceará.

— Pois deviam ser mais agradecidos e não criar bagunça.

Cirilo lembrou o irmão Geraldo, sentiu pena dele e achou que não aguentaria o interrogatório por mais tempo. O método de lembrar coisas boas não funcionava. Resolveu assassinar seu algoz, afogá-lo num tanque de formol. Quando os alunos sentassem para dissecar um corpo, poderia ser o do professor crápula, pequeno e barrigudo. Talvez até descobrissem lombrigas, no meio de suas tripas.

— Você conhece Geraldo, o estudante de engenharia?

A pergunta veio à queima-roupa, sem preâmbulos. Cirilo esperava por ela, desde o começo do interrogatório. Pensou em responder que não o conhecia, não porque tivesse medo, apenas para sacanear o professor. Mas tinha certeza de que ele providenciara seu dossiê completo no serviço de informação da reitoria, onde sabiam os pormenores de sua vida dentro e fora da universidade.

— Somos irmãos.

— A mesma semente ruim.

— Geraldo é um excelente rapaz, um ótimo filho. Meu pai e minha mãe lutaram bastante para nos educar.

— Pelo visto não deu bom resultado.

Esgotou as reservas de cinismo e dissimulação. O padre confessor o chamaria de sepulcro caiado, mas, se não agisse dessa maneira, não conteria a raiva. Olhava para o lado de fora da janela, tentando enxergar alguma coisa que o alegrasse. A noite escura era sempre a mesma. E se cortasse o professor em várias peças para estudo? Talvez as carnes dele apodrecessem de tão ruins e nem mergulhadas no formol se conservassem.

— Professor, terminei de marcar os foramens.

Um aluno entrou na sala, interrompendo a entrevista sem pedir licença, como se tivesse prestígio bastante para isso. Era Gilberto, estudante do terceiro ano e monitor da disciplina. Morava na Casa, não fazia parte do grupo fechado de Cirilo, era dez anos mais velho, porém os dois se estimavam bastante. Nos finais de semana, Cirilo estudava anatomia com ele, que conquistara acesso livre ao departamento, por conta da monitoria. Gilberto ajudava os professores nas pesquisas, fazendo a parte mais difícil dos trabalhos e assinando como colaborador. Ninguém dissecava uma peça com tanta perfeição. Viera do Piauí estudar no Recife, cursara farmácia e depois resolvera fazer medicina.

— E aí, Cirilo, fazendo prova? Professor, esse aluno é estudioso.

A chegada do amigo, assim do nada, trouxe um alento a Cirilo. Quando teve pneumonia, a febre não baixava dos quarenta graus, por mais que tomasse antitérmicos. Delirava à noite e Gilberto ficou ao seu lado, sem dormir. Uma vez ele sentou na cama, deitou a cabeça de Cirilo no colo e passou a mão em seus cabelos, como o pai o acariciava quando era pequeno. Os dois falavam bastante nas avós. A de Gilberto, uma libanesa, fazia doce de limão em calda e mandava de presente pra Cirilo, mesmo sem conhecê-lo. Lavava e escovava os limões para tirar as sujeiras, dava um pequeno corte na extremidade onde o fruto se unia ao limoeiro, punha para cozinhar e depois extraía com uma agulha grossa a polpa cozida, até restar apenas a casca completa, como se o limão fosse intacto. Punha os frutos dissecados de molho na água durante três dias, trocando-a de hora em hora. Depois disso botava para cozinhar em açúcar e o doce ficava pronto. Como eram bonitos aqueles limões boiando na compota e como era delicioso colocá-los inteiros na boca e sentir a casca estourando depois de mordida, liberando o mel guardado no invólucro verde. Quanta paciência oriental para transformar o azedume em doçura. O avô libanês também mandava presentes. Trabalhava o bronze, o cobre e o latão na terra dele, mas no Piauí cedeu às facilidades do flandres e fabricava lamparinas com martelo e filigranas. Gilberto trouxe uma das lamparinas mais bonitas, o pavio de algodão enrolado pela avó. Cirilo pendurou-a na parede, usando-a como esconderijo para os baseados. Ninguém imaginaria que dentro do bojo do querosene ele escondia outro tipo de gás.

— Vocês se conhecem de onde?

— Nós moramos juntos, na Casa do Estudante. Cirilo vem sempre estudar comigo e me ajuda nos trabalhos.

— Ah!

— Ele é bom em anatomia.

— Vamos ver! Dê-me isso!

Quase arrancou das mãos do seu monitor uma caveira que ele trouxera para mostrar, com os foramens do crânio e da face marcados por alfinetes coloridos. Gilberto decidira especializar-se em cirurgia de cabeça e pescoço, por isso investigava os buraquinhos por onde entravam e saiam nervos e vasos. Cirilo ajudava o amigo na memorização da complexa estrutura vascular e nervosa.

— Deixe-nos a sós, Gilberto.

Cirilo percebia o esforço do professor em manter-se polido na presença do auxiliar. Se ele não chegasse, o interrogatório continuaria no tom de antes. Gilberto usava barba aparada, tinha os olhos verdes e a pele muito branca. Vestia-se bem, o oposto do desleixo de Cirilo, sempre em jeans desbotados, sandálias de couro, o cabelo sem pentear e a barba malcuidada.

— Vamos testar se conhece mesmo alguma coisa de anatomia, ou se é conversa do seu amigo para amolecer meu coração. O senhor terá cinco segundos para responder cada pergunta e não gagueje porque não suporto pessoas inseguras.

Apontou um alfinete de cabeça amarela.

— Esse forâmen?

— Forâmen oval.

— De que fossa?

— Fossa média.

— O que passa dentro dele?

— O quinto par craniano — nervo trigêmeo, ramo mandibular.

Cirilo nem gastava tempo pensando, estudara e conhecia a anatomia do crânio. O professor, quase nocauteado já na primeira investida do round, empalideceu e preparou-se para golpes mais baixos. Todos perdidos, porque o aluno se defendia bem e não errava um soco. Até a nona pergunta, o aluno não cometera um deslize, mesmo assim o titular não reconhecia a estatura do adversário, preferindo julgá-lo pela aparência. Se possuísse um mínimo de generosidade, mandaria Cirilo para casa com a nota máxima dez. Preferiu se estender em novas perguntas, não dando trégua. Cirilo não humilhava o mestre, embora não valorizasse seus títulos e desprezasse o conhecimento supostamente inútil para quem ainda não sabia o que fazer em medicina. Poderia vingar-se das humilhações sofridas, porém se manteve prudente, pois conhecia de sobra o seu algoz vingativo e traiçoeiro.

— Muito bem. Vejo que o meu discípulo Gilberto conseguiu ensinar-lhe alguma coisa boa. A décima pergunta tem valor anulatório. Se o senhor respondê-la corretamente, ganha os acertos das questões anteriores. Se errar, errou tudo. Se desistir, também ganha zero. Estamos combinados?

Cirilo não esperava tamanha sordidez. Não havia escapatória, tinha de continuar jogando.

— Uma pergunta fácil, para o senhor propalar minha generosidade entre os seus colegas rebeldes.

Apontou um alfinete de cabeça vermelha. Cirilo decidiu falar tudo o que sabia sobre aquele buraco, não esperando o desdobramento em novas perguntas.

— Forâmen jugular. Passagem do IX par craniano — nervo glossofaríngeo —, X par craniano — nervo vago —, XI par craniano — nervo acessório — e veia jugular interna.

O mestre por muito pouco não se desfez da empáfia e arrogância que aumentava em alguns centímetros a pequenez de seu corpo. Caso Cirilo abrisse a guarda, esboçando um sinal de subserviência mascarada em simpatia, ele o teria convidado para compor o grupo de alunos que ajudavam nas pesquisas do departamento. Mas Cirilo preferia mumificar-se com os cadáveres dos tanques a ter de conviver com o pequeno crápula.

— Levante-se para ouvir sua nota.

Ele mal conseguia estar sentado, as pernas trêmulas, uns molambos inúteis. O pai sempre pedia que ficasse de pé nas sessões de leitura em casa, depois do almoço e da janta. Enquanto lia, mesmo sem desviar a vista do livro, percebia o olhar terno e orgulhoso do pai. Tinha sete anos quando a família reuniu-se e a mãe pediu que lesse um trecho do relato de José do Egito, a história que ela mais gostava no Velho Testamento. Ele apanhara O Livro, obediente, escolhera um trecho ao acaso e começara:

— No terceiro dia, José lhes disse: "Eis o que fareis para terdes salva a vida, pois eu temo a Deus: se sois sincero, que um de vossos irmãos fique detido na prisão; quanto aos demais, parti levando o mantimento de que vossas famílias necessitam. Trazei-me vosso irmão mais novo: assim vossas palavras serão verificadas e não morrereis."

A prisão ou a morte pareciam um alívio, desde que ficasse longe da convivência abominável do homem que o interrogava.

Quando terminou a leitura, olhou ansioso para o pai e a mãe, temendo que o desaprovassem. O pai se comovera a ponto de encher os olhos de lágrimas, uma cena que ele nunca mais tornaria a ver.

— Meu filho, pode sentar — falou comovido.

— O senhor ficou surdo? Ordenei que ficasse de pé.

Cirilo levantou-se apoiado na mesa de dissecação, sozinho, de frente para o inquisidor. O formol criara uma nuvem opaca em seus olhos, que não o deixava enxergar nada.

— Meu filho, a partir de hoje você não precisa de mim nem de sua mãe, pois sabe ler sozinho.

Ele esperava a nota.

— Podem me acusar de tudo, menos de ser rigoroso. Eu nunca procuro ser bom, apenas justo. Não posso ajudá-lo, mas não deixo de me preocupar com o seu futuro. O senhor ganha nota dez em conhecimentos de anatomia e nota zero pela conduta inadequada. Somando e dividindo, fica com a média cinco. É mais do que merece.

Cirilo não sabia o que responder ao pai, nem ao professor titular. Desejava apenas fugir da cena do crime, antes que desmaiasse e fosse jogado num tanque de formol. O professor virou-lhe as costas sem um cumprimento, deixou-o sozinho entre as mesas de aço, perplexo e na iminência do choro. Escutou a explosão de um transformador de energia, as luzes se apagaram e pelas janelas ele constatou tratar-se de um blecaute geral. Era comum naquele bairro.

Tateou entre as mesas, achou a porta de saída, ouviu os cães ladrando e teve certeza do lugar onde se encontrava. Precisaria atravessar um longo corredor, descer três vãos de escadas, caminhar por mais corredores no térreo para finalmente chegar à rua. No segundo pavimento os alunos se espremiam em torno do quadro de notas, acendendo isqueiros e improvisando tochas com papel e jornais. Cirilo não se deteve, nem cumprimentou ninguém. Acabava de ser avaliado com uma nota cinco, sentia raiva e desejou que todos os colegas morressem. Parecendo atacados por um bicho peçonhento, os cães não paravam de latir. Mais escadas, uma leve tontura, um tempo para respirar e escolher o caminho no breu da noite. Enfia a mão por dentro da calça sem cueca, coça a nádega, suspeita de uma micose contraída na bacia suja da Casa. Vislumbra três vultos ao pé da última escada, avançando sobre ele. Assusta-se e recua. São Leonardo, Sílvio e Gilberto, que o abraçam felizes por ter escapado à chacina. Todos fazem perguntas ao mesmo tempo, tocam o amigo, puxam sua barba, dão tapinhas nas suas costas. Gilberto beija Cirilo no rosto, muitas vezes, e ele nem se importa com o contato áspero da barba aparada de tesoura.

— Conta tudo! — pedem.

— Não fui preso. Imagino que não fui.

Gilberto acende dois cigarros, coloca um entre os lábios de Cirilo e o abraça mais uma vez.

— E minha chegada?

— Caramba! Se não fosse você, não sei onde estaria agora. Obrigado. Devo mais essa.

Não se contém e bota para chorar. Leonardo é o que menos fala, treme como se estivesse acometido de uma febre terçã. Sílvio se movimenta igual a um contrarregra, pondo ordem na cena.

— Pago a cerveja — propõe.

Gilberto pergunta pela nota.

— Dez em anatomia e zero no figurino. Fazendo a média: cinco.

Leonardo finalmente diz alguma coisa:

— Por que não falou pra ele que sua calça é americana legítima? Que foi doada pelos gringos da União para o Progresso.

Todos botam para rir, Cirilo empurra Leonardo e afaga o rosto de Sílvio. São sempre os mesmos amigos tentando sobreviver em meio ao escuro. Estudantes barulhentos descem as escadas protestando contra as notas baixas, o grupo decide afastar-se ligeiro e sair à procura de um barzinho. Gilberto aproxima-se, tentando ouvir o que Cirilo diz.

— Pra mim, esse professor é a representação do mal. Algum dia vou matá-lo, nem que seja numa história de ficção.

11.
A água se transformou em absinto

Estudantes protestam em frente ao velho Hospital Pedro II, onde há um século a nobreza recifense dançou um baile no primeiro andar, durante a passagem do imperador pela cidade. Somente depois da festa inauguraram o edifício neoclássico imaginado pelo engenheiro que também projetou um ginásio, a casa de detenção e o cemitério mais famoso do Recife. É difícil conceber os mesmos dedos rabiscando desenhos tão diferentes: salas abertas ao ensino e ao futuro, cubículos destinados a homens sem perspectivas, enfermarias de doentes, covas e gavetas para os mortos. Ninguém protestou contra a dança e a música entre as paredes do hospital. Protestam agora em recusa a um novo decreto-lei do regime militar. Em meio aos alunos, instituições e partidos, um velho discursa como os profetas bíblicos ou os beatos milenaristas que arrastavam multidões nas terras secas nordestinas, alertando contra as coisas ruins. O homem falando a linguagem extravagante cheia de passagens bíblicas só é possível mesmo nessas bandas de cá, por onde caminharam levantando suas vozes e pregando o sebastianismo Antonio Conselheiro de Canudos e José Lourenço de Juazeiro do Norte.

— 477! O decreto amaldiçoado tem o número semelhante ao da Besta, no Apocalipse de São João: 477! Não esqueçam nunca esses algarismos vergonhosos, a nódoa em nossa história: 477! O nome desse câncer é “Absinto”, a terça parte da água se converteu em absinto e muitos homens morreram por causa da água que se tornou amarga.

Cirilo faz estágio na enfermaria do terceiro andar, dois pavimentos acima do salão onde o imperador dançou valsa com algumas senhoras vestidas em suas melhores sedas. As damas bebiam refresco, se abanavam com leques espanhóis, recostavam-se nas janelas e olhavam o pátio repleto de carruagens, cavalos, cocheiros e criados de libré, imitando a corte. Sem o poder econômico e político do passado, nobres, proprietários de engenhos, burgueses e comerciantes se esforçavam em apagar da memória do imperador as insurreições republicanas feitas no estado, o desejo nunca reprimido de serem independentes do resto do Brasil. Cobriam dom Pedro de presentes e trocavam os nomes populares das ruas por nomes de pessoas da realeza.

— A Besta foi batizada com o nome de Artur da Costa e Silva e o padre que o abençoou nem pensava que ele se tornaria um general e ditador do Brasil, senão o teria afogado na pia de batismo.

Cirilo tenta evoluir os doentes, mas os gritos e aplausos dos estudantes amotinados sob as árvores do pátio não lhe dão sossego. Amanheceu com a angústia de sempre, o desejo de largar o curso e ir não sabe para onde. Questiona-se sobre a escolha do pai, se valeu a pena trocar a vida simples do campo pela cidade.

— E é mesmo simples a vida no campo, ou você repete conceitos que o romantismo ajudou a fortalecer, ganhando fôlego com os hippies? — questiona Álvaro.

Não tomou café, e a boca amarga. Sente-se deprimido pelos estragos na amizade com Leonardo e Paula. Acirrou-se a disputa por territórios amorosos e de cada trincheira partem disparos. Leonardo mal fala com Cirilo, preferindo deixar cartas em sua mesa de estudos. Se gritasse como o profeta maluco que o faz sentir-se covarde, talvez a namorada e o rival o ouvissem de longe.

— Eles nos atormentam todos esses anos, semelhante ao escorpião quando fere o homem. Professores, alunos e funcionários de universidades são acusados de subversão ao regime militar. Submetem as vítimas a processos sumários, que terminam sempre em condenação. Os professores ficam cinco anos sem direito a ensinar e os estudantes proibidos de cursar qualquer universidade por três anos.

Sílvio procura Cirilo na enfermaria, insiste para descerem e se juntarem aos que protestam.

— Quem é o doido apocalíptico?

— O velho de barba branca? É Luiz Carmo, da cidade de Goiana.

Informa que Luiz cuida de uma igreja e restaura santos. Quando teve o golpe de 64, mandou tocar os sinos como se fosse um dia de finados. Não pertence a nenhum partido, mas acredita na possibilidade de um longo período de justiça, felicidade e paz na Terra. Veste-se igual a um monge beneditino e pratica um catolicismo semelhante ao dos antigos cristãos. Anda com um guarda-chuva preto e um guarda-sol claro, para se prevenir contra o tempo. Parece doido, mas é apenas excêntrico.

— E o que ele tem a ver com nosso professor?

— Carmo aparece onde fazem manifestações.

Dizendo-se contrário a toda forma de injustiça, o velho surgia como por encanto e nunca deixava de proferir sermões apocalípticos.

Depois de fazer badalarem todos os sinos da cidade onde mora, a polícia arrastou-o pelas barbas e deu-lhe uma surra. Mas não ficou preso por muito tempo porque ninguém levava seu discurso a sério. Achavam que era um profeta fora do tempo, esperando o reino de Deus na Terra e a salvação iminente e coletiva deste mundo.

— Há pouco eu olhava de uma janela e pensei que estava em 1817, na Revolução dos Padres. Essa cidade é maluca.

— Gostei do barbudo. Sou como ele.

— Então vá até o pátio e faça seu discurso.

— Tá cedo.

— Já ouvi essa conversa.

— Espere chegar a hora.

— Enquanto ela não chega, vou descer.

— Até quando o exército será um esconderijo de torturadores? Até quando vai durar o abominável ato institucional que dá poderes absolutos aos tiranos? Ai! Gememos nós, do povo! Ai! Mas vamos parar de gemer porque este é um grande dia! Não há outro semelhante a ele! Quebraremos a canga que pesa sobre nosso pescoço e romperemos as cadeias. Vamos à luta!

Cirilo dorme pouco, tem sonhos que não consegue lembrar. Acordou tarde, saiu correndo para o hospital, quase foi atropelado por um carro quando atravessava a pista em frente à Casa. O motorista gritou palavrões, chamou-o de louco. Passaram-se cinco minutos da conversa empolgada com Sílvio e ele já não se importa com o professor expulso nem que o velho grite seus impropérios.

— Pensar tornou-se crime, sujeito a penalidades. Ser conformista e de boca fechada é mais vantajoso e lucrativo. Os que escolhem manter-se fora da política não podem se opor às injustiças e arbitrariedades do regime, nem exercer seus direitos de expressão. Não haverá mais tempo! Não fique em cima do muro, decida-se por um lado!

Os gritos e palmas abafam a voz do profeta. Cirilo corre novamente à janela e o avista descendo de um caixote improvisado em palco, a barba longa até a cintura, as vestes monásticas. As pessoas o abraçam, alguém lhe entrega um guarda-sol de algodão cinza. Cirilo dá as costas ao pátio, põe as mãos sobre os ouvidos. Tenta imaginar o som de uma orquestra entre as paredes grossas. Será que dom Pedro II, no dia em que inaugurou o hospital com seu nome, imaginava que a expulsão de um professor causaria tamanho transtorno? O professor dava aula fora das salas e questionava as condutas padronizadas. Seus estagiários faziam as visitas aos leitos dos enfermos com uma cadeira na mão. Eram orientados a não ter pressa, a sentar e ouvir, ouvir bastante. O método revolucionário do professor consistia no mero exercício do que ensinara Hipócrates, há centenas de anos: olhar, escutar e examinar. O jovem professor não permitia que os alunos se amontoassem sobre os indigentes que procuravam o hospital da Santa Casa da Misericórdia, uma instituição antiga como o próprio país. Alguns chegavam com as barrigas volumosas por conta da ascite, do baço e do fígado aumentados, e submetiam-se a exames dolorosos e repetidos. Vinte ou trinta mãos de alunos apalpavam os órgãos doentes. O professor estabelecera novos métodos de abordagem, coisa simples como dividir o número de alunos por leitos. Também se podia falar de política durante suas aulas, o que os outros professores achavam subversivo e terminaram denunciando.

Um jovem discursa num megafone e a voz familiar paralisa Cirilo. É Geraldo e ele o reconhece pela roupa velha e gasta de sempre. A barba cresceu, parece mais magro. Cirilo ouve a mãe reclamando que o filho mais novo não faz nada para se aproximar do filho extraviado. Quer sair correndo, ficar ao lado do irmão, defendê-lo. Vê quando a polícia chega e um parceiro troca a camisa com Geraldo, na intenção de despistar os policiais. Tudo muito rápido, em segundos, e Cirilo assistindo de camarote. Desce os lances de escada aos pulos. Quando alcança a porta do hospital, muita gente corre, os policiais batem com os cassetetes, prendem e jogam rapazes e moças dentro de camburões. Não avista mais Geraldo e começa a procurá-lo, interroga as pessoas, indiferente ao risco de ser preso ou apanhar. Uma moça cruza com ele, a cabeça sangrando. Logo atrás vem a polícia. Cirilo segura-a pelo braço e pede que o acompanhe. Conhece os esconderijos do hospital, as pequenas e grandes dependências. Empurra a moça para dentro do laboratório, vazio naquele horário. Fecha a porta à chave e ordena que ela não fale. Alguém tenta abrir a porta e desiste. Os dois ficam longo tempo em silêncio, sem se moverem, até que Cirilo examina a cabeça da jovem, avaliando o ferimento.

— Sangrou, mas é pequeno. Nem precisa sutura.

Pensa numa maneira de não chamar atenção e sobem ao quarto dos médicos residentes. Pede que ela use o banheiro feminino e lave a cabeça. A moça obedece sem protestar, deixando-se conduzir por Cirilo. Quando sai do banheiro, seus cabelos estão molhados e pingam sobre a blusa e o chão. Ela apanha um dos lençóis da cama e enxuga os óculos.

— Não sujou a roupa de sangue, menos mau.

— Pensei que iam me levar. Obrigada por tudo.

— De nada. Prazer, Cirilo.

— Rosa.

— Você é de medicina?

— Não. Sou de Belas-Artes.

— Ah, uma artista!

— Pintora. Não deboche.

— Não estou debochando.

Olham-se constrangidos, ela é bonita mesmo com as lentes de míope, parece indefesa, mas até bem pouco tempo fazia agitação no pátio.

— E você, por que não estava lá embaixo com os outros?

Pensou em dizer a verdade, mas talvez precisasse falar muito e por isso achou mais fácil mentir.

— Fiquei preso no bloco cirúrgico, por causa de uma emergência. Quando deixei a sala, ouvi os gritos e desci para ver o que era. Deu nisso aqui.

Ela torce as pontas dos cabelos, escorrendo gotas d'água. Formula perguntas, desatenta às respostas.

— Achei insignificante a participação dos seus colegas. Vi mais gente de engenharia. Você faz política?

Cirilo decide não mencionar o irmão. Cansou de ser avaliado pelo parentesco com um militante famoso.

— Ao meu modo, sim.

Ela ri e pela primeira vez olha Cirilo de frente, bem nos olhos. Ele a acha mais bonita, mesmo não gostando de mulheres com óculos.

— Quer dizer que tem um partido só seu?

— Você sabe que não falei isso. Agora sou eu que peço para não debochar. Tento sobreviver em meio ao caos, não seguir ninguém. Mas não sou neutro, odeio as pessoas mornas.

— Um existencialista?

— Não.

— Um conformista, então.

— Por favor, não tente me enquadrar. Também não sou anarquista. Trabalho, estudo e vez por outra me alieno. Mais alguma pergunta do Serviço Nacional de Informação?

Ela ri. A blusa de tecido fino se molhou, revelando os contornos dos peitos, os mamilos escuros e largos. Cirilo fica excitado e sente vontade de dizer que seria mais proveitoso se, ao invés de falarem, ela o deixasse morder seus peitos.

— É bom descermos. Não sou médico residente e estou aqui clandestino. Estudante homem no quarto das mulheres é um duplo atentado às leis morais.

A polícia abandonara o pátio, mas permanecia o tumulto nos corredores do hospital. Alguns estudantes olhavam Cirilo com desconfiança, sabiam que era irmão de Geraldo, mas ele nem ligava. Seu plano de enfrentamento surtia efeito. Tinha certeza de que nunca mais seria alvo de agressões covardes. Não compreendia se as pessoas o imaginavam um militante de esquerda e o perseguiam por isso ou se o desprezavam porque não combatia com o irmão. Nenhuma dessas hipóteses lhe parecia razoável. Talvez elas não suportassem o seu esforço em ser livre.

— E aí, ficamos só nisso?

Rosa se encabula com a objetividade de Cirilo.

— O que você acha?

— O destino cruzou nossas vidas. Não me diga que não acredita na força dos astros.

Ela ri mais uma vez e Cirilo sente vontade de chupar sua língua.

— Fui selecionada para uma mostra de aquarelistas. Você gosta de aquarela?

— Não entendo nada de pintura.

— Não é pra entender, é pra sentir.

— Primeira lição...

— Quer ver os trabalhos?

— Quando?

— Sexta-feira à noite, no Museu de Arte Contemporânea de Olinda.

— Me espere.

Ela se despede com um aperto de mão, se afasta e Cirilo continua a olhá-la. Lembra-se de Paula, tão diferente no jeito de caminhar, e um arrepio percorre seu corpo. Faltam curvas em Rosa, quadris e bunda, tudo o que excede em Paula. Como será que Rosa chupa manga? Precisa fazer o teste, antes de levá-la pra cama. Poderia tê-la agarrado no quarto das residentes. Seria expulso da faculdade. Com certeza não. Crimes sexuais machistas não contam para o regime. Lúcifer está bem vivo em Cirilo, ressuscitou em seu herdeiro terrível e infeliz. De quem é a citação? Não recorda. Tenho sido judiado, sou oprimido, odeio quem me oprime, repete em voz baixa o mesmo autor esquecido. Ou Lúcifer o libera para a esbórnia ou ele o destrói. Sente mais arrepios, apalpa o membro ainda endurecido, toca a face com o dorso da mão.

Felizmente, não está com febre.

12.
Os que assistem de longe

Ajudado por amigos do Recife, Luis Eugênio conseguiu montar com recortes de jornais, notícias ouvidas no rádio e informações que mais pareciam fofocas um histórico das atividades de Geraldo, desde que ele saiu de casa. Num livro de capa dura, normalmente usado para atas de reunião, colava os recortes e escrevia em letra trêmula o que a censura deixava passar sobre o filho, compondo um relatório minucioso. Algumas datas se misturavam no texto e na cabeça do escrivão. Célia Regina percebeu que o marido sofria de uma tristeza profunda, uma apatia para tudo que não se referisse ao filho pródigo, e suspeitou que apresentasse sinais de uma demência senil precoce, cuja origem seria o transtorno obsessivo por Geraldo. Luis negligenciou o curtume e o depósito de vendas, facilitando o caminho para o sócio dar o desfalque que levaria a família à ruína financeira.

Atenta ao sofrimento do marido, aos dois filhos desgarrados e aos outros filhos menores, Célia Regina assumiu o comando financeiro da casa, administrando o caixa e os empregados, antes de ficarem na completa miséria. Graças a ela conseguiram manter a dignidade e não passar fome. Quanto mais o livro se ilustrava com as façanhas de Geraldo, mais Luis se convencia de que o filho seria morto ou desaparecido, sendo esta segunda alternativa a mais angustiante para os familiares. Célia Regina se empenhava, mas não demovia Luis Eugênio de um sentimento de fracasso na educação de Geraldo.

Ele se culpava pelas escolhas políticas do filho, pelo seu engajamento num partido comunista que pregava a luta armada e o consequente abandono do curso de engenharia, e até por sua falta de êxito financeiro. Num estágio avançado da loucura escreveu uma carta petição ao exército, implorando que somente ele, o pai, fosse punido com prisão, tortura e morte. A carta nunca foi enviada e a mãe pregou-a numa página do livro registro.

Sem valorizar a fama alcançada por Geraldo nas lutas estudantis e no partido, Célia Regina preferia que ele tivesse frequentado regularmente o curso de engenharia, conseguido um bom emprego, que ganhasse bastante dinheiro e ajudasse os irmãos mais novos, que casasse e lhe desse netos. A luta por igualdade social e transformação política do país lhe parecia um ideário vago, falatório de quem possuía excesso de juventude e muita fumaça na cabeça. Não distinguia os discursos de direita e esquerda, achando que ao chegarem ao poder os mesmos erros seriam cometidos pelos dois lados, e que não se respeitava a liberdade nem na China nem no Brasil, havendo em ambos os países intolerância, repressão, tortura e morte. Existiam pessoas boas e más em qualquer tempo, Jesus Cristo apontara o caminho para a salvação do homem, bastava praticar os Evangelhos, o que ela mesma reconhecia não fazer corretamente. Mas nem por isso aceitava a Igreja politizada e atuante em causas sociais. À medida que Luis Eugênio se perdia num mundo de culpas e remorsos, ausentando-se da educação dos filhos e do papel de provedor da casa, Célia Regina se descobria capaz de pensar, expor ideias fortes e corajosas, compreender as escolhas dos filhos sem deixar de amá-los, mesmo não concordando com eles. As diferenças entre Cirilo e Geraldo, sempre visíveis, tornavam-se claras. A mãe temia que por algum mecanismo inconsciente eles buscassem acentuá-las a ponto de se confrontarem. O segundo filho aceitara a primogenitura imposta pelos pais, assumira uma carga de obrigações financeiras, e até a responsabilidade pela vida em perigo do irmão mais velho. Para Luis Eugênio, mesmo Cirilo alcançando o mais sublime êxito profissional, não o compensaria pelo extravio do seu filho pródigo.

Célia Regina notou certa frieza nos parentes e amigos, que a revoltaram de início, mas deixaram de magoá-la com o passar do tempo. Poucas pessoas do convívio familiar se interessavam pelo destino de Geraldo, dos presos torturados e desaparecidos. Quando se referiam à repressão política e à resistência, diziam tratar-se de uma luta fora do mundo em que gravitavam, interessando apenas aos que estavam engajados. O falso milagre econômico permitia que trocassem o carro e viajassem à Disney. Geraldo explicou numa carta para a mãe que existia um Brasil campo de batalha e um Brasil bolha de privilégios, em que os de sempre continuavam usufruindo o de sempre. Esses privilegiados temiam mudanças sociais, faziam vista escura à repressão e davam respaldo à ditadura. Na cidade cearense distante quase setecentos quilômetros do Recife, Célia Regina e Luis Eugênio tornaram-se conhecidos como os pais do comunista e eram olhados como se olham os leprosos.

As notícias sobre Geraldo chegavam misteriosas e vagas. Ninguém do mundinho interiorano se relacionava com ele no Recife, para não se tornar suspeito. Os parentes mais afoitos mandavam recortes de jornais clandestinos, porém não escondiam a indiferença pelo destino do rapaz. Achavam que um tiro disparado no meio de uma passeata daria fim à angústia da família. Na série de papéis reunidos por Luis Eugênio no livro de capa negra, semelhante a um registro de óbitos, era possível acompanhar a trajetória de Geraldo e saber o quanto foram intensos os seus dias até o desfecho que o pai não chegou a inscrever, pois já se encaminhava ao território da demência, o sombrio mundo de Lete, de onde ninguém retorna com memória.

Pouco depois do golpe de 1964, Geraldo ingressou num curso da Escola de Engenharia, na antiga Universidade do Recife, sendo o primeiro classificado no vestibular. Os estudantes de engenharia tornaram-se conhecidos pela atuação junto aos movimentos sociais e já no primeiro dia do novo regime saíram às ruas protestando contra os militares, numa passeata em direção ao Palácio do Governo. Recebidos à bala pela polícia, dois rapazes morreram. Os manifestantes não se acovardaram diante da força do regime e a escola continuou sendo um espaço em que fervilhavam os ideais revolucionários, o diálogo com intelectuais de esquerda e pensadores.

Ao invés de sentir-se atraído pela matemática e pelos cálculos, Geraldo encantou-se com a política do diretório acadêmico, chegando anos depois a ser presidente da União dos Estudantes de Pernambuco. Nos seus discursos, condenava as arbitrariedades dos militares, defendia ensino público gratuito, liberdades democráticas e a reorganização das entidades representativas dos estudantes, extintas ou constantemente fechadas pela ditadura.

Antes de sua primeira aula, Geraldo participou de uma greve contra a transferência da Escola de Engenharia do antigo local onde funcionava, no centro da cidade, para o campus universitário distante. Acreditava que a intenção dessa mudança era enfraquecer a força combativa dos alunos que se opunham abertamente aos militares, isolando-os num local ermo. A greve ficou conhecida como a primeira levada à frente, desde o golpe. Geraldo foi preso por ter elaborado um cartaz incitando à paralisação, com frases agressivas ao regime. A prisão arbitrária, mesmo para as leis da época, teve um delegado responsável. Ele declarou que se tratava apenas de um corretivo, uma ação disciplinar contra arroubos juvenis.

Um ano depois, o jovem revolucionário continuava envolvido com as lutas estudantis do curso de engenharia e ausente das salas de aula. Sofre a segunda prisão. Membros da polícia militar e civil de Pernambuco invadem a casa onde mora e o prendem. Em seguida é encaminhado ao IV Exército, ficando três semanas numa cela de um metro por um metro e meio, paredes com chapisco pontiagudo de cimento cru, escura e sem um colchão onde pudesse deitar. Incomunicável, tem a companhia dos mosquitos, que destroçam sua pele branca e fina, e de homens encapuzados que o levam para longos e intimidantes interrogatórios. Dorme no chão e faz as necessidades conforme o arbítrio do oficial do dia: é escoltado até um banheiro sem porta e senta numa bacia sanitária, de frente para soldados com fuzis apontados em sua direção. Após a estada numa companhia de guardas, transferem-no para outro regimento. Passa a última semana de prisão incomunicável e sem direito à assistência de um advogado.

Da mesma maneira que um paciente de psicanálise preenche seu discurso vazio com histórias fantasiadas, Luis Eugênio ocupa as margens do livro com interpretações de fatos divulgados na imprensa. Geraldo nunca escreveu ao pai ou à mãe narrando o que lhe acontecia, nem conversou com Cirilo, bem próximo dele no Recife. Seguia ao pé da letra uma cartilha de silêncio; nada informava, não deixava pistas nem endereços, imaginando que dessa maneira não o pegariam outra vez. Habituado aos relatos sertanejos sobre o cangaço, o pai indagou se Geraldo possuía algum protetor, um coiteiro dos que escondiam os bandidos das volantes policiais, durante as perseguições. Célia Regina não gostou que o marido confundisse as atividades do filho com as de um cangaceiro, embora ele argumentasse que ambos viviam na clandestinidade, fugindo e se escondendo da polícia.

No livro de capa preta — como ficou conhecido dentro da família Rego Castro —, a que Luis Eugênio dedicou seus últimos anos de lucidez, há várias anotações de pé de página explicando os motivos da segunda prisão de Geraldo, junto a outros líderes. Como secretário do Diretório Acadêmico de Engenharia, ele havia participado de uma assembleia em que foram aplicadas sanções contra dois estudantes, por terem denunciado como subversivos dois colegas da mesma turma. A votação esmagadora de quatrocentos votos a favor de expulsar os pelegos do diretório, contra apenas onze votos contrários, foi considerada pela ditadura como um tribunal popular comunista à moda chinesa e cubana.

Em letras graúdas e sublinhadas, Luis Eugênio registra: Foram quatro semanas de calvário. E interroga: Quem sofreu mais, Geraldo, que procura o martírio, ou seus pais, que assistem de longe, calados e impotentes, sem notícias confiáveis e sem fé nas autoridades?

Há uma comovente nota escrita por Luis Eugênio, logo após os acontecimentos que levaram o filho à cadeia, que atesta seu extremo amor paterno. O texto pouco legível, por conta da letra trêmula, diz o seguinte: Geraldo nunca se afastou dos princípios de honestidade que incutimos nele, como sendo o maior bem. Mesmo eu não aceitando a escolha política do meu filho, mesmo sofrendo ao vê-lo estragar um futuro brilhante, me orgulho de suas atitudes, pois reconheço que não agiria diferente. A traição dos dois rapazes merecia ser punida. O julgamento foi justo e a pena correta. Parabéns, Geraldo! Orgulho-me de você! Um pouco mais abaixo, na caligrafia de Célia Regina, uma nota foi acrescentada, quando Luis Eugênio já não compreendia o significado do livro a que dedicara os últimos anos de vida: As mães temem ver os filhos transformados em heróis, pois este é o primeiro passo ao martírio. Se a escolha de Geraldo é voluntária e irreversível, rogo a Deus que o proteja e guarde. É o que posso fazer: suplicar a quem governa acima dos mortais. O resto foge à minha vontade e determinação. Deus se compadeça de você, meu filho.

Segue-se à bênção materna um pequeno recorte de jornal com vários erros que corrigimos: Em liberdade, responderam a um processo na justiça militar, compareceram às audiências e no dia do julgamento, pouco antes de ouvirem a sentença, saíram de fininho. Foram condenados a um ano de prisão, mas já não estavam lá para serem presos. Logo depois, vem a transcrição de uma rara carta de Geraldo, chegada à família por caminhos tortuosos e marginais:

Fiquei sumido porque essa era a única forma de apelar ao Supremo Tribunal Militar. Depois me entreguei e fui novamente preso num quartel da polícia. Minha advogada conseguiu para mim o direito de ir à escola fazer as provas, bem escoltado, é verdade. Desse modo, eu estava quase diariamente na Faculdade de Engenharia e, mesmo preso, pude me articular com os estudantes e fazer várias reuniões. Meses depois, fomos todos absolvidos pelo Supremo.

O restante da carta possui um tom jocoso, talvez porque Geraldo se comportasse como um estudante universitário, arrebatado e juvenil, sem consciência plena dos riscos que corria. Um ano mais tarde é preso novamente, dessa vez em São Paulo, junto com vários colegas que realizavam um congresso da União Nacional de Estudantes. Após vários dias de detenção, colocaram os nordestinos num ônibus e os devolveram às cidades de origem. Nessa época, Geraldo filiou-se ao Partido Comunista Brasileiro Revolucionário. Não há registro sobre a data e a forma como Luis Eugênio tomou conhecimento da guinada política do filho, antes vinculado ao velho PCB. É possível que os parentes do Recife tenham sabido esse detalhe por algum informante e, numa viagem de férias ao Ceará, alertado o pai sobre os riscos que o filho corria. Tudo são conjecturas, pois Luis jamais registrou por escrito suas fontes não oficiais. Os informantes não mencionaram a sigla PCBR, aludindo apenas à velha designação de um partido ultrarradical de esquerda. O restante Luis Eugênio imaginou ou reconstituiu como os arqueólogos fazem com os seus achados.

A partir daí, acontece uma mudança radical na maneira como o pai organiza o relatório do filho extraviado. Consulta juristas, enche as páginas de leis e teorias do direito, cola notas sobre os partidos clandestinos, junta documentos como se preparasse uma futura defesa. Célia Regina assume de vez a administração da casa e dos negócios do marido, emprega duas filhas como menores aprendizes ganhando cada uma meio salário mínimo, aceita mais um turno de professora e convida um irmão solteiro para morar com a família, pois insiste que as manias de Luis Eugênio são sintomas de demência.

Eleito presidente da União dos Estudantes de Pernambuco, fechada desde o golpe militar, Geraldo se torna uma referência entre os universitários que o aclamaram. Mais perseguido do que antes pelos órgãos de segurança da ditadura, ele corta todo contato com a família. Já não possui endereço certo, dorme na casa da namorada e dos companheiros, porém nunca se demora mais de uma semana debaixo do mesmo teto, nem come com ninguém o punhado de sal que a avó afirmava ser uma condição necessária para as pessoas se conhecerem e tornarem-se amigas.

13.
Carta de Cirilo para a mãe

Querida mãe,

perdoe a falta de notícias. Não tenho segurança em enviar cartas pelo correio, pois tenho certeza que nos vigiam e abrem nossa correspondência, à procura de alguma pista de Geraldo. Como se nós soubéssemos mais do que eles sabem. Aproveito o tempo disponível, levo minhas encomendas até a rodoviária e procuro alguém de confiança que possa entregá-las aí em casa. Mando sempre coisinhas pequenas com receio de incomodar as pessoas. A senhora não imagina a vontade de mandar uns presentinhos para as meninas, besteirinhas iguais às que eu comprava quando fazia as feiras. Mas sinto-me envergonhado de pedir favor e segue apenas o essencial. Às vezes retorno com a encomenda na mão, porque não vejo rostos familiares. Nos cinco anos morando longe, esqueci os amigos e acho que também fui esquecido.

Conheço o Recife porque vou para todos os lugares a pé. Caminhando, economizo as passagens de ônibus. Saio do Hospital Pedro II, ando por uma rua de armazéns de madeira e atravesso uma ponte com grades de ferro, aplicadas nos parapeitos. É a ponte Velha, que une o bairro da Boa Vista ao de São José. Tenho certeza que a senhora vai se encantar, quando atravessá-la. Da ponte avistamos a Casa de Detenção, um prédio que seria bonito se não fosse uma penitenciária. Além dos criminosos comuns, nela vivem muitos presos políticos. Geraldo não se encontra ali, fique tranquila. Lamento entristecer a senhora, mas pelo que andei me informando, seu filho é um dos mais procurados e ninguém vai tratá-lo bem quando botarem as mãos nele. Não fique com raiva de mim por falar dessa maneira, nem mostre minha carta a papai, pois talvez ele me chame de cínico e frio. Não sou nada disso, apenas desejo preveni-los.

Minha atitude perante a vida e minhas ideias mais profundas são contrarrevolucionárias. Refiro-me tanto à revolução que Geraldo pretende fazer quanto ao golpe militar que chamam de revolução. Atravesso esse fogo e recebo estilhaço de todos os lados, até mesmo das pessoas que se dizem neutras, as piores a meu ver, os verdadeiros fariseus. Lembra o apocalipse de São João? "Conheço tua conduta: não és frio nem quente. Oxalá fosses frio ou quente! Assim, porque és morno, nem frio nem quente, estou para te vomitar de minha boca." Eu sou quente, não me incomodo de morrer queimado, porém em outro fogo. Qualquer dia lhe exponho mais claramente os meus pontos de vista.

Sinto saudade de quando papai lia a Bíblia para nós, depois do almoço e do jantar. Ele, que sempre se proclamou ateu, adorava ler a História Sagrada. Ainda existe o costume dos serões de leitura, ou até isso acabou em nossa casa?

A senhora me pede que eu não escreva cartas complicadas, mas vou escrever o quê? Desculpe, seu filho Cirilo é um cara confuso.

Voltemos ao Recife. Eu fazia o caminho até a rodoviária, um passeio simples, por ruas nem sempre bem-cheirosas, mas nem por isso menos bonitas. Quando entrar nas igrejas barrocas, vai sentir um deslumbramento. A que eu mais gosto é a Basílica do Carmo, com o altar-mor cheio de anjinhos, igual aos altares das festas de coroação de Nossa Senhora, no mês de maio. Gosto mais dessa igreja porque os ornamentos parecem profanos, repletos de símbolos pagãos. Falo essas coisas que não lhe agradam, mas elas me deixam feliz. Tem dias em que me invade um profundo cansaço diante dos acontecimentos de nossa vida, todos previsíveis, todos inevitáveis. Geraldo faria outra escolha, como papai desejava? Não sei responder.

Na França, os estudantes lutaram para que as ideias voltassem a ser perigosas e a universidade deixasse de ser uma instituição conservadora, autoritária e burocrática. Geraldo também arriscou a vida por mudanças na universidade, mas terminou se filiando a um partido com vínculos ideológicos nas piores ditaduras. Em Praga, as pessoas saíram às ruas e enfrentaram os tanques de guerra dos russos, cobrando o afrouxamento do comunismo de influência soviética, rígido e burocrático. Geraldo fez de conta que não viu as fotos dos tanques do Pacto de Varsóvia acabarem com a esperança nascida na Primavera de Praga. Ele e seus companheiros saem à rua para defender as ideologias dos que ordenaram a invasão de Praga.

Dá para entender meu irmão? Geraldo me chama de alienado porque prefiro os hippies e os loucos da contracultura. Pelo menos esses não fazem pacto com marxistas, estudantes, nem trabalhadores. Sonham com liberdade, a utopia da moda, com igualdade entre homens e mulheres, brancos e negros, heterossexuais e homossexuais. E não causam mal a ninguém.

Não se preocupe com meu carinho pelos hippies, tomo banho todos os dias e possuo a própria escova de dente.

Nunca dissimulo minha verdadeira situação, traço pequenos mapas de meus acertos e equívocos na cidade onde criei raízes e que amo, apesar de sufocante e de me revelar seu pior rosto. Será que de alguma maneira dependo desse ambiente claustrofóbico para viver? Vou pensar melhor nisso.

Continuo na corda bamba, como na música que a senhora adorava cantar. Mando pra vocês o salário do sindicato e um pouco do que ganho com as aulas particulares. Garanto o dinheiro do cigarro e sempre pego empréstimo com Sílvio, meu colega de Várzea-Alegre.

Acho que escrevi uma carta literária, o oposto das suas: objetivas e diretas. Não levei surra bastante de papai e por isso faço tudo errado. Continuo com o projeto de escritor, me arriscando vez por outra num conto ou numa peça de teatro. Quando a medicina se torna frustrante, imagino que sou um romancista e dessa maneira consigo tocar a rotina de estudo e plantões. Se a literatura me enfada, mergulho de cabeça na medicina e tapeio o escritor. O risco é tornar-me medíocre nas duas profissões. Felizmente tenho boas notas, embora estude pouco. Acho que sou um menino inteligente, como sempre falaram de mim.

A senhora não gosta que eu perca tempo com literatura, não é verdade? Nem papai. Acreditam que não vale a pena escrever num país de poucos leitores, onde não se ganha dinheiro escrevendo e nem se leva escritor a sério. Vocês têm razão, ninguém me leva mesmo a sério quando retiro da bolsa uma folha de papel datilografada e leio pros amigos.

O curso de medicina é burocrático, representamos números e poderíamos nem existir, desde que as frequências fossem assinadas e os cronogramas de provas obedecidos. Um professor chefe de departamento anda com um molho de chaves na cintura. Sílvio comentou que as chaves apenas fecham e não abrem nenhuma porta ou gaveta. Achei genial a observação dele, a mais pura verdade. O ambiente universitário tornou-se medíocre e sofre censura. Os pensadores e cientistas foram expulsos, exilados ou se afastaram das funções que exerciam, para sobreviver. Paira um clima de medo no Recife, há prisões, pessoas são arrancadas de casa, detidas, algumas desaparecem e a família nunca sabe o paradeiro.

Geraldo não nos revela seu endereço porque desconfia que somos vigiados. Sílvio me ensinou uma maneira de escrever cartas e não botar em risco meu destinatário. É só inventar disfarces, criar um palavreado sem sentido e no meio dele enxertar os assuntos importantes. Acho que já escrevo dessa maneira. Você e papai me compreendem?

Eu suporto a universidade apenas porque nós criamos uma confraria de amigos intelectuais, sem filiação partidária: poetas, músicos, artistas plásticos, jornalistas e diletantes iguais a mim, que se reúnem para conversar, beber cerveja, trocar livros e artigos censurados. O Bar Savoy, no centro do Recife, é nosso paradeiro. Sem esse mundinho marginal, eu não sobreviveria.

Tentamos compreender os acontecimentos à nossa volta. Mas será compreensível o que ameaça a segurança e o equilíbrio mental de pobres estudantes, muitos vivendo em condições precárias, como eu vivo? Não pense que apenas o sertão se transformou em ruínas, também a universidade, que me custou tanto esforço alcançar, lembra um deserto.

Me fale se ainda costura os vestidos em Odila e se frequenta a sessão de cinema no domingo à noite. Já consegue ficar acordada, pelo menos, os primeiros vinte minutos do filme?

Lembrei do velho Luis Eugênio quando assisti ao filme *Os sete samurais*, de um diretor japonês. Um mestre caminha com seu discípulo e vê dois samurais de espadas erguidas, prontos para a luta. Ele aponta o que irá morrer e o discípulo pergunta como tem certeza disso. O mestre reconhece o perdedor pela raiva estampada na face. Papai sempre achou que, se eu não controlasse minha raiva, seria derrotado. Por esse motivo ainda não escrevi um conto sobre o incidente do vestibular, o dos vinte alunos que receberam as questões de física de um professor. Descobriram a falcatrua, cancelaram a prova, mas não puniram ninguém. Para bandidagens como essa, a justiça faz vista grossa. Papai supôs que eu não teria controle para me submeter a uma segunda prova, depois de alcançar uma excelente nota na primeira. Passei apertado. Faz quatro anos e não suporto lembrar essa história. É melhor não escrevê-la. Serei derrotado pelo rancor.

Também nunca lhe contei as minúcias da entrevista com o professor de anatomia. Isso faz quatro anos e ainda não destilei o veneno. Portei-me como um covarde, ou um cínico tentando livrar a pele. Geraldo o enfrentaria, mas eu preferi jogar com as armas dele: a hipocrisia e a mentira. Eis a diferença entre seus dois filhos: Geraldo é um rebelde com causa e eu sou um revoltado sem causa.

Apesar de toda a censura, leio bastante, pois tenho amigos que me emprestam bons livros. Consegui formar uma pequena biblioteca com cinquenta volumes, comprados em sebos. Já é bem maior do que o caixotezinho de livros que a senhora levou para os Inhamuns e foi tão útil a papai e a mim.

Ainda não lhe contei de Rosa, uma jovem pintora. Conheci-a num lance de filme policial. Tenho certeza de que ela será bem-acolhida por todos de casa. Deixo esse assunto para depois. Preciso estudar para uma prova.

Um beijo na senhora, em minhas irmãs, no irmãozinho, e um abraço no velho.

Seu filho saudoso,

Cirilo.

14.
Navio para a China

Três lances de degraus levam ao sindicato. Antes de tomar à esquerda e entrar num vão extenso, com salas improvisadas por divisórias de madeira e vidro, Cirilo olhou a porta de cima. Quis mandar o emprego, o interventor e os alunos ao inferno e subir a escada que dava acesso às delícias do quarto andar. O que impedia seus passos? Durante as aulas, escutava a campainha tocando e a porta sendo aberta. Ouvia pedaços de música, barulho de pés no assoalho, gargalhadas, vozes e gemidos. Vez por outra, atiravam clientes indesejados escada abaixo. Cruzava com as mulheres ao descer para a rua no final do expediente, o perfume delas mais forte do que as imagens apagadas na penumbra. Roçavam os corpos nele, acendiam cigarros, mas Cirilo recusava os convites para dormirem juntos. Descia lentamente, degrau a degrau, esperando ouvir uma lufada sonora quando a porta misteriosa se abria de vez.

Que música alguém canta agora? Uma canção favorita da mãe, ela a entoava baixinho para os filhos adormecerem. A letra fala de uma andorinha perdida, que busca abrigo e não encontra. Alguém oferece um ninho junto ao leito, onde a avezinha passe a estação. Cirilo também gostaria de encontrar repouso em algum lugar, pois se sente errante e angustiado.

Acende um cigarro e só depois da última baforada segue o caminho habitual, como faz todos os dias, de segunda a sexta-feira, há mais de três anos.

— Boa tarde, seu Luis!

— Boa tarde, professor. Chegou cedo!

O senhor Luis dá aparência de setenta anos; magro, o bigode fino e branco. Caminha de uma sala para outra com ar concentrado. É o único remanescente da antiga diretoria, desde a intervenção do exército. Certamente o velho foi confundido com os armários capengas, as cadeiras de ferro corroídas pela maresia e as atas de reunião arquivadas em gavetas de birô, depois de queimarem as páginas com nomes suspeitos.

— O pagamento só na próxima semana.

— Vim falar com seu Gilvan. Lembra o ofício que me entregou ontem à noite?

— É claro, professor.

— Ele pode me atender?

— Espere um pouquinho.

Passava das quatro horas. Cirilo abandonara uma aula de cirurgia pela metade, arriscando-se a levar falta. Caminhou até a janela do prédio e olhou para fora. Carregavam um navio asiático com sacos de açúcar. Não reconheceu nenhum de seus alunos entre os estivadores. Também não sabia distinguir os ideogramas japoneses dos chineses. O capitão de um navio mercante em visita ao sindicato perguntou se ele desejava fazer uma viagem à China. Navegavam quarenta e cinco dias para ir e mais quarenta e cinco dias para voltar. Paravam nos portos de cidades estranhas como o Recife. Quis saber como elas eram e o capitão respondeu que todas as cidades portuárias do mundo são iguais. Perguntou o que faziam os marinheiros quando não estavam trabalhando e ele sorriu constrangido.

Não se interessou pela proposta, não podia ir.

Seu Luis havia entrado na sala de seu Gilvan com uma braçada de papéis e não retornava. Com certeza o interventor assinava os documentos.

Os pombos moravam em quase todos os prédios em frente aos armazéns do porto e cobriam de excrementos a estátua de um diplomata brasileiro, descansando inerte entre bancos de mármore de uma pracinha. Ninguém sabia informar quem era o homenageado.

— Aguarde mais um pouquinho.

Era seu Luis, o corpo encurvado de tantos obséquios. Prenderam as lideranças do sindicato, a diretoria anterior foi destituída e ele continuou preenchendo papéis.

— Vai demorar?

— O senhor sabe, tem muita assinatura.

— Sei.

— Sabe mesmo?

— Imagino.

— Melhor nem imaginar.

— Eu posso descer um pouco?

— Sei não.

— E fumar, posso?

— Quem sabe é o senhor.

Fumou. Arrastavam um móvel no andar de cima, talvez uma cama ou um guarda-roupa. Se a boate ficasse no segundo andar, espionaria pelas frestas do assoalho. Não conseguia reconhecer a música que tocava agora.

Um barqueiro atravessava pessoas da praça aos arrecifes do porto. Uma passageira abriu a sombrinha estampada e o sol nem era mais tão forte. A sombrinha o impedia de ver os outros passageiros e a frente da embarcação. Quando o remador virasse de lado ele saberia quantos viajavam no barquinho. Vários pombos se coçavam na janela ao lado. Um velho jogou milho na praça e os pombos voaram dos prédios. Cirilo tentou contá-los. Os pombos trocavam de posição e ele se perdeu na contagem. Gostava de pombo assado. A mãe não comia carne durante a quaresma, mas sempre assava pombos depois de meia-noite da Sexta-Feira da Paixão. Ele conseguia manter-se acordado só para comer a iguaria. Uma moça que faz ponto na praça corre pelo meio dos pombos e eles voam, porém retornam ligeiro ao milho. O velho se irrita, ameaçando-a com um guarda-chuva preto. Ela faz um gesto obsceno e se muda para uma calçada do outro lado da praça. Cirilo lembra de olhar o barco, mas ele já ancorou nos arrecifes e as pessoas descem com suas bagagens, misturando-se aos que embarcam de volta ao porto. A longa amurada de corais se prolonga até a praia do Pina. As pessoas vão e voltam nesse trajeto. E se desse um passeio enquanto espera a entrevista? Sente-se nervoso, não aguenta mais esperar. Procura seu Luis e o encontra afogado entre os papéis.

— Posso ir até os arrecifes?

— É melhor não.

— Por quê?

— Porque o senhor vai ser chamado a qualquer momento.

— Quanto tempo vou esperar?

— É imprevisível.

— E se eu desço um instante?

— Pode ser pior.

— Não entendo.

— O senhor é novo aqui, desconhece o funcionamento.

— Mas seu Gilvan quer apenas falar comigo.

— Está escrito no ofício?

— Não, ele me convoca a comparecer.

— Por isso é melhor estar por perto.

— Não quero insistir.

— Não insista, pois será pior.

— E por que fui chamado?

— Seu Gilvan poderá lhe dizer.

— Foi porque me atrasei?

— Isso não é da minha conta. O senhor sabe melhor do que eu.

— Estou esperando há mais de uma hora, perdi uma aula pra chegar aqui.

— O senhor escolhe.

— Pode me arranjar um café e um copo d'água?

— Vou buscar.

Sente vontade de enforcar o velho, atirá-lo da sacada onde os pombos fazem ninho. Os navios lá fora e os portos do mundo são todos iguais, segundo lhe falou o capitão que viaja para a China. Haverá sindicatos como esse e estudantes de medicina vivendo das migalhas de um subemprego?

— O café e a água.

Seu Luis move-se como sombra, pelas caladas. Foi plantado no terceiro andar do sindicato da mesma maneira que os armários cheios de papéis e naftalina.

— O senhor me assustou.

— Por quê?

— Estava distraído, pensando em minha mãe. Ela garantia que se eu cavasse um buraco chegava ao Japão. E lá as pessoas andam de cabeça para baixo. Sempre que anoitece no Recife, lembro que no Japão está amanhecendo.

— Fique atento porque pode ser chamado a qualquer hora.

— Peça a ele pra me chamar logo. Daqui a pouco chegam os alunos.

— Não posso sugerir isso a um interventor. É contra a hierarquia. O senhor sabe...

Melhor atirar-se da ponte no rio. Ou dentro do mar. Na praça, os meninos vadios despem as roupas e se jogam de cueca nas águas fundas do atracadouro. Quando apanhava algodão na fazenda da avó, num final de tarde como esse, os homens corriam pelo algodoal tirando calças e camisas e desembestavam nus até o poço d'água mais próximo. O último a chegar seria a mãe do poço. E se fosse banhar-se com os meninos? Seria preso?

Os bancos e as instituições soltam funcionários de gravata. Eles se movimentam sem olhar o porto, os navios, os meninos e os arrecifes dourados no pôr do sol. O mesmo ouro das igrejas barrocas mantidas fechadas, por medo dos ladrões, brilha escancarado no final de tarde. Nessa hora triste do Recife, putas afoitas descem até as calçadas com seus olhos maldormidos e pidões. Arriscam a sorte. Noite boa começa mais cedo e nela se consegue levar até cinco clientes para a cama. Bacias de ágata branca e ânforas cheias de água suspeita esperam pelos homens nos quartinhos acabrunhados e sujos. Entre a lã e a palha dos colchões manchados pelos excessos do amor, percevejos e piolhos chatos espreitam corpos de sangue quente. Os meninos dão os últimos mergulhos de cabeça, a padaria vende pão quente aos funcionários que voltam às suas casas, marinheiros deixam o navio sem largar o cais. O velho bairro do Recife, por onde a cidade começou, estratifica ruas e prédios, em categorias de mulheres e prazeres. As mais velhas e sem dentes, contaminadas pela sífilis e gonorreia, buscam a retaguarda do gozo, o posto mais baixo no exercício da profissão: a rua da Guia, onde servem os últimos estertores do prazer aos que pagam com moedas de pouco valor.

Um sorveteiro arruma conchas de sorvete num casquinho para os marinheiros e suas mulheres. Abrem-se portas, sons variados brigam pra se fazerem ouvir. É estranho como tudo muda de repente, a sisudez do dia se abre no carnaval da noite.

— Num instante ele vai atender.

É seu Luis, camuflado entre papéis escusos.

— Ainda bem.

— Ele tem muita consideração pelo senhor.

— É mesmo? Nem parece.

— A esposa do antigo presidente voltou mais de dez vezes, até conseguir ser atendida.

Cirilo gostaria de amarrar o velhinho na parede do ancoradouro, sentar num banco da praça e assistir a ele ser esmagado pelo casco de um navio.

Acende um cigarro.

Os alunos chegam e o cumprimentam.

Às sete horas, irá sentar-se de frente pra televisão e assistir às aulas do telecurso.

Acende outro cigarro, mas apaga ligeiro. Seu Gilvan saiu do escritório e caminha em sua direção.

— Boa noite, professor.

— Boa noite, seu Gilvan. O senhor quer falar comigo?

— Tenho umas coisas pra dizer, mas não pode ser hoje.

— Puxa!

— A patroa acaba de telefonar, esqueci que uns amigos jantam lá em casa essa noite.

— Estou esperando há um bom tempo.

— Infelizmente, imprevistos acontecem.

— Sei.

— Marque outra data com seu Luis.

— Não posso faltar à faculdade.

— O professor é quem sabe.

E dá as costas, expondo o paletó de mau gosto, amarrotado atrás. É moreno, grosso, cabelos lisos pintados de preto e bigode espesso, também tingido. Um descendente da raça tabajara. Nenhum índio desejaria comê-lo, pois não possui virtudes. A tal patroa, essa que refere, talvez espere por ele numa pensão de luxo, nas ruas abaixo ou no andar de cima.

Procura seu Luis querendo marcar a nova agenda.

— Tá difícil, professor, o homem viaja muito. Semana que vem ele embarca pros Estados Unidos.

— Pra fazer o quê?

— Não pergunto, não é da minha alçada. Com certeza, alguma missão importante do sindicato.

— Compreendo.

— Só tem vaga daqui a um mês.

— Então a gente esquece.

O velho levanta os olhos, coisa rara nele, e encara o rapaz sem compreender o atrevimento.

— É melhor não.

15.
Dentro da cena natural

Numa entrevista a um jornal, Rosa Reis declara que estava tudo maravilhoso em sua vida, mas a arte chamou-a e ela largou a cidadezinha canavieira onde nascera, os pais e os irmãos para vir estudar no Recife. Saiu de casa com uma pasta de desenhos e uma mala de roupas, deixando para trás um mundo que nunca mais seria o mesmo ao seu novo olhar de artista. Havia começado há bem pouco tempo o trabalho com a aquarela, uma técnica delicada que não admitia erros. A pintura a óleo podia ser refeita, corrigida, retocada, mas a aquarela exigia mais cuidados, embora tivesse a vantagem de ser praticada em qualquer espaço. Assim, ela carregava o seu pequeno atelier consigo: pincéis, lápis, tintas e papéis. Criar, segundo ela, nunca significou sofrimento, apenas alegria. A criação era um ato de amor e não uma enfermidade. Amava os seres vegetais mais que os humanos, pois eles davam flores, frutos, sombra e não cometiam atrocidades. Quando misturava seres humanos, pássaros, bichos e vegetais em suas aquarelas, propunha uma melhora para a nossa espécie. Deixava-se guiar pela emoção, pela música e principalmente pela luz. E concluía assim: nada de rupturas nem transtornos. Eu não me violento para criar. Só crio quando estou em paz comigo mesma.

As declarações pareciam estranhas à moça de ar provinciano, sorriso doce e lentes de míope na foto do jornal que Leonardo trouxe, perguntando a Cirilo se o interessava ver a mostra. Ele desconversou, não falara do seu encontro com Rosa, preferia ir sozinho. Mal se livrara de um trio amoroso, não desejava ingressar num quarteto. Leu a notícia de que Rosa possuía muitos alunos, frequentava vários ateliês e apesar de jovem se destacava nas artes plásticas. Como arranjava tempo para atuar na política? E se fosse uma garota das ações populares, que se deixam aliciar pelo discurso de um Che oportunista? Não custava subir os degraus de pedra de cantaria do museu, construído para servir como cárcere de foro eclesiástico, onde se recolhiam homens e mulheres acusados de delitos contra a religião católica.

A exposição acontecia apenas no segundo piso e todas as pinturas tinham sido premiadas em dinheiro ou viagens. Rosa Reis ganhou o segundo lugar com uma aquarela e recebeu um valor considerável, do ponto de vista financeiro de Cirilo, sempre pendurado nos credores. Encontrou-a cercada de uma fauna de pintores e críticos, todos eles se desmanchando em elogios e comentários que superavam a imaginação mais fértil.

— Olhem esse corpo de mulher que se prolonga e termina numa cabeça de cavalo! Lembra as cabeças compostas do arcimboldismo, cheias de impregnações do fantástico e parecendo miniaturas orientais.

— Para mim, isso é uma tentativa de acoplamento abissal entre a mulher e o lascivo, ou uma projeção da alienação da humanidade através da alienação do animal.

— As imagens sobressaem através de metáforas.

— O que me chama atenção é que tudo é pequeno, sem nenhuma monumentalidade.

— E a natureza é intensamente erótica.

— Rosa ignora completamente o que estão fazendo em Nova York. É independente, não se rebaixa aos modismos, tem o seu próprio respirar.

— É a antítese de tudo o que não presta na arte de hoje.

— Criar uma representação da vida, com suas belezas e misérias, tudo sublimado na arte, isso é para poucos gênios.

— Mas a atividade dela não é passiva nem contemplativa.

— Ótima sacada! Ela busca um envolvimento afetivo, sensual e imaginativo.

— Até rimou!

Risos.

— Ela nos põe dentro da cena natural.

— Esse momento mágico que vivemos, essa cumplicidade, é a aquarela de Rosa Reis que nos proporciona.

— Bravo!

— Soberbo!

Aplaudiam-se, davam gritinhos e risadas, ignorando Cirilo que nem chegava perto deles, com receio de enfrentar os especialistas.

Preferiu descer os mesmos degraus, de volta ao andar térreo. Achou um canto escuro e acendeu um baseado. Temia olhar o pavimento sem uso, onde no passado funcionava a masmorra dos pretos, mulatos e feiticeiros, uma enxovia sem portas de comunicação direta com o exterior. As entradas e saídas se davam apenas através de um alçapão e uma escada de madeira. Como os prisioneiros sobreviviam no buraco escuro e insalubre? A lembrança ruim desencadeou a paranoia do fumo e logo foi invadido por um medo pânico. Sentiu-se mais uma vez culpado pelos sofrimentos de Geraldo e teve certeza de que pouca coisa mudara na história do homem; os mecanismos de terror continuavam os mesmos. Embora fosse sensível às causas sociais e aos problemas humanos, sentia-se avesso aos sistemas organizados de pensamento e ação, aos partidos políticos. Respirou fundo várias vezes, enxugou o rosto suado na camisa e se propôs subir novamente ao primeiro andar. Lá tinha sido a cadeia reservada às pessoas brancas e de classe, um cárcere bem mais ameno.

Talvez agora ele conseguisse transpor o círculo de giz que o separava de Rosa e seu mundo de pintores.

Ao chegar ao salão, avistou-a sozinha e foi ao seu encontro. No trajeto, serviu-se de uma taça de vinho, sem deixar de olhá-la. Temia perdê-la para outro grupo de admiradores. Rosa não parava de sorrir, como se ele fosse a estampa mais surpreendente naquele lugar de exposição.

— Pensei que não viesse. Chegou agora?

— Faz um tempinho, mas não consegui me aproximar de você.

— Veio muita gente. Acho que é por conta do prêmio.

— Pelo que escutei, as pessoas estão deslumbradas.

— Não se impressione, é sempre assim nos vernissages. Já viu tudo?

— Ainda não.

— Posso acompanhá-lo numa visita guiada.

— Me deixe pegar outro vinho.

Rosa falou do conceito da mostra, de como fora difícil juntar num mesmo espaço tendências tão diferentes, pois se tratava de uma seleção de artistas que nem sempre apresentavam afinidades. Criticou a montagem, a precária iluminação e fez uma retrospectiva das artes plásticas no estado. A aula foi interrompida várias vezes por fotógrafos, cinegrafistas e pessoas que desejavam cumprimentá-la. Nesses momentos, Cirilo recuava a um lugar neutro, deixando-a livre e aguardando um novo aceno para continuarem a visita. Já tomara cinco taças de vinho, sentia-se embriagado e com necessidade de fumar.

Suportou estoicamente a abstinência, temendo que Rosa se esquecesse dele, caso abandonasse a sala.

À vontade, olhou-se num espelho e achou que não ficava mal com o novo corte de cabelo, na camisa emprestada de Leonardo e nos sapatos de camurça marrom, os únicos que possuía. A complacência não atenuava a sensação de deslocamento, de pisar um território que não era o seu. Nunca sabia qual era esse lugar próprio. Experimentava o mesmo estranhamento na Casa, na faculdade, no sindicato, no restaurante universitário ou quando se dirigia a um grupo de pessoas desconhecidas.

— O mais importante na técnica da aquarela é saber usar a água. Você parte de um desenho a lápis, mas a água e a tinta criam formas que você nem imagina, como se fosse um inconsciente que foge ao seu controle. Também é difícil escolher as cores, pois existem tonalidades perigosas. Só há bem pouco tempo tomei coragem de trabalhar com o magenta. Por que você me olha assim?

— Porque você fica linda falando sério. Tenho dúvida se olho as aquarelas ou você.

— Prefiro que olhe os trabalhos. Sou tímida.

— Não parece.

Ele segurou a mão dela e beijou-a.

— Podemos dar uma volta, quando isso aqui terminar?

Ela pensou um tempo.

— Se eu conseguir me desculpar com os amigos e os alunos.

— Você consegue.

— Não tenho tanta certeza.

Ele deixou-a com as outras pessoas, enquanto ia novamente ao banheiro. Gostava de ficar sozinho por alguns minutos. Lavou o rosto, correu os dedos pelos cabelos, avaliava-se no espelho, espantado com a hiperemia dos olhos. Esquecera o colírio em casa, um lapso imperdoável. Além da maconha, a luz dos refletores piorava bastante a vermelhidão. Saindo um pouco na rua, talvez melhorasse. E poderia fumar à vontade. Só não desejava rever o pavimento térreo. Quando tinha apenas sete anos, fora levado por uma empregada de casa para olhar um preso enforcado no porão de uma cadeia. Ficou noites sem dormir, apavorado. Acordava gritando e a mãe precisava passar a noite junto dele e embalá-lo até que conseguisse vencer o terror. Quando soube os detalhes da prisão de Geraldo, do cubículo estreito e úmido em que o confinaram sem direito à luz do sol, reviveu a antiga claustrofobia, a imagem do homenzinho roxo e de cabeça inchada, pendurado num laço de corda na cela minúscula, onde nem conseguia se pôr de pé. Enforcara-se de joelhos, numa penitência misteriosa, que nunca se esclareceu na cidade. A mãe temia que matassem Geraldo, que a polícia armasse um cenário fazendo parecer um suicídio. A ditadura se especializara nessas mentiras.

Andou de um lado para outro da rua, desejando que botassem fogo na antiga masmorra. As pessoas tentavam amenizar o passado, transformando prisões em casas de cultura. Uma falácia. Melhor deixar o prédio em ruínas ou vir abaixo, expondo os males da história. Podiam explodir tudo numa festa, como faziam ao boneco representando o Judas, no domingo de Páscoa.

Acendeu mais um cigarro, tocou o pulso e conferiu que estava acelerado, acima das cento e vinte pulsações por minuto. Sempre que fumava um baseado tinha taquicardia. Aprendera técnicas com os amigos para diminuir os sintomas: botar a mão em punho na boca e soprar com força, sem liberar o ar; apertar os olhos e massagear as carótidas; tentar o controle da respiração, inspirando e expirando bem lento; manter a atenção desperta.

— Você está bem?

Era Rosa. Retocara a maquiagem e se enfeitara com uma echarpe de tecido fino, que pendia do pescoço sobre o vestido.

— Estou.

— Não parece. Faz tempo que sobe e desce a rua, respirando com dificuldade.

— São exercícios de ioga

— Estranho, não conheço. É tantra?

Ele desconversa.

— Podemos ir?

— Aonde vai me levar?

— Pensei em sair caminhando, ir ao Alto da Sé.

— A noite está linda.

— Posso segurar sua mão?

Antes que ela respondesse, ele já havia segurado.

A noite entra pelo nariz de Cirilo, liberando a cânabis a cada expiração. O etanol também cai nos graus. Ele sente-se leve por razões menos químicas. Quase não fala, mas ri de tudo. Quem passa olha o casal de namorados, a moça elegante e o moço meio hippie, caminhando pelas calçadas toscas e ruas de pedra sem polimento. A cidade encara o mundo, abre as portas e janelas a uma colonização pacífica dos novos costumes. Foi eleita Califórnia abaixo da linha do Equador, suposto território livre. Suposto. Resistiu ao incêndio dos holandeses, às revoluções, à umidade e ao salitre das paredes, à perda do poder econômico e político, sempre de pé, sobrevivendo. Do alto se avistam o mar e o Recife, cidade gêmea. Em meio à alegria da exuberância, uma tristeza repentina invade as pessoas em Olinda. Piora quando os sinos das igrejas tocam por nada ou a brisa marinha acaricia os cabelos, provocando tremores.

* * *

— Sente frio?

— Um pouco.

— Aqui em cima tem bastante vento.

— Minha echarpe é decorativa, não aquece.

— Posso abraçá-la?

E novamente não espera resposta, puxa a cadeira para junto de Rosa, no barzinho onde sentaram, e a envolve com seus braços longos.

— Me acompanha numa cerveja?

— Desculpe, não bebo álcool.

— Peço uma água de coco.

— Pode ser.

Ela parece temerosa e Cirilo não sabe o que fazer para acalmá-la. O contato físico o excita, deseja sentir o cheiro de Rosa, aproxima o nariz do seu pescoço, aspira fundo. A fragrância que percebe é a de um bom perfume. Ela se retrai, ele a beija de leve, se pudesse dispensava todos os preâmbulos e transava ali mesmo, desavergonhado como os cães de rua. Mas compreende que as nuances são indispensáveis para as mulheres.

— Não imaginei que pintasse bem. Supus que fazia arte engajada.

Ela ri e tem um primeiro movimento em direção a Cirilo: aperta o nariz dele com bastante força.

— Acha que minto e meu nariz cresceu? Falo a verdade.

— Está sendo generoso.

— Não sou capaz de uma análise técnica, mas gostei. Você falou que a pintura é para sentir e não para compreender.

Aproveita que ela titubeia na resposta e beija sua boca, procurando dentes e saliva. Encontra uma língua gelada, espessa e fugidia. O fogo diminui e ele precisa de um esforço para retomar o namoro. Com Paula tudo acontecia bem simples. Tocavam-se ao acaso e era bastante para se excitarem. Jogavam os livros no chão e se amavam onde estivessem, até mesmo na cozinha. Gostavam de transar no claro, rindo, olhando nos olhos, falando besteiras, sem nenhum pudor. Corpo e alma significavam o mesmo para eles. Se um tinha febre, o outro ardia igualmente. Sem nojo, nem áreas interditadas, ou placas de sinalização. Seguiam em qualquer sentido, ultrapassavam os limites de velocidade, sempre belos, as gorduras macias, os ossos flexíveis, o esperma saboroso, as secreções cheirosas.

— Você ficou gelada.

— É o vento do mar. Acho bom ir pra casa.

— Vou com você.

— Não pode, moro sozinha.

— Melhor pra nós dois.

— Não está certo, é a primeira vez que nos encontramos.

— A segunda.

— Aquela vez não foi propriamente um encontro.

— Seu tempo é bem diferente do meu.

— Já notei isso.

— Na emergência, dispomos de três minutos para reanimar um doente. Aprendi a valorizar três minutos.

— Na aquarela, também aprendemos o tempo em que a água se espalha no papel. Se for muito, estraga a pintura.

— Então deixe eu me espalhar.

— Você é apressado.

— Ansioso.

— Tem razão.

— Sou o filho que nasceu mais depressa. Minha mãe sentiu as dores do parto e duas horas depois já estavam me banhando. Se precisei de apenas duas horas pra nascer, preciso de bem menos para outras coisas.

Ela riu e beijou-o no rosto.

— Só ganho isso?

— Vamos, me leve. Deixe que eu pago a conta.

O apartamento de Rosa Reis possuía a leveza e a ordem de suas aquarelas, o oposto da bagunça de Paula. Cirilo sentou numa poltrona, o corpo contraído, os pés doendo nos sapatos. Rosa ofereceu um chá, pôs na vitrola um concerto de Mozart bem conhecido e foi à cozinha. As portas dos quartos se comunicavam com a sala e estavam fechadas. Cirilo desejou abri-las, sem pedir permissão à dona da casa. Rosa trouxe o chá e serviu-o sem açúcar.

— E seu irmão?

— Meu irmão...? O que tem ele?

— Você o encontra?

— Não. Como descobriu que sou irmão de Geraldo?

— Pelo sobrenome e porque algumas pessoas me disseram.

— A gente não se vê nunca.

— Mas sabe onde ele mora?

— Não. Por quê?

— Por nada. Falei pra puxar conversa.

— Então mudemos de assunto.

— Você não gosta dele?

— Fale de sua aquarela. Por que pinta esses bichos estranhos, mistura homem, mulher, peixe, ave, animal...?

— É como vejo o mundo e as pessoas. Acho os seres da natureza superiores ao homem.

— Um grilo tem mais chances com você do que eu?

Ela ri e se engasga com o chá. Cirilo aproveita para sentar-se junto dela e massagear suas costas. Nunca antes uma mulher lhe pareceu tão inacessível. Seria mais simples irem logo para a cama. Os testículos doem da excitação prolongada.

Rosa segura as mãos de Cirilo.

— Estou bem, não preciso de socorro médico.

— Pensei que fosse um edema de glote. Posso fazer uma respiração boca a boca.

Sem esperar a resposta, ele a beija. A língua lhe parece mais aquecida, porém continua morta.

— Acho bom pararmos, sou virgem.

— Nada contra as virgens, desde que não seja a Virgem Maria.

— Não blasfeme.

— Não me escanteie. Posso tirar sua roupa?

— Só se jurar que não me penetra e para quando eu pedir.

A maconha deixou Cirilo com bastante fome, mas a vontade de sexo é mais urgente do que se alimentar, fumar ou beber.

— Basta falar *stop* e eu paro. Sou um homem obediente.

Levanta-se, segurando-a pelos braços, pergunta onde fica o quarto e despe-se enquanto caminham. Ela acende um abajur de claridade mínima, retira os travesseiros e a colcha da cama, tem cuidado em dobrá-la nos antigos vincos. Põe tudo no lugar exato, sem pressa. Cirilo se agonia com os rituais domésticos e teme uma ejaculação precoce. Ela descalça os sapatos, deita-se com os olhos fechados, a longa echarpe no pescoço, deixando para Cirilo o trabalho de despi-la, mobilizando-a como aos doentes acamados. Ele é cuidadoso e gentil, também conhece a delicadeza, sabe trabalhar com as mãos e beijar suave. Rosa continua apática, sem esboço de desejo, entrega-se como se fossem violentá-la. Um suor pegajoso e frio banha Cirilo quando ele se deita sobre o corpo nu, branco e inerte, e reconhece nele um anjo cheirando a angélica e jasmim. As mesmas flores com que cobriam as crianças mortas, arrumadas dentro de caixõezinhos azuis e cor-de-rosa, os anjos de seu mundo infantil. As pessoas levavam para enterrá-las nos cemitérios, acompanhadas por um cortejo de crianças, os futuros anjinhos que logo cedo aprendiam sobre os mistérios da morte. Na primeira semana em que chegou à cidade, quando fora embora dos Inhamuns, um tio levara um desses anjinhos, a filha falecida naquele dia. Precisava enterrá-la, mas já era noite e o cemitério fechara as portas, por isso pediu abrigo na casa dos parentes. Transportara o caixãozinho na cabeça, caminhando a pé durante horas. Os pais perguntaram a Cirilo se tinha coragem de dormir com a prima ao seu lado, não havia outro lugar onde acomodá-la. A menina parecia uma boneca de cera, entre as flores. Ele completara cinco anos, nem se acostumara à nova casa, às luzes e aos carros da cidade. Nunca conseguia dizer um não aos pais e permitiu que deixassem a morta junto dele. Adormeceu com o perfume de angélicas e jasmins se misturando ao cheiro do corpo apodrecido, uma sensação guardada para sempre na memória. Formigas minúsculas, quase invisíveis, percorriam trilhas entre o nariz, os ouvidos, os olhos e a boca do anjinho. De madrugada, despertou com o repique de um sino de igreja, um toque singelo e cadenciado, só para crianças, bem comum de se ouvir, pois eram elas as que mais morriam: tin, tin, tin, tin, tin, tin, tin, tin, tin, tin, tin, tin, tin, tin, tin... As flores, a parafina das velas queimando, a mesma ordem da cama no caixão rosa, o cheiro de Rosa. E Cirilo a chafurdar sobre a lembrança de corpos, empenhado em aquecer com o sexo a musculatura fria de Rosa Reis. Funga, se esfrega, baba, escuta batimentos do coração que não pulsa por ele, o pênis nas coxas sem tônus, carne entre flores bordadas nos lençóis, na seda que revestia o caixãozinho de baixo preço, os olhos da menina cerrados, o nariz e os ouvidos cheios de algodão, condenando-a à cegueira, à surdez e à ausência de olfato. Sente a retração do pênis humilhado, tomba de bruços e chora. Deseja Paula e o cheiro da flor de caju. Abelhas recolhem o mel e ele quer se embriagar de cajuína filtrada, clarificada, de sexo sem impureza, decantado até se eliminarem as culpas e restrições. Paula corre à sua frente igualzinha às emas que correm agitando as bundas, leques de pluma se abrindo e fechando na carreira desembestada. Ele molha e amassa os lençóis impecavelmente limpos, cheirando a naftalina. Rosa se levanta da cama, veste-se e põe ordem no quarto. Cirilo não se envergonha de continuar chorando. Convulsiona para cima e para baixo, a nudez das pernas, das coxas e nádegas sem resguardo, exposta como a dos mártires esquartejados nas revoluções, a cabeça enfiada numa estaca em praça pública, o tronco e os braços arrastados por cavalos em calçamentos de pedra. E se tomasse um barbitúrico, cem miligramas de fenobarbital? O medicamento agiria no sistema nervoso, prevenindo as convulsões. Talvez ocorressem sonolência, dificuldade para acordar e falar, vertigem, cefaleia, problemas de coordenação motora e de equilíbrio, dores articulares e alteração de humor. Sentada na poltrona, Rosa pergunta se ele deseja chá. Cirilo gostaria de enforcá-la com a echarpe, mas, ao invés de fazer isso, chora mais forte a lembrança de Paula, que baixa nele como os obsessores do mundo espiritual. Quem são esses espíritos sem descanso? Quando está junto de Leonardo, sente o cheiro de Paula impregnando as roupas do amigo, a pele e o cabelo.

Deita sobre Paula e o corpo de Leonardo se interpõe entre eles, um cheiro agreste de mato e fumaça. Melhor se os dois morressem e o deixassem em paz. Rosa acende uma luz forte e ordena que Cirilo se vista. Os vizinhos estranharão o barulho, alguém baterá na porta. Ela o preveniu de que era virgem, só concebe o sexo depois do casamento e mesmo assim com uma série de restrições, um manual de boas condutas. Não é como as outras mulheres, que capitulam ao primeiro assédio e deitam por mero prazer. O amadurecimento sexual é um processo inconsciente, não depende de prática nem experiência, a mulher pode casar-se com um homem e amá-lo pela vida inteira, sendo feliz ao seu lado. Cirilo não presta atenção à fala de Rosa, acha o discurso mentiroso e incoerente e aposta seu minguado dinheiro como ela não é a santinha que se proclama. Precipitou-se na abordagem, um pouco mais de tempo e descobriria as manhas da aquarelista. Ela fala sem parar, aconselha-o a ler *A vida sexual dos solteiros e casados*, do médico sacerdote João Mohana, um celibatário que certamente não conheceu as agruras e delícias do sexo. Entregue aos espasmos musculares e aos soluços, o tórax sobe e desce no colchão. Cirilo fumou e bebeu em excesso nas últimas horas. O desconsolo não se aplaca, a angústia cresce, falta coragem para levantar-se da cama onde ele se sente como se estivesse dentro de um caixãozinho revestido de seda azul, em que os amigos poderiam levá-lo ao cemitério e enterrá-lo, se não teimasse em viver.

— E seu irmão, por que não pede ajuda a ele?

— Meu irmão? Pedir ajuda?

— Me diga onde ele mora. Falo de você.

— De mim?

— Sim, de você. Algum problema?

— Nenhum. Apenas não sei nada. Nem para onde vou quando sair daqui. Você acredita no que digo?

Levanta sem pudor, apanha as roupas arrumadas numa cadeira, veste-as bem devagar, calça os sapatos e não deixa que Rosa abra a porta.

— Até mais. Da próxima vez será melhor, juro. Nunca sou derrotado nesses embates de sexo. Um a zero pra você.

Ela se mantém rígida, no meio da sala.

Ele fecha a porta sem olhar para trás, não espera o elevador e desce os seis vãos de escadas tentando equilibrar-se e não rolar degraus abaixo. Encontra as ruas dormindo, impregnadas de maresia. O rio seco da vazante transformou-se num lamaçal onde é possível atolar-se. A lua nova não irradia nenhuma luz do sol para a terra, transita durante o dia, quando ninguém pode vê-la. Cirilo sente fome, mas sabe que não conseguirá comer. Sente vontade de ir à casa de Paula, mas a porta está fechada. Volta a chorar, apanha um táxi, se acomoda no banco traseiro. Gasta as economias de uma semana nessa extravagância. Talvez Sílvio esteja acordado. Conversará com ele, antes de dormir.

Se dormir.

16.
Uma carta de Célia Regina a Cirilo

Querido filho:

Aproveito um tempo livre e mando notícias de casa. Estamos bem, graças a Deus, apenas contrariados porque Geraldo nunca escreve e você não conta nada sobre ele. Seu pai fuma três maços de cigarro por dia, piorou da tosse e emagreceu bastante. Desde que Geraldo viajou para o Recife, foi como se tivesse perdido o filho. Não aceita as ideias comunistas do teu irmão, acha que ele desperdiçou a inteligência e a chance de vencer na vida.

Luis é um homem doente, Cirilo. Quando vier de férias, trate de levá-lo para se consultar e fazer exames. Ele se considera um inútil depois que Haroldo desviou sete milhões da sociedade e o curtume deu para trás. Abre o depósito de couro, vende algumas peles curtidas e uns quilos de sola, apura trocados que mal dão para a feira e fica nisso. Acabou nossa riqueza, o tempo em que seu pai entregava a produção diretamente às exportadoras. Fazer o quê, meu filho? Confiar na graça de Deus. Não foi por falta de conselho que ele faliu. Sempre alertei teu pai: não queira sociedade com ninguém, muito menos com um primo. Mas ele é teimoso, só faz o que dá na cabeça e o prejuízo sobra para todos nós.

Apesar da falência, de vivermos com pouco dinheiro, o que consome teu pai é a raiva pela traição de Geraldo. Dói não compreender a escolha dos filhos. Luis também gosta de você; não se chateie com esse apego exagerado por seu irmão. Os dois sempre tiveram gênios parecidos, discutiam e nunca entravam em acordo, principalmente nas questões políticas. Algumas noites eu perco o sono, tentando adivinhar o que fez teu irmão esquecer a família dessa maneira. A política é mais importante do que pai, mãe e irmãos? Consolo-me nas orações e lembro que Jesus também largou a família por amor à humanidade. Falei isso para tua avó e ela mandou que eu batesse três vezes na boca, pois tinha blasfemado comparando Geraldo a Cristo. Eu também não aceito a escolha de meu filho, mas por outros motivos. Vocês dois se afastaram de Deus, e quem vive fora da Igreja não alcança ser feliz. Rezo para encontrarem um caminho seguro. Tenho fé que esses atropelos não passam de um tempo ruim, uma chuva passageira.

Algumas vezes percebo em suas cartas uma imaginação agitada, como se estivesse à beira da loucura. Leio o que escreve para sua avó escutar e ela acha tudo heresia. Era falso seu ardor religioso da infância? E a fé em Deus, no milagre que o salvou de ficar cego? Esqueceu tudo isso? Vai fazer bem se lembrar dos dias que passou doente com o tracoma, sem enxergar nada, e a promessa que fez para se curar. Nunca esqueça que alcançou essa graça e pare com o deboche e o negativismo.

Agora vamos às notícias boas. As meninas estão cada dia mais bonitas e aplicadas na escola. Helena é a primeira da turma, como você e Geraldo. Seu pai declarou que nenhuma filha sairá de casa para estudar no Recife, ficam aqui mesmo e se formam professoras, igual à mãe. Precisa ver a tristeza no rosto dele, quando fala essas coisas. A insegurança nos consome. As pessoas que sempre nos respeitaram olham para nós como se fôssemos criminosos. Também se sente discriminado na sua faculdade? Tudo isso é doloroso, meu filho, porque não temos nada com a política e queremos apenas ficar quietinhos, no nosso canto. Mas ninguém deixa a gente em paz. Até padre Frederico me perguntou como era ser a mãe de um comunista ateu. Respondi que meu filho não era o diabo, e deixei de assistir à missa na igreja de São Vicente. Agora, só frequento a Sé. Felizmente, o pior acontece no Recife, longe dos nossos olhos. O que os olhos não veem o coração não sente. Porém mãe sente em dobro, mesmo o que não vê. Recife é um paradeiro ruim, desde o tempo de tio João Domísio.

Olival foi preso, aquele gerente do banco que morava em nossa rua. As pessoas assistiram à prisão, as caras mais cínicas. Tudo muito ligeiro, uma brutalidade. Ninguém reagiu, nem protestou. A esposa de Olival perguntava aos vizinhos se eles nunca tinham visto um homem honrado sendo preso. Mandou que fossem para suas casas cuidar da vida, pois não se tratava de um ladrão de galinhas. Também prenderam o dono da Sapataria Modelo e um comerciante de tecidos. Disseram que ninguém sabe notícia dos presos políticos e muitos desaparecem sem deixar rastro. As rádios e os jornais só publicam besteiras. Teu pai consegue alguns jornais e coleciona os recortes. Cola papéis e escreve num livro de capa preta. Não sei o que ele tanto escreve. Penso que esse vício só agrava a loucura. Ou será que ajuda a passar o tempo?

Sua avó quer mesmo vender o sítio Malhada. Ela pediu para eu não lhe dizer, porém mais cedo ou mais tarde você ficará sabendo. Estive por lá outro dia e encontrei tudo abandonado: a coberta do engenho caindo, os plantios transformados em pastos. Melhor vender mesmo. Ninguém pensa em morar ali, nem se dispõe a cuidar das terras. O único que gosta da Malhada é você, porém se mamãe lhe propuser: Cirilo, essas terras são suas, cuide delas — você volta correndo pro Recife, na mesma hora. É verdade ou não é?

Soubemos de uma história sua com os filhos de dr. Lócio, aquele agrônomo proprietário do armazém para criadores de gado. Luis passou uma semana sem dormir, mas prefiro que ele mesmo lhe pergunte se é verdade o que nos contaram. Se você confirmar que sim, será o golpe de misericórdia. Pode encomendar o caixão do velho.

Cirilo, me desculpe, mas às vezes desconfio que você não se empenha o bastante em procurar seu irmão. Faça um esforço, encontre Geraldo e diga a ele que pense na pobre mãe e não faça essas besteiras. E não deixe de se reconciliar com a Igreja: se confesse, comungue e assista à missa todos os domingos. Descubra um bom confessor, um padre dos antigos, temente a Deus, que não pratique a Teologia da Libertação. A fé, a esperança e a caridade não possuem partido político.

Dê lembranças a Leonardo. Luis ficou desgostoso com as histórias sobre vocês dois e uma colega de faculdade, uma moça chamada Paula. Perdeu a vergonha, meu filho? Isso é comportamento de homem sério? Qualquer dia eu consigo tempo e coragem e apareço no Recife pra ver essas coisas de perto.

As meninas escreverão depois. Seu irmãozinho caçula está lindo e agradece o presente da bicicleta. Esqueci de perguntar se você ganha dinheiro bastante. Nós não podemos ajudar com nada, infelizmente. Rezo e conto os dias até sua formatura, quando tudo ficará melhor. Falta bem pouco, graças a Deus.

Vou terminando por aqui. Um beijo da mãe que o adora, do irmãozinho e de todas as irmãs. Lembranças do seu pai e nossa bênção.

Célia Regina

17.
Ouvidos cheios de nomes

Os dois filhos do agrônomo rico, mencionados pela mãe, também moravam no Recife e haviam iniciado Cirilo na maconha. O triângulo amoroso com Leonardo e Paula tornara-se tão público que não dava mais para esconder de ninguém, nem mesmo da família morando longe.

As cartas de casa deprimiam Cirilo. Não sabia onde arranjava forças para tocar um curso difícil como medicina, em meio aos impasses afetivos e financeiros. Quis largar a faculdade, mas a obediência à vontade dos pais refreou seu impulso. Também não lhe ocorria nada melhor que pudesse fazer. A medicina ainda dialogava com o humanismo moribundo do século vinte e abria portas ao seu gosto por cinema, música, literatura e tudo que se referisse às artes. Se desistisse, ficaria mais à deriva em tempos de oceano agitado.

Resolveu procurar o irmão. Pediu socorro a Paula, convencido de que ela já esquecera os estilhaços da garrafa de vinho, arremessada contra a parede de seu apartamento. Precisava chegar a Fernanda, uma ativista da Faculdade de Direito, amiga de Paula e conhecida de Cirilo. Circulava o boato de que ela namorava Geraldo e os dois pretendiam casar. O caminho até o irmão foragido passava pela Estrada Velha de Água Fria, num bairro popular onde residiam os pais da moça. Cirilo e Leonardo sempre encontravam Paula circulando pela faculdade, mas a aproximação amorosa entre eles só aconteceu numa festa memorável, na casa dos pais de Fernanda, quando ainda estudavam o primeiro ano. Dentro do ônibus lotado, no meio-dia quente e sufocante, sonhava chegar a tempo do almoço. Nunca esqueceu a noite em que aprendera a comer caranguejo, servido pelas mãos de Paula, mestra na culinária do litoral. Ela abria a cabeça do crustáceo, enfiava os dedos no casco e extraía o miolo amarelo e preto, levando o quitute à boca de Cirilo. Sem disfarçar o nojo, ele lambia a substância amarga e retinha os dedos improvisados em colher, entre a língua, os dentes e o palato. Fernanda quebrava as patolas dos crustáceos, liberava as carnes e as entregava a Paula, que alimentava o faminto rapaz em meio a gargalhadas, repetindo com humor o jeito das mães darem comida aos filhos pequenos.

A mistura de cerveja gelada, pirão de farinha com caldo de crustáceos e miolo de caranguejo era uma bomba afrodisíaca. Bêbado, Cirilo lambe gulosamente os dedos de Paula e proclama os bichos asquerosos a melhor culinária do planeta. Paula não se cansa de rir, ele propõe que ela o sirva com a língua, as iguarias passando de uma boca para outra. Os colegas param de beber e comer e assistem à brincadeira. Leonardo e Sílvio olham a cena, tímidos. Os índios habitantes do litoral costumavam rachar a cabeça dos prisioneiros, enfiar a mão nos seus crânios e se banquetear com os cérebros deliciosos. Felizmente, as vítimas agora eram outras, catadas nos lamaçais dos mangues, presas em chiqueiros para engorda, depois atiradas em panelas com água fervente, temperos e sal. Por fim, saboreadas com devoção e erotismo.

Quando desejava provocar conflitos, Cirilo dizia-se o primeiro donatário da província de Paula, uma brincadeira machista que acirrava os brios feministas em moda. Ela reagia ao brado masculino sem perder a exuberância feminina, no seu jeito inteligente, sensual e feliz.

Preferia Leonardo, talvez porque ele aceitasse carregar sua bolsa e caminhar alguns passos atrás dela, como na corte inglesa.

Pode-se fumar dentro do ônibus. Cirilo acende um cigarro, senta próximo à janela, de onde vê melhor as casas e ruas apinhadas de gente. No sol quente, as pessoas saem para a sombra das calçadas e quintais. O algodão apropriado às roupas perdeu a vez para os tecidos sintéticos, que agravam a transpiração. Obrigados a importar a moda e a manufatura estrangeira, até as crianças usam roupas quentes sob o sol dos trópicos, onde a nudez seria o figurino adequado. As casas pequenas destoam dos sobrados dos bairros ricos. Algumas compensam a construção minúscula se estendendo em quintais que mais parecem sítios. A periferia cresce desordenada, sem planejamento urbano nem preservação dos poucos edifícios de valor. O patrimônio histórico se interessa pelo barroco, mas não se importa com a arquitetura popular, como se bastassem as lembranças de um único período de nossa história. Esquece que a cidade não é formada apenas por seu centro e bairros antigos. Ela se espraia em subúrbios cheios de gente alvoroçada, sempre nas ruas, andando para cima e para baixo, falando alto, gesticulando, cantando, gritando, lavando calçadas, jogando bola, mexericando com os vizinhos. Cirilo experimenta uma alegria suave, o corpo amolece de desejo por uma vida tranquila, debaixo de coqueiros, mangueiras, sapotizeiros, jaqueiras, cajueiros, pés de fruta-pão, carambola, jambeiros e bananeiras. Os jardins pequenos, na frente ou nas laterais das casas, se enfeitam de papoulas e antúrios. Parece bem mais agradável viver ali, longe do comércio de mascates e biscateiros e dos prédios ruindo abandonados. Portas e janelas nas fachadas leves se abrem às pessoas que passam, chegam, batem palma, pedem esmola, trazem um cachorro fujão pela corda, gritam ô de casa e entram sem ouvir ô de fora, sentam à mesa arrumada e cheia de alimentos, servem-se e comem.

Os pais de Fernanda envelheceram desde a festa de aniversário, há quatro anos. A comida continua abundante e saborosa. Faltam os dedos suculentos de Paula lambidos por ela e depois enfiados com descaramento na boca de Cirilo. Em todos os lugares se enxergam os sinais de luto pela filha viva que já não frequenta o lar. De início, o casal não percebia risco nas escolhas de Fernanda, achando engraçado o discurso feminista, as axilas com pelos, as companheiras falando mal dos homens, as leituras de Betty Friedan e Simone de Beauvoir, os cartazes da Frente de Liberação das Mulheres pregados nas paredes do quarto. Paula tornara-se amiga desse grupo atraída pelas atividades nos diretórios acadêmicos e nas ações populares. Na faculdade, ela se esforçava em aproximar as várias facções do movimento das mulheres, separadas por cores e classes sociais. Mas ninguém levava seu engajamento a sério, pois a consideravam uma libertina porra-louca, vivendo com dois machos, o que representava uma ousadia além da conta. Em panfletos, jornalecos e murais circulavam os discursos mais desencontrados, de esquerda e direita, muitos deles não indo além das fofocas ou crônicas sociais. Os alunos de medicina publicavam o pasquim *Mensagem*, sem perfil editorial, em cujos artigos se destacavam um machismo pouco camuflado, a apologia das moças ao casamento virgem, e um desejo incontrolável dos rapazes de fazer sexo com todas elas. No mesmo campus, os estudantes de engenharia pareciam desligados da revolução sexual e do feminismo, discutindo formas de participação política e luta armada. Fernanda, uma feminista que declarara guerra aos homens, deixou-se seduzir pelo discurso revolucionário de Geraldo.

Em conversas nos refeitórios e corredores das faculdades, circulavam teorias absurdas, geralmente baseadas em textos clandestinos lidos às pressas, sem que o leitor alcançasse compreendê-los ou muito menos interpretá-los. Um maluco da engenharia química, conhecido por afirmar-se um anarquista suprapartidário, garantia que todas as meninas eram aliciadas para a luta estudantil pela hegemonia do pênis, o que provocava clamor nas feministas. E mais: os partidos de esquerda recusavam a presença de homossexuais na linha de frente, temendo a fragilidade afetiva dos rapazes, achando que poderiam se apaixonar pelos seus torturadores. Que o canibalismo era uma prática social de sobrevivência, as sociedades humanas evoluíam comendo umas às outras e o poder teria origem na certeza de quem comeria quem. As ideias extravagantes não pareciam ser dele, porém o descarado nunca referiu a fonte legítima. Álvaro declarou-se inimigo do sociólogo de araque, e aproveitou para atacar os engenheiros partidários de Geraldo, acusando-os de indigência cultural.

Professor de literatura da escola pública, o pai de Fernanda fora prevenido sobre os perigos do engajamento da filha e as perseguições que ele e a esposa sofreriam, embora não tivessem nenhuma atuação política. A mãe, funcionária dos Correios, já recebera telefonemas anônimos com ameaças. Os dois sentiam-se vigiados. Desde que Fernanda deixou-os, começaram a pichar muros em torno de casa e a jogar pedras nos basculantes. No passado, os pais acompanharam com orgulho a atuação da filha: a liderança dentro e fora da escola, a revolta com as injustiças, a consciência precoce da desigualdade social, sua vinculação à juventude estudantil católica e à União Brasileira dos Estudantes, de que chegou a ser presidente. Tudo parecia sob controle, até mesmo a passagem para o discurso feminista mais agressivo e engajado. Fernanda conhecera Geraldo numa reunião do grêmio de Direito e, a partir desse encontro, os pais perceberam que a filha escapava à orientação da família. Repetia as falas do jovem estudante e referia-se a ele como se fosse um Cristo marxista, um herói sobre-humano. Negligenciou o curso para se dedicar às atividades nos diretórios e a várias reuniões de partido. Quase não vinha em casa, dormindo algumas noites em endereços que eles ignoravam. Os cartazes e os livros feministas saíram de circulação. Vez por outra eles descobriam, ocultos em gavetas e malas, papéis impressos sobre marxismo, ações populares da Igreja Católica e aliança operária estudantil camponesa. As notícias sobre jovens estudantes que deixaram seus cursos e a casa, ingressando na luta clandestina, apavoraram o casal.

Cirilo bateu palmas em frente ao endereço conhecido e esperou. Alguém o espreitava de uma janela pequena.

— Lembram-se de mim? — gritou de fora.

— O estudante de medicina, namorado de Paula — respondeu uma voz masculina.

O homem abriu a porta, a grade do terraço e o cadeado do portão de ferro. Atrás dele, uma mulher retocava o cabelo. Trocaram apertos de mão e cumprimentos.

— Sou irmão de Geraldo.

— Paula disse à gente.

Não pareciam felizes com o parentesco, preferiam o rapaz engraçado, que saboreava crustáceos sujando a camisa.

— As coisas pioraram desde aquela festa.

— Imagino.

O almoço foi servido numa louça branca bordada com flores e sinais de uso. A mulher fez questão de referir que se tratava de porcelana antiga, herança da avó.

— Quer mais carne?

— Obrigado, já comi bastante.

Os talheres pesavam, mas com certeza não eram de prata. Cirilo admirou-se que num bairro modesto sobrevivessem sinais de riqueza. As luminárias, as cadeiras, a cristaleira e uma mesinha de centro chamavam atenção. O dono da casa perguntou se ele já pesquisara alguma coisa sobre a história dos mobiliários. Cirilo respondeu que não conhecia nada, mas havia algo de familiar na decoração, parecido com o gosto de sua mãe.

— Ninguém mais tem sossego — queixou-se a mulher.

— Paula me contou o sofrimento de vocês.

O homem sorriu e explicou que tudo fora comprado no Rio de Janeiro, pela mesma avó. A esposa herdara algumas peças, todas no estilo georgiano chippendale, uma mistura de inspiração inglesa, francesa e chinesa. Mandou que observasse as pernas curvas das cadeiras, terminando em pés de cabra.

Encheram os copos de suco.

— E sobremesa, quer?

— Não recuso pudim de leite.

A mãe serviu uma fatia generosa.

Outro recurso do estilo eram os detalhes esculpidos na madeira. Fez questão que Cirilo tocasse os relevos trabalhados na imbuia da mesa.

— Somos espionados no trabalho — insistiu a mãe nas queixas.

— Também acho que sou na escola.

Por último veio o café, numa garrafa térmica.

Cirilo engole uma xícara do líquido amargo. Busca coragem para fazer a pergunta de Célia Regina.

— Vocês têm notícia de Geraldo? Onde eu posso encontrar ele?

O casal se olha, desconfiado.

— Talvez Fernanda...

— É perigoso falar nisso.

A mãe levanta, vai até a porta e confere se está bem fechada.

— Ela disse que vão embora.

— Pra onde?

— Nem eles sabem. Só o partido.

As sobras de comida atraem moscas.

— Imagino que vão pra São Paulo ou pro Paraná. Seus pais sabiam?

— Não. Nunca sabemos nada. Geraldo nos ignora.

O homem e a mulher voltam a trocar olhares.

— Fernanda é filha única, tem pena da gente.

Passa um carro de som na rua, anunciando a inauguração de um supermercado.

— E eles vão fazer o quê?

— Não disseram. Mas sei o que podem encontrar nessa aventura.

Foi o pai quem falou. A mãe, que arruma os pratos do almoço na cozinha, não se contém e grita. O carro de som chega em frente à casa, estaciona um tempo por ali e todos ficam em silêncio. Do lugar onde sentou, Cirilo não consegue ler os títulos dos livros, arrumados na escrivaninha. Gostaria de pegar alguns emprestado, mas não tem coragem de pedir. O pai prepara as aulas de literatura ali mesmo, ouvindo os rumores da rua.

— Censuram muitos livros, professor?

— Não, porque ensinamos os românticos, os realistas e os simbolistas. Nunca estudamos autores modernos brasileiros, engajados na política.

— E os estrangeiros?

— Deixam passar os clássicos.

— Pode-se ler Dostoievsky?

— Pode sim, mas ninguém lê porque é difícil.

— Os censores são burros. Subestimam a perturbação de livros como os de Dostoievsky e acham as cartilhas dos militantes perigosas. Eu li alguns panfletos e dei boas risadas.

O professor se admira com a conversa do rapaz. Não o imaginava tão inteligente. Deseja que ele fique mais tempo, preenchendo a ausência da filha.

— Dostoievsky acreditava no surgimento de um novo homem, quando tudo se renovaria.

— Acho que está em *Os demônios*, se não estou enganado.

— Isso mesmo. Está na fala de um visionário niilista, Kirilov.

— Mas esse homem é bem diferente do que prega a esquerda.

— Totalmente. Embora Dostoievsky tenha sido um pré-revolucionário russo, ele se ocupava de questões que não interessam aos marxistas.

— A alma, por exemplo.

Cirilo, que adotara uma postura séria, desejando impressionar o pai de Fernanda, ri nervoso.

— Quem é doido de falar em alma pra esses caras dos diretórios. Eu não sei o que é pior: o patrulhamento da direita ou o da esquerda.

— Outro dia proibiram *O lago dos cisnes* na televisão, só porque era dançado pelo Balé Bolshoi, de Moscou.

Agora que o carro de som se afasta e eles se ouvem melhor, Cirilo retorna ao assunto da visita.

— Preciso ver Geraldo. Por favor, me ajudem. A falta de notícias dele está matando meu pai e minha mãe.

— Nós compreendemos.

— Mamãe me acusa de negligência. Ela pensa que é sair na rua e encontrar o filho dela.

— Ficou bem difícil pra quem mora longe compreender o que está acontecendo no Recife.

— Enquanto Geraldo faz política, eu me mato dando aulas.

Deixa escapar um tom rancoroso que o casal percebe. Não esconde a inveja do irmão mais velho, disfarçada em zelo pelo seu futuro. É Lúcifer quem se manifesta, dessa vez no papel de filho sacrificado pela família, ansioso por reconhecimento e elogios.

Os pais de Fernanda não enveredam nas disputas dos rapazes. Gostam do jovem estudante de medicina, embora preferissem que usasse roupas mais adequadas.

Cirilo tenta se redimir dos ataques covardes, da pose de filho bom, e insiste em ver o irmão.

— Você irá receber uma visita ou uma mensagem — a mãe fala. — Onde podemos encontrá-lo?

— Faço ambulatório de clínica todos os dias pela manhã, no Hospital Pedro II. Se uma pessoa aparece dizendo que deseja se consultar comigo, não levanta suspeita.

— Acho bom assim.

O carro de som volta, abafando novamente a conversa. Cirilo deseja visitar o quintal onde se apaixonou por Paula, na festa memorável. As fruteiras deitam sombra no terreno varrido, resguardam mesinhas e cadeiras. Tudo pronto para uma nova festa. Como gostaria de viver ali, mas o vínculo de Fernanda e Geraldo afasta as duas famílias, ao invés de aproximá-las. Olha para cima e vê muitos passarinhos nos galhos. Não consegue ouvir o canto de nenhum deles, os ouvidos cheios de nomes de biscoitos e material de limpeza, à venda no supermercado que inaugura logo mais.

18.
Mais relato sobre Geraldo e a história de Cândido da Mouzela

Numa página do livro de capa preta aparecem anotadas em letras de forma, como se o autor desejasse não ser reconhecido pela caligrafia, algumas estratégias de luta: promover a guerrilha rural e o trabalho de massas nas cidades; deflagrar operações urbanas voltadas para a propaganda revolucionária, com uso de apetrechos de guerra; reforçar a clandestinidade e se lançar em ataques mais ousados; criar focos de ação em diferentes lugares; e diversos comandos semelhantes a esses. Em letras pequenas, talvez se referindo a procedimentos menores, algumas instruções engraçadas como roubar armas de sentinelas dos quartéis, se valendo da inexperiência dos jovens soldados, e jogar bolas de gude nos pés dos cavalos da polícia montada, em caso de perseguição. Uma foto de jornal ilustrava a queda de uma montaria com o seu cavaleiro, durante a repressão a um ato público. Numa visita à casa, Cirilo explicou à mãe que as instruções diziam respeito ao partido de Geraldo, e a pessoa que fizera a cópia tinha acesso a dados seguros. Célia Regina perguntou-se com quem o marido se doutrinara e temeu que num acesso de loucura ele resolvesse executar as manobras sugeridas. Depois achou mais provável que amigos tivessem enviado cartilhas impressas pela direita, distribuídas como se fossem ações da esquerda, com o objetivo de aumentar nas pessoas a insegurança e o medo dos comunistas. Luis Eugênio teria copiado os planos de guerrilha imaginando serem os estratagemas do filho. Ninguém tinha certeza de nada. A misteriosa página continuou sem explicação, pois o marido recusou-se a revelar o autor do panfleto. Qualquer assunto político aumentava os receios de Célia Regina, atenta em cuidar dos filhos e do marido e em livrá-los de ameaças e chantagens. A grande distância entre a cidade onde moravam e o Recife, os precários meios de comunicação da época e o natural isolamento da família ajudavam a manter o cerco protetor. Mesmo com todos esses cuidados, Célia achou seguro manter Luis sob vigilância. Trouxe um irmão solteiro para residir na casa, encarregando-o da espionagem.

Em alguns trechos do livro as anotações se tornam delirantes, sendo impossível distinguir se quem fala é o narrador ou o personagem narrado. Dentro de um retângulo com moldura colorida, Luis Eugênio escreveu uma pequena crônica, em que analisa a confusão das esquerdas, a seu ver mais parecidas com grupos do que propriamente com partidos. Chama atenção para o costume de se esfacelarem em várias dissidências, grupinhos e grupelhos — com grifo do autor —, quando mal começavam a se estruturar e ganhar força. Brigavam entre eles, se atacavam como se fossem inimigos, perdendo espaço e simpatizantes. O artigo é extenso e com argumentos lógicos. Quem o lê não imagina que seu autor perdeu o raciocínio e a lucidez. Há imprecisões geográficas, muitas vezes não se sabe a que povo ou nação os ensaios se referem — modelo de escrita comum nos tempos da censura —, resultando numa análise sociológica e política pouco confiável.

Depois que disputou a presidência da União dos Estudantes de Pernambuco, entidade máxima dos universitários, fechada desde o golpe militar, Geraldo tornou-se uma referência para os que se opunham ao regime, sofrendo perseguição violenta dos órgãos de segurança, a ponto de nem possuir endereço certo. No livro, seguem-se notas sobre as várias leis de exceção baixadas na ditadura — Ato Institucional Nº 5, decreto-lei Nº 477, Ato Institucional Nº 13 —, agravando em Célia Regina os temores de que o marido tinha informantes na cidade. Ela imagina que os velhos comunistas aposentados, entretidos apenas em criar passarinhos e jogar gamão, enchiam a cabeça de Luis Eugênio de minhocas marxistas. O marido e Geraldo haviam herdado a mente fantasiosa e delirante dos Rego Castro, uma genética ruim, preservada e transmitida há mais de trezentos anos, através de genes de alta virulência.

Todos os Rego Castro sofriam de insanidade. Célia Regina ouvira o sogro contar a aventura de um parente antigo, um tal Cândido da Mouzela, que habitava o sertão longe das intrigas da corte, mas se impressionara com a deposição do imperador dom Pedro II, após proclamarem a república. As notícias retardavam naquele mundo esquecido e distante; no trajeto da boca ao ouvido impregnavam-se de mistério e fantasia, pois cada narrador acrescentava uma versão pessoal ao relato. Os mascates, tropeiros, ciganos e contadores de histórias, que vagavam de porta em porta, se encarregavam do jornalismo oral, quando ainda não existiam o rádio e a televisão. Nenhum habitante da Mouzela, o feudo onde Cândido mandava e desmandava, podia dar crença aos acontecimentos, antes que o coronel autorizasse. As terras da Mouzela eram extensas e os rebanhos sem conta. O casarão no alto embriagava os seus donos com os fumos de nobreza e poder. Nos finais de tarde, Cândido e a mãe sentavam na calçada, contemplando as posses até onde a vista abrangia. Os dedos da mão esquerda do coronel, cobertos de anéis, alisavam o veludo gasto de um casaco que herdara do avô. A outra mão sustinha a espada e com ela garantia a autoridade. A mãe, dona Joaquina, seca e orgulhosa, punha ordem nas rendas do vestido fora de moda. Era o momento do beija-mão. Um bando de homens, mulheres e crianças, moradores e arrendatários, mistura de brancos, índios cristianizados e negros sem conhecimento do fim da escravatura desfilavam na frente deles, fazendo salamaleques e pedindo a bênção. O acontecimento histórico que emancipara os escravos, trazido por um mulato vendedor de fumo em sua passagem pela Mouzela, foi repudiado como fraude e insensatez. O mascate precisou sair correndo para não o açoitarem. Feitos heroicos ou singelos, repito, deviam ser relatados primeiro a Cândido, que engendrava sua versão pessoal da história, e a partir de então eles podiam ser narrados em noites de lua cheia, serões, novenas de santos, debulhas de milho e nas alcovas dos amantes, entre um beijo e um gemido amoroso.

— Os brutos são brutos e só pela força se acha o caminho deles — filosofava Cândido, cheio de comoção e brios.

Somente ele naquelas terras distantes conseguira elaborar uma vaga ideia do imperador, a única pessoa de quem aceitaria ordens, desde que não contrariassem as da mãe. Imaginava-o aparentado com Deus, barbudo como a imagem de Jesus Cristo, que dona Joaquina mandara pendurar na parede da sala de visitas. A mãe ensinara que o imperador habitava na corte, onde não havia lugar para homens iguais a Cândido, e que a nação lhe devia respeito e obediência, morrendo por ele se necessário. Aprendera essa regra como os soldados no exército, a custo de muita chicotada. Havia o sertão, depois do sertão o mar e, por último, a corte e o imperador. E bem mais longe ainda, o mundo de que falavam os avôs galegos, de raça holandesa como algumas vacas do curral. Eles chegaram se apossando de tudo. Traziam os rebanhos e garantiam o poder com os rifles e duas peças de canhão, que nunca deram um tiro, mas amedrontavam os habitantes da Mouzela até mesmo nos sonhos.

Algumas decisões fermentavam lentamente no cérebro de Cândido, em silêncio como na Guerra da Reposição, quando os planos foram elaborados em segredo. Se dona Joaquina suspeitasse das intenções heroicas do filho, impediria sua façanha. Temendo ser descoberto, ele cochichou as estratégias da guerra com os vaqueiros promovidos a oficiais, em quartos fechados, nas caladas da noite, para que nada chegasse aos ouvidos da velha senhora. Até os papagaios foram mortos, temendo-se que escutassem as conversas e dessem com a língua nos bicos.

— Nenhum zelo é demasiado. Mais vale prevenir que remediar — sentenciava Cândido, e as pessoas balançavam as cabeças, assombradas com tamanha sabedoria.

A notícia de que o imperador fora deposto escaldou a imaginação do nobre fazendeiro. Atravessava noites sem dormir e, quando conseguia pregar os olhos, sonhava com seus moradores habitando a casa senhorial do alto e ele, sem os botões de ouro nem a espada, tangendo os rebanhos nos pastos, na condição de escravo. Uma palavra pronunciada por um mascate, que lhe vendeu um punhal de bom aço, soou agourenta igualzinha ao nome de Satanás. Cândido não a proferia sem benzer-se três vezes e dar pancadas na madeira:

— Constituição.

Cuspia o desaforo com raiva e invocava a Virgem Santíssima.

— Caindo o imperador, cai Deus! — gritou convocando seus empregados à luta. — A república é perversa, o fim da liberdade. Os brancos vão ser escravizados no lugar dos negros.

Espumando de raiva, ameaçava com uma democracia pactuada aos poderes infernais, matando, se apoderando das terras, desrespeitando mães e pisando as imagens dos santos.

— Viva o imperador e eu! — proclamou-se o defensor dos pobres e da Igreja, contra as tormentas republicanas.

A primeira medida foi mandar os carpinteiros lavrarem um trono da madeira mais forte existente na Mouzela. Se o imperador tinha perdido o seu trono, era necessário dar-lhe outro. A segunda foi lixar e dar lustro aos dois canhões da fazenda, sem uso desde que foram arrastados pelos parentes desbravadores, entre grotas e moitas de espinhos. Encomendados a Deus e devidamente municiados, partiram escondidos para a aventurosa Guerra da Reposição do imperador, aproveitando uma ida de dona Joaquina à casa de uma comadre, onde fora atrás de ovos de perua para chocar. O coronel contava com a simpatia do povo pela causa monarquista. Uns cem homens formavam o seu contingente de exército, aumentando em cada lugarejo por onde passavam. Montados e a pé, transportando um farnel de carne, queijo, farinha e rapadura, pouco ligavam para a secura do ano de estio. Sem complacência, o sol quente e a terra poeirenta tornaram-se os primeiros inimigos a enfrentar. Glorioso como Carlos Magno, Cândido garantia sua ração de alimento e água, enchendo a cabeça dos soldados com promessas de riqueza, quando alcançassem as terras do reino e entronizassem dom Pedro II novamente, no Paço Imperial. O sol ameaçava as vidas, mas a travessia precisava ser levada à frente. Famintos e sedentos, os homens sofriam delírios em que avistavam o imperador deposto sentado numa cadeira comum, acenando para eles de longe. Mais parecendo um bando de retirantes miseráveis, o exército da Mouzela se extraviou pelos caminhos, sem nunca acertar com as veredas imaginárias do reino.

— Onde se esconderam as glórias da guerra? — perguntava Cândido aos seus homens.

Ao invés de fortificações e tomadas de assalto, encontravam vilas abandonadas, tropas de homens, mulheres e crianças fugindo da seca. Os únicos tiros eram dados para cima, afugentando urubus. Em carne e osso, na luz incandescente do sol, nenhum republicano mostrou o rosto inimigo para morrer atravessado pelas balas monarquistas. Com o passar dos dias, os motivos da campanha gloriosa tornaram-se mais vagos. Alguns já supunham que viajavam para entregar o trono a um fazendeiro rico, que pretendia usá-lo como cagador.

Um sonho com um anjo de asas negras dispôs Cândido a acabar a Guerra da Reposição. Valendo-se de argumentos contrários aos que usara para convencer seus homens a partirem na aventura fracassada, ele conseguiu que o exército esfarrapado e à beira da inanição fizesse o caminho de volta. Numa noite escura, com prenúncios de chuva, Cândido entrou sorrateiro em casa, temendo a ira da mãe. Na sala grande iluminada por um único candeeiro, foi obrigado a fitá-la. A luz vermelha projetava na parede uma sombra empunhando um chicote. Lembrava um anjo do Antigo Testamento, mensageiro dos castigos de Deus, o mesmo que lhe aparecera em sonho. De joelhos, obediente como uma criança que reconhece a transgressão cometida, Cândido recebeu vinte e quatro chicotadas e foi obrigado a suplicar perdão. Na mesa comprida da casa, onde antigamente famílias bem maiores sentavam para gordas refeições, o estômago do herói aplacou a fome. Os afazeres da terra e o governo de homens corrompidos pelos devaneios monarquistas exigiam cuidados maiores que os da guerra.

Ninguém soube como Luis Eugênio conseguira uma cópia da Carta Aberta aos Professores, assinada por Geraldo, no cargo de presidente da União dos Estudantes. O documento surgiu de uma ação mobilizadora junto às pessoas atingidas pelo decreto-lei que punia professores, alunos e funcionários de universidades acusados de subversão, expulsando-os sem direito a defesa. Geraldo apelava para que o instrumento repressivo não fosse aplicado nas universidades pernambucanas. A carta intensificou a ira dos militares da época e as ações para a captura do requerente. Além das atividades de repressão, houve atos de vandalismo de direita, com prisões de estudantes, atentados aos Diretórios Acadêmicos, pichações com as frases "morte aos comunistas" e "comunistas não mais estudam", e vários telefonemas anônimos, ameaçando matar as lideranças. O livro de capa preta já não possui ordem cronológica, não se sabe mais o que são recortes de jornais, documentos, nem notícias ouvidas e anotadas. Luis Eugênio escreve como um jornalista parcial, assume posição e toma o partido de Geraldo. Os estudantes presos nessa época e submetidos a interrogatório relatavam que o principal objetivo dos órgãos de segurança era a localização de Geraldo do Rego Castro. Circulou o boato de que uma prisioneira ouviu dos torturadores, numa sessão de espancamento, que tão logo botassem as mãos no rapaz eles quebrariam suas pernas. Para intensificar a pressão sobre o jovem, divulgaram uma mensagem bem clara: os dias do líder estudantil estavam contados; ele seria morto até o primeiro de maio. A data provocou elucubrações em Luis Eugênio, levando-o a imaginar que ela fora escolhida por conta do que significava a festa magna dos trabalhadores para os comunistas do mundo inteiro.

Nas vezes em que folheou o livro de capa preta, Cirilo se deu conta do sofrimento do pai, distante centenas de quilômetros de Geraldo, tentando reaproximar-se dele através de anotações. A consciência dessa angústia tornou-se insuportável a Cirilo, que na época vivia alheio aos dramas familiares, preocupado em resolver as disputas com Leonardo, reconquistar Paula, compreender Rosa e adaptar-se ao curso de medicina. Sua luta pela sobrevivência perdia grandeza se comparada ao esforço do pai em resgatar o primogênito, e ao martírio de Geraldo arriscando a vida por liberdade e justiça. Envergonhou-se ao perceber que o mundo explodia em conflitos, jovens de todos os países ganhavam as ruas exigindo mudanças, enquanto ele se ocupava com epifanias amorosas, beber, transar, fumar tabaco e maconha. Noutras vezes era pouco condescendente com Geraldo e Luis Eugênio, acusando-os de sacrificarem a vida a troco de nada: o irmão, por ideologias de prazo vencido como os remédios; o pai, por um discurso tomado de empréstimo, contrário a tudo o que sempre defendera quando parecia lúcido, achando que dessa forma manteria o filho vivo. As dores de consciência duravam poucas horas. Logo Cirilo entregava-se ao niilismo de sua geração, uma enfermidade contrária à de Geraldo, embora também desejasse abrir caminho e provocar mudanças. Não escondia seu desencanto com a bipolarização do mundo, o enfrentamento das forças capitalistas e comunistas, que recusavam as outras experiências e saberes acumulados pelo homem ao longo de séculos. Imaginava-se na trilha de um niilismo positivo, de valores nem parciais nem engajados. Não acompanhava passeatas, não pichava os muros, não lia as cartilhas dos partidos, mas desejava que fossem destruídos valores sociais e políticos da civilização ocidental, abrindo caminho a uma nova sociedade que ele não sabia ainda qual era.

O registro de Luis Eugênio não possuía um valor historiográfico porque ele não se preocupava em anotar com precisão os nomes de quartéis, presidentes, militares, policiais e médicos da ditadura, envolvidos com a repressão. Quando, por exemplo, analisava os efeitos nefastos do decreto-lei Nº 477, nem mencionava o nome do ditador que sancionara o mesmo, como se o registro não possuísse a menor importância, interessando-o mais as consequências da medida de exceção. O livro terminou ganhando um caráter literário, uma atmosfera em que era possível sentir o clima sombrio daqueles anos. Também não existe nele o menor cuidado com a geografia, como se a ditadura e a resistência tivessem ações semelhantes em todas as cidades do Brasil, quando se conhecem as particularidades de cada estado, uns mais e outros menos engajados na luta. Álvaro meteu-se a interpretar o trabalho de Luis Eugênio, sugerindo que durante a escrita ele criava um campo energético em torno de si, supondo que poderia estender essa defesa até Geraldo, aonde ele se escondesse. A análise esotérica ao estilo dos hippies, mais um deboche de Álvaro, não combinava com Luis Eugênio, um homem sem superstições, ateu confesso, que dizia acreditar apenas na ciência e na ética. As anotações foram essenciais para ele compreender a luta do filho a partir de uma lógica política e matemática. Aos poucos, aderiu a essa lógica, deixou-se conquistar por ideias que antes rejeitava, sem a presença de um aliciador chiando ao seu ouvido. O exemplo de luta e renúncia do filho foi responsável pela capitulação tardia do pai.

Por verdadeiro milagre a casa mantinha o seu ritmo próprio, os engenhos moíam, as engrenagens funcionavam, parentes chegavam do interior para férias, tratamentos de saúde, compras e passeios. Comiam, dormiam, iam à missa, assistiam a novenas, se internavam nos hospitais, faziam cirurgias, recebiam alta e voltavam para novas consultas. Uma tia louca era trazida para as sessões de eletrochoque, outra para as injeções de cloranfenicol que curaria a febre tifoide, a avó vinha de férias, mulheres pediam para escrever cartas aos parentes de São Paulo, pedintes suplicavam esmolas, o leiteiro gritava na porta, o padeiro cobrava a conta semanal, o jardim precisava de cuidados, tudo em meio às preocupações habituais com Geraldo, Cirilo e Luis Eugênio. Célia Regina improvisava camas onde as pessoas pudessem dormir, servia café, lanche, almoço, lanche, janta e mais lanche no final da noite, quando mal se aguentava de pé. Era a lei de hospitalidade, costume que ninguém ousava quebrar.

19.
A visita dos Reis Magos

Sílvio se recusava a entrar com Cirilo na favela dos Coelhos; a maré subira bastante naquela tarde e ele não conseguia equilibrar-se nos caminhos de tábua, única via entre os casebres do mundo instável de palafitas, meio submerso, meio aflorado nas águas de rio, oceano e mangue. De vez em quando uma criança pisava nas armadilhas de madeira podre, escutava-se um grito e ela morria afogada. A Veneza Brasileira sem gôndolas possui a mesma vocação suicida de afogar-se, por mais que construam aterros, diques e muralhas contra as investidas do Atlântico, celebrem missas e acendam velas para Nossa Senhora dos Afogados. As crianças morrem de olhos abertos e barriga cheia, na presença dos pais atolados na lama.

Cirilo e Sílvio estudam ali na frente. Os três hospitais onde se formam médicos ficam a poucos metros do lugar onde os alunos se abastecem de fumo e pacientes. Basta atravessar a rua e se dispor ao risco. Sílvio compra maconha no portão do Colégio Marista, ao pipoqueiro que fornece aos meninos ricos da escola. Cirilo reclama do preço alto dali; o atravessador só vende três cigarros a cada cliente e assim nem dá para fazer estoque. Sílvio fuma de leve, nunca guarda os baseados na Casa, pois teme que olheiros descubram e o dedurem.

Cirilo insiste com o amigo para acompanhá-lo, Sílvio termina cedendo e os dois gazeiam a aula prática de otorrino. Caminham olhando para trás, fingem entrar numa serraria e se dirigem a um centro social mantido pela Igreja Católica. Se fossem observados por algum colega, ninguém estranharia. Na faculdade, supõem que militam num grupo de esquerda. Circulam um tempo pelo edifício e saem dele com ar de quem procura coisa perdida, talvez uma espécie rara de borboleta azul ou um tigre da ilha de Sumatra com sua mordida de 450 kg. Não encontraram o felino em extinção nem o inseto neotropical e agora buscam o casebre de um morador chamado Jonas.

— Jonas?

— Informaram o nome Jonas.

— É ali.

Sílvio não fala, caminhando logo atrás de Cirilo. Os dois se equilibram nas tábuas que cedem, molham os pés e temem contrair doenças infecciosas. Sílvio insiste em voltar, mas Cirilo desbrava o alagado, olha dentro das casas de vão único e cumprimenta as pessoas nos andares suspensos: mulheres, homens, velhos e crianças, gente demais amontoada em espaços tão exíguos.

Jonas sobreviveu no ventre de uma baleia por três dias.

— A casa de Jonas?

— A de porta vermelha.

Muitos põem a cabeça fora das janelas e olham as figuras estranhas, bisbilhotam sem nada o que fazer, enquanto a maré sobe repleta de lixo. Indiferentes à sujeira em volta, a atenção presa nos dois rapazes que certamente vieram comprar erva, se agitam.

A porta vermelha está fechada. Cirilo bate e chama.

— Jonas?

Novamente.

— Jonas?

Não respondem.

— Jonas? — insiste.

— Tá com pressa? Já vai.

Sílvio ri sem graça. Teme cair na água e se afogar.

Um homem bêbado abre a porta frágil, mero urdimento de compensado. O mau cheiro da casa sobrepõe-se ao fedor do mangue. Um resto de sol ilumina a cena externa, porém nenhuma luz desvela a cena interior. Cirilo mal distingue a silhueta que se dirige a ele e experimenta o desconforto de ser reconhecido por alguém cujo nome ele ignorava até aquele momento.

— Mas espia, é o moço da ponte, o doutor!

Na luz de fora, a figura deixa-se ver.

— Então Jonas é Marmelo?

— O colega que inventou esse nome. Sou Jonas desde que nasci.

Sem compreender o diálogo dos personagens, nem a intimidade como falam, Sílvio deseja nunca ter-se aventurado entre as palafitas. Cirilo não presta atenção nas deixas de Marmelo, troca as marcas da conversa, achando que o texto da maconha precisa ser descartado o mais rápido possível. Porém, quando observa o chefe dos pescadores, readquire a confiança e decide confessar o motivo da visita.

Jonas Marmelo assume o lugar de pai, se antecipa e fala.

— O colega soube da menina doente e veio?

Bêbado como sempre, ele mal sabe o que diz.

— Zulmira — grita para dentro —, o doutor chegou. É o moço da ponte. Estamos em casa.

Sílvio acha mais seguro permanecer calado.

— E esse aí?

— Um amigo da faculdade.

Evita o familiar colega.

— Zulmira!

— Não estou surda!

— A menina!

— Já vou!

Nem Sílvio e nem Cirilo sentem coragem de investigar as sombras que se movimentam no cubículo, apenas escutam as vozes, gritadas como se as pessoas estivessem longe, no extremo de um palco.

Acendem uma luz fraca e o efeito é o mesmo de um refletor de mil watts, numa caixa cênica negra.

A voz feminina agora soa quase doce, mesmo vinda da garganta de uma mulher rouca e embriagada:

— A menina.

— Olhe, colega, a pobrezinha.

— Três dias de febre.

— Levo no hospital, dão remédio, a febre passa e mandam a gente pra casa. A febre volta e lá vamos nós pro hospital. Ninguém descobre o que é.

O que Cirilo mais admirava na infância era a cena do presépio com Maria, José, o Menino Jesus na manjedoura, os Reis Magos ajoelhados, pastores, pastoras, bois, carneiros e um burrinho. A avó confeccionava os bichos com a lã de uma planta chamada ciumeira, fofa e sedosa. As figuras adquiriam brilho dourado na luz do candeeiro, parecendo suspensas na mesinha coberta com areia de rio. A avó sentava numa cadeira de balanço e cantava desafinada a cantiga de duas meninas que traziam flores para ofertar ao Menino Jesus e perdiam a cestinha. Enquanto Sílvio transpõe a porta vermelha para examinar a menina deitada num colchão estendido nas tábuas, suspensas sobre as águas, Cirilo tenta lembrar se as meninas perderam a cestinha debaixo de uma roseira ou de um jasmineiro. Odeia pieguices, abomina a memória que o escraviza, não deixando que se liberte de tanta sabedoria inútil.

— Vomitou um bocado.

— Cirilo, acorde, veja a menina comigo!

— É minha filha, colega.

Zulmira briga com Marmelo, que leva a garrafa de cachaça à boca.

— Não vai beber mais não.

— Cuide de sua vida que eu cuido da minha!

— O moço vem comprar fumo e acha você de porre.

— E tu?

— Eu não passo mercadoria.

— Deixou a menina ficar assim.

— Levei no médico.

— Cale a boca, o doutor vai falar.

— E essas manchas vermelhas, apareceram quando?

— Hoje.

— Ontem — rebate Marmelo.

— Tu sabe de nada? Tu vê nada?

— E o vômito?

— Hoje, também — ela responde.

— Ontem — contesta Marmelo.

— Vai pro inferno que é teu lugar!

— Você pensa o que eu estou pensando, Sílvio?

— Penso. A nuca está bem rígida.

— Se for meningocócica, vamos tomar antibiótico.

— Isso é o de menos.

Sílvio assume uma postura grave de médico.

— Mãe, só agora foi possível dar o diagnóstico. Por isso os pediatras mandavam sua filha de volta para casa. Agora nós vamos levá-la pro Instituto Materno Infantil, aí na frente, e internar a menina. Vocês aceitam?

Marmelo mal se segura de pé.

— Não tem o que discutir. Interne! É pra saúde dela.

Zulmira enrola a criança nuns panos e os cinco deixam o casebre sem fechar a porta. Marmelo é o último a sair. Abaixa-se num canto escuro, levanta uma tábua, tira um pacote e põe no bolso. Alcança Cirilo e caminha ao lado dele. As pessoas curiosas olham os rapazes com outros olhos: dois médicos vieram buscar a menina doente para interná-la no hospital.

— A pesca não deu mais e entrei pra boca. Tinha de arrumar o pão.

— É verdade, Marmelo? Nunca imaginei.

— Pensei que você tinha vindo comprar.

— Eu? Ficou louco?

Que diferença faz ele revelar-se a Jonas ou a Marmelo, o ilustre diretor da companhia imaginária de atores? E qual a diferença se beberem cachaça ou fumarem maconha juntos?

— A erva é boa? — pergunta.

— De primeira.

— Tá enrolada?

— Prontinha da silva.

— Me dê trinta.

— Trouxe um pacote com doze.

— Só?

— Eu entrego a mercadoria assim.

As pernas de Cirilo tremem e o coração acelera. Vê quando Marmelo retira do cós da calça um pequeno embrulho, sente quando ele o enfia no seu bolso, ligeiro e ousado, sem pedir consentimento como numa batida policial. Arrepia-se ao toque da mão suja roçando seus genitais.

— O que é isso?

— Pro colega. Não queria?

— Porra, a negrada viu!

— Ninguém repara, estão acostumados.

— Quanto devo?

— Nada.

— Faço questão de pagar.

— Assim vou pagar a consulta da menina.

— É claro que não!

— Então o bagulho está pago.

Quando atravessam a rua, Sílvio protege Zulmira e a criança com os braços.

Cirilo pergunta a Marmelo se ele conhece as pessoas que trabalham no centro social da igreja.

O pescador responde que vai muita gente ali.

— E um rapaz que se chama Geraldo?

— Com esse nome, ninguém.

— É bem alto, tem olhos e cabelos claros e usa barba.

— Pode ser Sérgio, um parecido com o colega.

Cirilo se dá conta de que o irmão usa um nome fictício, que não revela o verdadeiro nome, e ele o entrega de bandeja a um pobre coitado passador de maconha.

— Quando ele apareceu a última vez?

— Faz tempo. Desde que sumiram uns caras, o pessoal ficou com medo. Ele ajudava todo mundo, conversava, distribuía papel e fazia reunião. Era gente boa.

Cirilo arrisca confiar em Marmelo.

— Você ainda joga rede na ponte da Torre?

— Toda noite. Bebo cachaça e passo fumo.

— Vou aparecer lá de vez em quando. Quero notícia de Sérgio. Vigie o cara e me diga o que souber.

Marmelo olha o rapaz, desconfiado.

— O colega tem acerto de conta? Ele é nosso chapa, ninguém vai fazer mal.

Cirilo afunda até o pescoço na maré pesada.

— Sérgio é meu irmão, só quero notícia dele.

20.
O evangelho segundo São Mateus

Antes de chegar ao edifício onde o irmão morava, Cirilo fumou um baseado. Não se sentia com ânimo para o encontro, apesar de todo o esforço em consegui-lo. Os pais de Fernanda pressionaram a filha e ela convenceu Geraldo a ceder ao pedido. Paula foi a mensageira do endereço, dia e hora. Nada escrito em papel, apenas uma fala ao acaso.

O prédio feio e sujo, parecendo uma caixa de sapatos, era o mais escuro na rua de terra. As escadas de cimento possuíam batentes estreitos em que mal cabia um pé masculino. Cirilo subiu os três vãos amedrontado, oscilando o corpo para a direita e a esquerda, achando que poderia tombar a qualquer instante.

— A erva me pegou — disse rindo.

Usava uma camisa verde do exército e calça jeans apertada. Queria chocar o irmão. Quando tocou a campainha, Fernanda recebeu-o num figurino simples, uma saia comprida de chita e camiseta branca de malha. O traje insignificante não diminuía sua beleza. Geraldo sempre tivera bom gosto com as mulheres.

— Entre ligeiro.

— Posso ao menos dar um beijo e desejar boa-noite?

— Primeiro, entre.

Depois de fechar a porta, Fernanda abraçou e beijou o cunhado. Cirilo demorou a livrá-la do abraço, o fumo aguçava seu olfato e ele sempre preferiu o cheiro das mulheres que não usam perfume.

— Seu pai e sua mãe? — perguntou à cunhada.

— Gostaram de sua visita. Ainda se lembra da festa?

— Impossível esquecer. Foi lá que conheci Paula.

— E o namoro de vocês?

— Nem pergunte.

Ficou sem graça, não sabia onde pôr as mãos.

— Geraldo está?

— Já vem, sente.

Apontou algumas almofadas na sala mínima, dispostas em torno de uma esteira de palha. Cirilo reconheceu o artesanato cearense, teve lembrança dos lugares onde vendiam as esteiras, e os olhos se encheram de lágrimas. Pegou um baseado no bolso e perguntou se podia acender.

— Por favor, não, já temos complicações demais. Eles teriam mais um motivo pra nos atacar.

Sem intimidar-se, sacou um maço de cigarros.

— E este pode?

— Enquanto seu irmão não termina o banho. Ele sofre de asma, você sabe disso mais do que eu.

— Puxa, estou na casa de um evangélico.

— Sente-se, por favor. Quer água?

— Pode? — perguntou brincando.

— Por enquanto — respondeu bem-humorada.

Olharam-se carinhosamente.

O apartamento não tinha quase nada: uma mesinha e quatro cadeiras, uma estante improvisada com tijolos e tábuas de caixotes, um pôster dum filme de Eisenstein com palavras em russo, algumas peças de barro, livros e discos.

— Vou preparar um café.

Cirilo desejou fugir ao encontro. A expectativa o deixava inquieto e nem fumar era permitido. O irmão sempre gostou de massacrá-lo, de vencê-lo pela ansiedade.

O pai batia neles, marcando o dia e a hora da surra. Um suplício para Cirilo, que morria de véspera como os perus de festa. Implorava ao pai que antecipasse o castigo. Geraldo, ao contrário, esperava paciente, contando com a possibilidade do pai esquecer a ameaça ou a mãe defendê-lo.

Caminhou pela sala minúscula, escutando Fernanda na cozinha e a voz do irmão, mais alta que o barulho do chuveiro. Cantava uma guarânia que falava de saudade e de um primeiro amor.

A cunhada trouxe o café, servido em copos.

— Quer que eu adoce?

— Não, prefiro forte e sem açúcar.

— Acho que ficou fraco.

O café não era bom. O barulho do chuveiro cessou e Geraldo agora assobiava. Talvez enxugasse o corpo. Como seria a toalha: velha, sem felpas e suja?

Para ocupar-se na espera, investigou os poucos objetos da sala.

— E esses discos?

— São nossos.

— Eu sei. Pergunto se prestam. Só tem música latino-americana.

— Nós gostamos muito, e você?

— Violeta Parra, Geraldo Vandré, Mercedes Sosa, Ángel Parra... Caramba!

Conferiu todos os discos que o irmão ouvia, vez por outra removendo a poeira das capas com a mão. Achou o repertório pobre, ninguém interpretava outra música que não fosse de protesto. Distraído com uma foto de Mercedes Sosa envolta num poncho e percutindo um tamborzinho, não percebeu quando Geraldo entrou na sala.

— Boa noite, queridinho da mamãe!

Surpreendido, ficou inseguro se o abraçava ou simplesmente apertava a mão. Os dois nunca foram de manifestar afeto um pelo outro.

— Me dê um abraço, mas não chore.

Quando Geraldo abraçou-o com força, sentiu o perfume do sabonete e o toque dos cabelos molhados que ele mal enxugara.

Não se conteve e começou a chorar.

— Lembre o que o pai dizia: homem que chora, pare — brincou o irmão mais velho.

Envergonhado, Cirilo livrou-se do abraço.

— Você passa meses sem dar notícia, se esconde de mim, mata mamãe de tristeza e quer que eu ache graça.

— Eu não lhe disse, Fernanda, Cirilo é o filhinho da mamãe. Aposto que veio aqui porque ela pediu.

— Conheço seu irmão há alguns anos, antes de namorar você. Ele tem um caso com minha melhor amiga.

— Tinha.

Agora que as lágrimas não borravam os olhos, Cirilo olhou o irmão e achou-o magro, bonito, envolto numa aura de santidade. Lembrava a imagem de São Estevão Mártir, apedrejado por suas convicções cristãs. Cirilo conduzia o andor com o santo nas procissões, tornando-se alvo dos achincalhes de Geraldo. Aprendera na escola que Estevão pregava um cristianismo radical e fora condenado por blasfêmia, virando o primeiro mártir dos católicos.

— E a mãe?

— Lá, no jeitinho dela.

Não se conteve e chorou novamente.

— Ela pensa que vão matar você e pede que eu faça alguma coisa. Sempre acha que posso tudo e me responsabiliza pelo que lhe acontece. O que fiz de errado, me diga? Morro de trabalhar e mal consigo sobreviver, mando uns trocados pra casa, estudo medicina contra a vontade...

— E recebe dinheiro dos americanos pra vestir roupa do exército.

— Vá se danar!

— Dane-se você com essa fantasia burguesa.

Cirilo sentiu ganas de partir para cima do irmão, cobri-lo de porradas, vingar-se de sempre ter levado a pior com ele. Assumira sem desejar uma primogenitura que não lhe assegurava nenhuma recompensa, só responsabilidades e deveres, e Geraldo o tratava como se fosse um garotinho mimado.

— O que fazia vagando pelo centro do Recife, há duas noites?

— Não diga que me viu!

— Vi.

— Sou seguido pelas patrulhas de esquerda, preciso tomar cuidado.

— Não deturpa! Passei num carro, depois de uma reunião, e vi você por acaso. Caminhava agitado, meio doido. Anda fumando maconha demais. O que a mãe acha disso?

— Por que fala "a mãe", por causa do romance de Gorki? Diga "mamãe", como sempre chamamos.

— Você não me disse o que fazia na rua àquela hora, rapazinho. Pensei que tinha enlouquecido. Não parei pra conversar por conta do risco.

— Também não valia a pena perder tempo comigo.

— Não venha com lamúrias.

Cirilo ficou em dúvida se falava dos seus sentimentos. Geraldo poderia debochar dele, não levá-lo a sério como costumava fazer. Arrependia-se de ter vindo ao encontro, sentia-se intimidado na presença do irmão. Pareciam dois estranhos.

Fernanda não trazia a água, a garganta dele queimava de tão seca. Talvez ela não desejasse ouvir a conversa, ver Cirilo sendo derrotado por nocaute. Odiou a sala apertada, a almofada desconfortável. Nunca gostou de sentar no chão, nem quando era menino.

— Eu tinha assistido a um filme de Bergman, *A hora do lobo*, e não consegui voltar pra casa e dormir. Fiquei vagando pela rua até acalmar o juízo. Você gosta de Bergman?

— Não tenho tempo pra cinema, nem posso me arriscar a entrar numa sala. Também não veria esse cineminha burguês.

— Compreendo. Vocês só assistem Eisenstein. E Glauber Rocha, pode? — comentou com ironia.

— Não enche, Cirilo, e me responde o que pergunto.

— Você interroga bem; aprendeu na prisão? Sabia que vários escritores russos foram presos, interrogados menos de vinte minutos e sumariamente executados? Os livros deles sumiram e eles também desapareceram, como se nunca tivessem existido. Não podem ser lidos na Rússia porque são contrarrevolucionários, nem aqui no Brasil, porque são comunistas. Os métodos do obscurantismo e da repressão são os mesmos. Já pensou nisso, irmãozinho?

— Você vê essa porcaria de filme e só fala merda. Por que não frequenta as reuniões do diretório acadêmico de medicina?

Os dois irmãos que brigavam por tudo e se posicionavam em trincheiras opostas voltam a atacar-se. Cirilo recorda as leituras impostas pelo pai a que Geraldo sempre fugiu e, talvez por isso, desconheça a história de Esaú e Jacó e o roubo da primogenitura. Mas ele não subtraiu nada ao irmão mais velho, assim acredita.

Sem ligar ao que Geraldo pensa sobre Bergman, assume uma pose estranha e entrega-se ao delírio do fumo, num apelo aos sentimentos fraternos.

— A hora do lobo era o modo como os antigos chamavam as passagens noturnas mais sombrias. Nessa hora, pessoas morrem, nascem crianças e os pesadelos nos invadem. Sua hora me parece bem próxima, Geraldo, felizmente você morrerá por uma causa justa. Quanto a mim, vivo do lado de fora de todas as causas.

Faz careta e ri debochado para o interlocutor perplexo.

— Sonho toda noite com nós dois caminhando sobre uma ponte. Você deixa eu revelar um dos sonhos?

— Não.

— Posso salvá-lo. Mamãe também acredita nisso. Basta que morra no seu lugar. Não se espante, é sério. Para eu nascer, foi necessário que dois irmãos morressem antes de mim. Você conhece a história, pois mamãe contava sempre.

Geraldo está visivelmente contrariado. Olha o irmão sem compreendê-lo, mas não consegue subtrair-se de ouvi-lo.

— Primeiro morreu nossa irmã mais velha, de difteria, que todos chamavam crupe. Tinha apenas três anos. Você lembra o cabelo dela? Conservaram um cacho, envolto num lenço azul de seda. Ela resistiu dez dias com febre alta, sem conseguir comer, beber nem respirar direito. Beliscava mamãe com as unhas afiadas, arrancando pedaços de pele. Mamãe não dormia e quase enlouqueceu. Já existiam os antibióticos, mas ainda não chegavam naquele mundo. Mesmo assim papai viajou pra longe, trouxe remédios que misturou e nem soube explicar como se usava. Você já era nascido e ficou entregue à ama de leite, pois mamãe não suportava vê-lo. Quando a menina finalmente morreu, guardaram os pertences dela numa arca de madeira. Durante anos presenciei mamãe lamentando a perda de nossa irmã. Abria a arca, retirava os vestidinhos e outros guardados, repetia a história que eu já escutara mil vezes e chorava sem consolo. Em meio ao luto, mamãe ficou grávida pela terceira vez. Ela continuava sem querer olhar você, um bezerro rejeitado que meu pai cuidava, levando junto dele para todos os lugares aonde ia. Quando chegou a hora do parto, a criança — era um menino — se apresentou com os pés e a parteira não soube executar as manobras necessárias. Nossa fazenda ficava num lugar ermo, a parteira não passava de uma velha curiosa, só aprendera a receber as crianças que nasciam normalmente. Não era o caso de nosso irmão, e ele morreu depois de muita luta. Mamãe sangrava e foi carregada numa rede até uma cidade próxima, da mesma maneira que carregavam os mortos ao cemitério. Lá, um enfermeiro experiente arrancou o menino de dentro dela, aos pedaços. Por milagre, não morreu. Acho que eu morri um pouco, junto com esses irmãos que nem conheci. Papai não dava descanso e pouco tempo depois mamãe já estava grávida novamente. Nessa contingência de morte, fui concebido e gestado durante nove meses. O resto você conhece ou pode imaginar sem esforço. Mamãe sempre me olhou ansiosa, temendo que eu pudesse desaparecer a qualquer instante. Mas estou vivo, você concorda?

Cirilo terminou o relato e recostou-se na parede suja. Mantivera-se frio, pesando e medindo o efeito de sua fala. Geraldo levantou da almofada e sentou numa das quatro cadeiras. Passou a mão na cabeça, penteou os cabelos com os dedos, suspirou resignado e pediu ao irmão que sentasse junto dele. Cirilo obedeceu com um sorriso de deboche. A luz fraca da sala acentuava a palidez dos rostos.

— Escute aqui, Cirilo. Nós somos irmãos, dormimos sempre no mesmo quarto enquanto moramos na casa de nossos pais e tomamos banho juntos, com a nudez exposta. Temos laços de sangue, mas somos bem diferentes um do outro. Nossa convivência foi bem pequena nesses últimos anos, quase nunca nos encontramos. Eu vivo me escondendo e talvez por isso não saiba nada das pessoas que estão fora da luta, mesmo dos familiares. Compreende? Estou espantado com você. Acho sua conversa estranha, sem propósito.

Os dois irmãos, sem se darem conta, haviam sentado da maneira que os homens da família costumavam sentar, como se montassem nas cadeiras. Olhavam-se de frente, desconfiados e tímidos. Ora reatavam vínculos, ora pareciam duas pessoas que nunca se viram. Numa conversa que manteve com Cirilo, tempos depois, Fernanda revelou que, numa passagem rápida pelo corredor do apartamento, olhou-os e teve a impressão de que eles iam se atracar numa briga, mas numa segunda mirada achou que fossem se abraçar e beijar.

— Você ainda pensa em ser escritor?

— Penso. Esse é meu projeto, mas ninguém leva a literatura a sério. Quando os escritores me perguntam o que faço, digo que sou médico. Eles me encaram com respeito e admiração. Aos colegas de medicina, digo que escrevo e eles me tratam como se eu fosse um extraterrestre. A literatura não oferece um sentido prático à vida, alguma coisa que se possa medir. Em medicina eu sei que atendo trinta pacientes e curo duas pneumonias. Não experimento essa mesma segurança ao escrever um conto. Papai destruiu minhas chances de tornar-me um artista com sua mania de trabalho e honestidade. Todo escritor precisa ser um bocado mentiroso e um pouco desonesto.

À medida que as nuvens do fumo deixavam a cabeça de Cirilo, ele encolhia diante do irmão, se envergonhando do que falava. Geraldo era apenas quatro anos mais velho, mas sempre o dominou por meio da força ou com argumentos irrefutáveis. Começava a arrepender-se de ter vindo ao seu esconderijo. À distância, ele parecia uma pessoa bem mais razoável, digna de respeito, admiração ou até mesmo sacrifícios. Ali, era apenas o mano chato que desligava o rádio para ele não escutar as novelas e escondia os gibis que Cirilo comprava, dizendo tratar-se de lixo capitalista. Se Álvaro, Leonardo e Sílvio estivessem por perto, ia sentir-se amparado, com bem mais coragem de dizer o que pensava.

— E você escreve o quê?

— Ah! Contos, teatro... bem amador, ainda. Acredito que a literatura pode fazer uma autêntica revolução. O que há de verdade nos livros se torna um bem coletivo e a invenção dos escritores se transforma num patrimônio da língua.

— Que pensamento burguês! Escreva coisas que prestem, camarada.

Cirilo não gostou de ser chamado camarada, igualzinho aos membros de uma célula comunista.

— E o que você acha que presta? — desafiou o irmão.

— Uma literatura de resistência, que fale da luta de classes e denuncie a opressão e a desigualdade social. Observe os camponeses e o operariado, se inspire neles. Vivemos um momento de grande efervescência, com prenúncios de mudanças. Muitos companheiros são artistas engajados. Vou lhe dar umas coisas pra ler, espere um minuto enquanto procuro.

O irmão não o convidou a acompanhá-lo, quando deixou a sala. Cirilo imaginou o pequeno apartamento de subúrbio com um banheiro e dois quartos. Levantou-se, olhou a rua sem calçamento através de um basculante estreito, com folhas de jornal presas por fita adesiva no lugar dos vidros quebrados. Se a mãe visse o desleixo do filho, morreria de desgosto. Meninos corriam atrás de uma bola, três mulheres conversavam na porta de casa, homens sentados faziam roda em torno de um tabuleiro de damas. A existência daquelas pessoas de subúrbio lhe pareceu absurda, e Cirilo desejou saber se o irmão verdadeiramente se importava com aquela gente. Em casa, nunca ligou para ninguém, tratava mal os empregados. Como acontecera a mudança? A partir de que motivação ele arriscava a própria vida para oferecer um mundo melhor às pessoas? Cansou de ouvir a mãe chamar Geraldo de egoísta, quando comia sozinho o queijo da semana e botava no bolso parte do dinheiro da feira. Se ele desejava uma camisa nova, nem queria saber onde a mãe conseguia o dinheiro. Para aprender o custo das coisas, o pai obrigou-o a trabalhar como office boy de um banco, assim que completou dezesseis anos. Nessa passagem, aconteceu a mudança na escola e em casa, e a primeira atuação na política estudantil do colégio.

Cirilo sufocava de calor na camisa de lona verde do exército. Fora uma péssima escolha vesti-la para impressionar o irmão. Deu um giro pela sala em apenas seis passos, sem despregar os olhos do pôster de *O encouraçado Potemkin*, de Eisenstein. Um marinheiro com a mão em concha, junto à boca, parecia gritar ou dar ordens. Atrás dele, o desenho de um navio e, ao lado da cabeça, dois longos canhões apontando para a frente, como se mirassem o peito de Cirilo e ordenassem: se renda. Numa torre alta, outros canhões apontavam para vários lados. Legível no cartaz apenas a data provável da estreia: 1925. Os letreiros em russo, uma língua eslava oriental em que foram escritos os melhores romances, eram belas caligrafias intraduzíveis. Será que Geraldo aprendera o idioma? Onde o irmão conseguira a imagem e por que ela reinava absoluta no pequeno imóvel? E se pertencesse a Fernanda? Não combinava com ela o tom marcial, épico e pouco feminino. Mesmo não depilando as axilas, Fernanda transpirava doçura e feminilidade. Sabia que Geraldo mudava constantemente de endereço para livrar-se da polícia. As casas onde ficava por bem pouco tempo nunca eram suas. Talvez ele arrancasse da parede o único enfeite de sua morada ambulante, o enrolasse com extremo cuidado, botando-o num tubo de papelão, como se faz com as aquarelas, os mapas e os projetos de arquitetura. Cirilo olhou novamente pela janela, prestando atenção em duas meninas que aprendiam a andar de bicicleta. Sentiu vontade de descer, pedir a bicicleta emprestada e dar umas voltas. Geraldo demorava no quarto e Fernanda talvez não quisesse voltar à sala. Pareceu desinteressada na arenga dos irmãos ou não desejava ver o companheiro que só proferia discursos eloquentes, ocupado com assuntos prosaicos e picuinhas familiares.

Será que o irmão se sentia feliz em cubículos pequenos como esse e não lembrava os grandes espaços onde morou com a família? A ideia de que ele treinava para quando fosse preso pareceu uma explicação lógica. Recordou que Geraldo fora detido trinta dias numa cela de um metro por um metro e meio, com piso de cimento cru e paredes de chapisco, que furavam seu corpo. Essa busca do martírio inquieta Cirilo. A avó materna contava que certa vez São Francisco de Assis, quase morto de inanição de tanto passar fome, a boca sangrando por conta do escorbuto, preparou uma sopa de lentilhas e começou a bebê-la com gosto. No mesmo instante voltou-lhe a consciência do suplício que se impunha por regra, da negação de qualquer prazer. Catando um punhado de cinzas, jogou-o dentro da sopa e falou: está sentindo prazer, corpo nojento? Pois sente agora. E engoliu a mistura intragável de lentilhas e borralho.

Na fazenda em que os dois irmãos nasceram, um latifúndio de três mil e seiscentos hectares, não havia limites para o olhar. O mundo parecia infinito, com os rebanhos pastando soltos. Aqui, na janela remendada de jornais, os olhos não alcançam além de nove metros, a não ser que mirem o alto. À frente, no lugar de serras, plantações, açudes e rios, a parede de outro edifício caixão sugere um sarcófago.

Cirilo nem percebeu quando Geraldo se aproximou dele e ficou parado, como se tentasse acompanhar seu olhar através da janela.

— Não se mostre, é perigoso. Estão me seguindo e essa é a última noite que durmo aqui.

— E Fernanda?

— Ficou lá dentro.

— Estou perguntando pra onde ela vai.

— Essas coisas ninguém pode dizer. Mas aqui ela também não permanece. Conviver comigo implica risco alto, e por isso me afasto de vocês. Melhor que não saibam meu paradeiro, pela nossa segurança.

Cirilo baixou a cabeça, comovido. O irmão readquiria a doçura que o fazia tão belo e amado. Esforçou-se para não chorar.

— Você falou igualzinho ao Cristo de *O evangelho segundo São Mateus*, de Pasolini. Esse eu aposto que você assistiu.

— Já disse que não tenho tempo pra cinema.

— Mas Pasolini também é comunista e seus filmes são bem engajados — argumentou, tentando aproximar-se de alguma maneira.

— Cirilo, você precisa tirar a cabeça das nuvens e botar os pés no chão.

— Que chão? Esse cubículo estreito onde mal cabemos nós dois? Ou o Paraná, pra onde seu partido mandou uns coitados da engenharia infiltrar-se no campo e organizar a luta? Pensa que não sei das merdas que fazem? Você acha que está bem, vivendo assim? Não sente falta de correr livre na fazenda de nossa avó?

— Tome isso aqui, selecionei pra você ler. Tem um artigo muito bom sobre reforma agrária e as terras improdutivas de nossos avôs, onde você corria livre enquanto outros menos livres trabalhavam.

Cirilo pegou os papéis, enfiou-os na bolsa do exército e olhou desanimado para o irmão. Achava-o mais bonito e sentia-se tomado por um antigo sentimento de inferioridade e inveja, o que aumentava a sensação de derrota.

Assumiu a postura de quem vai embora, perguntou por Fernanda e pela água que ela ficara de trazer, sentia a boca seca e a cabeça latejando. Não queria despedir-se assim, no papel de vencido. Precisava falar mais alguma coisa.

— Nós conversamos esse tempo e as palavras se camuflaram. Escute, por favor. Estou habituado às rodas literárias e ao vazio de repetir os mesmos clichês. Você acha que a censura nos condicionou a mentir? Encontro os amigos pra beber cerveja, fumar, e parecemos um bando de palhaços. Álvaro dispara citações a cada minuto, feito uma metralhadora. Nunca sei o que ele pensa. Leonardo fala pouco e quando abre a boca é como se pronunciasse uma sentença. Sílvio suspira por Leonardo, sem nenhuma chance. Você dizia que sou exagerado, igualzinho aos personagens das novelas de rádio. Aqui no seu apartamento, senti-me um jornalista entrevistando um jovem revolucionário, que me pregou a cartilha do partido. Que merda, Geraldo! Vivi um filmezinho de propaganda comunista ou li um panfleto mal-escrito? Você me convenceu: nunca conseguiremos ser sinceros um com o outro.

Cirilo não carregava um espelho na bolsa para se olhar nele, porém sabia que seu rosto ficara vermelho, depois da fala desconexa. E se vomitasse em cima da mesa? O irmão ficaria puto, talvez lhe desse umas bordoadas. Por sorte, Fernanda entrou com um copo de água, que ele engoliu depressa. Precisava ir embora, fugir da cela estreita e do irmão.

— Não volte aqui, Cirilo. Já localizaram a gente e amanhã nós vamos abandonar esse lugar — pediu Geraldo.

— Você ainda está no ambulatório do Pedro II? — perguntou Fernanda.

— Estou.

— Posso ir lá?

— Pode.

Geraldo olhou pelo basculante, sem se expor.

— É melhor você ir.

— Nem contei as novidades da família, nem contei de papai.

— Fica pra outra vez.

— Pressinto que não vai ter outra vez.

— Você tem pressentimentos, igual às mulheres?

Cirilo não quis responder. Quando atravessava a porta, virou-se querendo abraçar Geraldo, mas encontrou uma mão estirada, pronta para um aperto formal. Como se repetisse um texto memorizado, pediu sem convicção:

— Pense em mamãe, não faça essas coisas.

Estranhando o que ouvia, Geraldo respondeu a contragosto:

— Tenho minhas convicções e não vou modificá-las.

Cirilo beijou Fernanda, sentiu novamente seu cheiro e deixou o apartamento de cabeça baixa. Na rua pouco iluminada não havia quase ninguém, apenas dois homens e uma mulher numa Rural Willys verde, estacionada em frente ao prédio. Olharam Cirilo com curiosidade, mas ele não desconfiou de ninguém, pois se habituara a ser olhado com estranhamento. A aparência familiar da mulher provocou-lhe arrepio. Era alguém que encontrara recentemente. Buscou na lembrança, mas não descobriu quem poderia ser. Ela estava sentada no banco de trás e escondeu o rosto assim que Cirilo olhou dentro do carro. Pensou se deveria voltar ao apartamento e informar sobre os estranhos ao irmão. Temendo provocar mais suspeitas, acendeu um cigarro, consultou o relógio e foi embora. Passava das dez horas. Tinha faltado mais uma vez ao emprego.

Enquanto caminhava trôpego, imaginou a bronca que ouviria do interventor do sindicato no dia seguinte.

21.
No labirinto de Gnossos

Não foi simples conseguir a vitrola emprestada, mas Cirilo escreveu tantos ofícios à diretoria da Casa que liberaram para um final de semana a única existente no prédio, de uso exclusivo nos eventos coletivos. Álvaro viajara para encontrar a esposa e as duas filhas no interior, Carlos não saía do Departamento de Física, onde queimava os neurônios em experiências com raios laser, Leonardo estudava na casa de Paula, Sílvio dava plantão numa maternidade. Tenso por causa dos últimos acontecimentos no Recife, Cirilo preferiu ficar no quarto com os discos emprestados de um colega rico, que ia todo ano à Europa e gastava dinheiro em livrarias e lojas especializadas. Escutava Erik Satie pela primeira vez. Movia-se pelo quarto ensaiando gestos de um regente — embora todas as peças fossem para piano —, deitava na cama de olhos fechados e se levantava na hora de trocar o disco. Ouvia obsessivamente as *Gymnopédies* e as *Gnossiennes*, impregnando-se de uma tristeza leve, o sentimento de que bastava os dedos se moverem nas teclas de um piano ou de uma máquina de escrever e acontecia uma revolução. Preferia os transtornos causados pela arte às perturbações políticas. Desde a visita ao irmão, concluíra que ele nada podia contra a ordem estabelecida, ou podia bem pouco. Quanto a si próprio, não vivia imerso na criação como desejaria viver, mas também não se dispunha a engajar-se num partido como muitos terminaram fazendo.

Acompanhou o enterro do padre Henrique, encontrado com marcas de tortura em um matagal da Cidade Universitária, próximo à casa onde morava. Anônimo entre milhares de pessoas exibindo faixas e cartazes contra a ditadura militar e seus órgãos de repressão, sentiu-se no funeral do próprio Geraldo.

Contrai-se na cama, faz caretas de horror, porém a música não alcança o tom exato de suas fantasias. Seria mais adequada uma sonata de Chopin, a marcha fúnebre. Perde-se entre as notas das *Gnossiennes* percutidas nas cordas, um labirinto de Gnossos onde ele se extravia, move-se sonâmbulo sem achar saída. Retorna à mesma música de piano solo, sem marcas de tempo ou compasso, num tempo absoluto. Seu labirinto é a casa onde habita, o Recife e o Brasil. Quem lhe entregará um novelo de fio que o ajude a guiar-se pelo caminho certo? O padre Henrique era sociólogo e professor, atuava junto a dom Hélder Câmara, arcebispo de Olinda e Recife, orientava jovens e se manifestava contra os métodos da ditadura militar.

— Ele tinha um novelo de fio para não se perder? — pergunta aos berros, mais alto que os acordes perfeitos das *Gymnopédies*.

Alguém percute o assoalho acima do seu quarto. São pancadas fortes e ritmadas, como se desejassem reprimi-lo ou assustá-lo. Perde o controle e se agita, faz barulho, eleva o som da vitrola. Os colegas certamente estudam e querem silêncio.

Deu nos jornais que muitas vezes o padre recebeu ameaças de morte, através de ligações telefônicas procedentes do Comando de Caça aos Comunistas. Na noite em que foi sequestrado, acabara de participar de uma reunião com um grupo de jovens católicos.

— Esticou o fio mais do que podia resistir? — volta a gritar.

Álvaro falou que o objetivo do assassinato era amedrontar dom Hélder Câmara, calar suas denúncias, a voz livre de medo. Como não tinham coragem de matar o arcebispo, porque se tornara conhecido em todo o mundo e temiam a repercussão internacional do crime, o modo eficaz de intimidá-lo era matar e torturar os que lutavam ao seu lado. Na escola de medicina, um aluno de nome Celso Mesquita escreveu um poema ao jovem clérigo de vinte e oito anos e publicou-o sem assinatura. No final contundente, afirmava: A Cidade Universitária tem uma faculdade a mais, a de assassinatos legais. A família do padre queria explicações. Ninguém investigou o homicídio de verdade, mesmo sabendo da existência de um veículo de marca Rural, cor verde e branca, em que Henrique fora sequestrado. O carro mensageiro da morte poderia ser o mesmo que Cirilo avistara rondando o esconderijo do irmão. Não tinha certeza, existiam veículos semelhantes. A dúvida não o deixava em paz. Devia voltar ao apartamento, contrariando as ordens de Geraldo? Também calaram sobre uma jovem que na véspera do assassinato fora à casa do padre, dizendo necessitar de ajuda.

Quem era a moça, a mesma que Cirilo avistou dentro do carro?

A mãe informou o paradeiro de Henrique, entregou-o inocentemente para o sacrifício da missa, o corpo e o sangue.

— Eis o Cordeiro de Deus, o que tira os pecados do mundo.

— Senhor, eu não sou digno que entreis em minha morada, mas dizei uma só palavra e serei salvo.

No bairro do Parnamarim, onde no passado corria um riacho de águas limpas, o viram pela última vez. Foi lá que o caçaram. A caça teve pouca chance de defesa, os carrascos nem deixaram acontecer o jogo de fuga e entrega, a sórdida brincadeira entre os que empunham revólveres e os desarmados. Num lance veloz, os homens de capuz empurraram Henrique para dentro do carro. Supomos a palidez de seu rosto e a consciência do fim. No dia seguinte, o encontraram em meio ao capinzal de uma várzea, os punhos seguros por cordas, a face voltada para o céu. Parecia dormir de olhos abertos, porém já não sonhava com nada.

Um cadáver deu entrada no necrotério de Santo Amaro, onde os anônimos congelam em frigoríficos humanos. O desconhecido era Henrique. Depois de o velarem na igreja do Espinheiro, seguiu num caixão até o cemitério da Várzea, entre vinte mil pessoas, no derradeiro passeio sob a luz de punhal do Recife. Um réu executado de antes, sem lavrarem sentença ou dizer por que o matavam, sem tempo de ver as ruas e as casas, despedir-se das pessoas nas janelas, do rio e das pontes. Réu executado de véspera.

O piano desafina, os acordes entram em dissonância na mente conturbada de Cirilo. Pensa em acender um baseado e teme a paranoia da cânabis. Fumar sozinho dá a sensação de que procura um barato, o isolamento e a fuga. Quando puxa fumo com os amigos, o gesto adquire outro significado. Aceita os princípios de uma confraria disposta a transformar o mundo, a deixá-lo de pernas para o ar, desde que ele não precise mover uma palha. Deseja sair à rua, mas tem medo de fazê-lo sozinho. Sabe que não representa ameaça ao sistema, a não ser pelos genes semelhantes aos do irmão. Mesmo assim se acovarda, lembra a ponte sobre o rio, o abismo à espreita, o oceano próximo.

De repente, a visão do mundo se alarga. Acalma-se. Pode sair na rua, caminhar, ir à casa de Paula, surpreender Rosa pintando aquarelas mornas. Não viu Rosa no enterro do padre. Paula e Juan Perez seguravam uma faixa com palavras de ordem, ele bem alto e ela baixinha como as índias cariris. Quem seria o anjo torpe e traiçoeiro que entregou Henrique?

— Judas! — grita e cospe.

Pode tudo por alguns segundos, porém continua grudado à cama, temeroso até mesmo em abrir a porta. É melhor não se mover. Enfia a mão dentro da calça, palpa o sexo adormecido, tenta animá-lo e não consegue, como se a vontade de amar o tivesse deixado e restasse apenas o coração pulsando a mais de cento e vinte batimentos por minuto e um buraco no estômago. Pula da cama e desliga a vitrola, guarda os discos nas capas, lê o que está escrito nelas. E se deitasse com Paula? Porém tudo se cobriu de nuvem, mesmo Leonardo pisa um terreno movediço desde que Juan Perez surgiu. O trio de cordas ganhou novo instrumento, transformou-se num quarteto de dois violinos, uma viola e um violoncelo. Talvez consiga salvar a amizade com Leonardo se Juan garantir-se no coração de Paula. Os mexicanos nunca foram grandes conquistadores, perderam as melhores terras para os gringos e mendigam a riqueza que um dia foi deles. Paula suspeita que Juan anda foragido. Perguntou a Cirilo se a fazenda nos Inhamuns seria um bom lugar para escondê-lo durante alguns meses; trata-se do fim do mundo, onde o cão perdeu as botas e nem os bandos de cangaceiros se aventuravam. Ele sorriu contente. Escreveria aos parentes que compraram as terras do pai, tinha certeza de que eles acolheriam Juan, o tempo necessário. Quis saber se Leonardo iria junto. Paula não achou graça na brincadeira.

Cessaram as batidas no andar de cima, é hora do almoço e Cirilo não abandona o quarto. Deita-se, cobre-

-se com um lençol até a cabeça, escuta o coração acelerado, inspira o hálito quente e malcheiroso, retido no pano. Deixa o corpo inerte como se estivesse morto, não mexe um dedo do pé. Para de respirar e testa o limite do fôlego até sentir-se desfalecer. O coração ultrapassa os cento e sessenta batimentos por minuto. Acalma-se respirando lento e compassado, de novo prende a respiração e recomeça o jogo, supondo que a cápsula formada pelo lençol espesso se encherá de gás carbônico e o matará sufocado. Nada acontece, ele se levanta e procura um saco plástico. Fizera algumas experiências parecidas nas aulas de fisiologia, com coelhos e ratos, e todos morreram depressa. Não encontra um saco onde caiba sua cabeça, desiste da brincadeira perigosa, despe-se e tenta se masturbar. Não consegue ereção. As imagens fogem ligeiras, não delineia um corpo feminino, vê apenas escotomas luminosos como os referidos pelos pacientes que sofrem de enxaqueca. São luzinhas pequenas, pontos em movimento, insetos em noite escura. Quando era menino nos Inhamuns, apanhava dezenas de vaga-lumes e os colocava numa garrafa transparente, querendo fabricar uma lâmpada igual à da cidade. Avistara globos luminosos, uma porção deles em volta de uma praça, sentado no ombro do pai, os dois no encalço de uma procissão. Havia esquecido essa viagem. O pai acreditava em Deus, nesse tempo? Procura uma revista sueca de pornografia, retratos em primeiro plano de pênis mergulhando em vaginas. Encontra a revista, vira as páginas e sente repulsa das fotos. É mais sujo do que dissecar cadáveres. E se for ao Yé Yé Drinks? Talvez se anime ou sinta a mesma repugnância da revista.

Pode ser preso, torturado e morto. Chamaram Álvaro quatro vezes para depor na reitoria, no serviço de investigação. Álvaro não perdoa a direita nem a esquerda, não tem freio na língua e nunca se vinculou a partidos. Expõe suas teorias originais com descaso pela censura.

Todos sabem na Casa que ele redige um pequeno tratado sobre o costume dos brasileiros se darem bem em tudo, principalmente os políticos e os empresários. A obra possui um título extravagante: *Tratado da lavação da burra.* Qualquer hora dessas ele vai aparecer morto, jogado entre os capins da Várzea, a boca aberta para o céu. Não é necessário cometer crime para ser perseguido e eliminado. Álvaro ri da burrice do sistema e escreve poemas simbolistas. Casou jovem com uma mulher que não ama, mas faz sexo bem. Teve duas filhas, ganha um salário miserável num emprego burocrático, recebe ajuda do pai, um protético que fabrica dentaduras. Álvaro poderá ser morto como o padre Henrique; Sílvio também, porque é homossexual; Cirilo preso e torturado para revelar onde o irmão se esconde. Talvez fosse melhor largar o curso e voltar para casa. O pai e a mãe morreriam de desgosto. Ele não pode decidir sobre a própria vida como Geraldo. No máximo, deixa tocar as *Gymnopédies* cem vezes, satura-se de acordes assimétricos e do mais puro formalismo atonal. Morrer é um palpite dissonante, um costume que a família Rego Castro pratica e a que ele não escapará na hora certa. Melhor sair ligeiro para a rua, comer alguma coisa, enganar o tempo.

Corre até o banheiro, se molha depressa, enxuga os cabelos, atravessa os corredores vazios e silenciosos da Casa, desce os dois vãos de escada e recebe o sol de domingo na cara, sem prenúncios. Esquece a infelicidade e apanha o primeiro ônibus. Tudo de repente se transforma num alvoroço de luz, despertando o impulso de cantar. Qualquer cantiga serve, a cidade se esmera em música e poesia, a leveza se contrapõe ao peso da história e da tradição.

Chega à avenida Guararapes, caminha pela Camboa do Carmo, entra num restaurante conhecido, pede uma omelete de carne acompanhada de arroz e batata frita, uma Coca-Cola com gelo. Enquanto espera o almoço, lê seu poeta predileto. Os amigos mais radicalmente à esquerda não perdoam sua paixão por Whitman. Cirilo também gostaria de não respeitar experiência, conveniência, nem maiorias, nem o ridículo, nem a ameaça do que chamam de inferno. Deseja enfrentar a paz e a segurança e as leis mais enraizadas para desenraizá-las, e sentir-se mais resoluto por o haverem rejeitado, como jamais poderia chegar a ser se todos o aceitassem. Lê os versos do poeta adaptando-os para si, transformando-os numa voz própria que o revigora, lhe dá força. E se buscar uma reconciliação com a Igreja, conforme a mãe sugeriu? Prescindiria da embriaguez dos sentidos e da política. O sacrifício de uma vida só é justo se Deus voltar a falar com os homens, numa liberdade plena, sem a tirania do pecado. Anima-se, saboreia a omelete, as pessoas à sua volta sorriem, são famílias que saem de casa para comer num restaurante, aos domingos. Já não se sente inquieto nem deseja inquietar ninguém, a mãe tem razão, ele precisa reconciliar-se com a Igreja. Acha a comida saborosa, talvez peça uma sobremesa de pudim de leite ou sorvete de creme. E se almoçasse de vez em quando num bom restaurante? O dinheiro é escasso, manda para casa quase tudo o que ganha, inventa a felicidade com coisas de baixo preço, como a avó fazia depois de ficar viúva e pobre. Nunca conheceu alguém mais feliz do que ela, mesmo quando almoçava arroz branco e ovo frito.

Toma um café, acende o último cigarro e traga a fumaça nauseante. Distrai-se abrindo a embalagem: a mais externa de celofane transparente; a do meio, de papel vermelho com letreiros, marca e desenho; por último, o papel prata, que ele colecionava quando era menino. Esmera-se no trabalho, desfaz as dobras no papel, se aborrece, amassa as três folhas e joga tudo numa lixeira, prometendo nunca mais fumar. Sai para a rua, caminha na cidade livre de barulho, do amontoado de gente, barracas e carroças. Como é lindo o Recife vazio, deixando ver os sobrados da rua Nova e o Pátio do Livramento. Ama os prenúncios de ruína, mesmo assim queria ter uma varinha mágica e restituir aos prédios e igrejas a beleza original. Decide não enxergar defeitos nas coisas, aceitar os estragos como inevitáveis, apreciar até mesmo o cheiro de urina dos becos e a catinga da maré.

Na igreja da Conceição dos Militares, abaixo do coro, pintaram cenas da Batalha dos Guararapes, quando os portugueses enfrentaram e expulsaram os holandeses de Pernambuco. A pintura numerada em sequências lembra uma história em quadrinhos. Um guia explica que se trata de um ex-voto. Alguém prometeu a Nossa Senhora que mandaria pintar em louvor a ela todos os acontecimentos da batalha famosa. Cirilo se empolga com o painel, a cidade de onde veio sempre esteve ao lado de Pernambuco nas revoluções libertárias. Por instantes imagina os militares escorraçados do poder como os holandeses, numa guerra com exércitos de trabalhadores rurais, operários e estudantes comandados por Geraldo. As fantasias se esvanecem ligeiro porque ele sabe de que maneira a história é manipulada e falsificada. A pintura reproduzindo o heroísmo dos pernambucanos se transforma, de repente, numa garatuja de artesãos rústicos, sem qualidade técnica nem valor artístico, uma obra desprezível. E novamente ele precisa esforçar-se para não sucumbir ao desânimo e ao impulso de buscar saída em pontes e sacos plásticos.

Melhor caminhar um pouco mais pelas calçadas, olhar vitrines com ofertas de roupas e sapatos que ele nunca compra, entrar numa igreja e reconciliar-se com o catolicismo da mãe e da avó. Nas noites de insônia e agitação, imagina que um dos tios velhos ou um padre coloca as mãos sobre sua cabeça e o abençoa. Essa bênção funciona como um indulto, uma franquia para sentir-se tranquilo e em paz. Quando era adolescente e morava em casa, passou meses sem dormir direito, se angustiava e gritava pela mãe. Ela sentava numa cadeira às suas costas, de modo que não fosse vista, e balançava a rede até que ele adormecesse. A presença materna o enchia de enlevo, envolvia seu corpo como um exército de formigas caminhando sobre os músculos e a pele tensa. Sente falta da bênção dos pais, mas não conhece ninguém na cidade que possa abençoá-lo. Talvez o irmão mais velho. Porém Geraldo já não acredita no sortilégio da bênção, no seu poder de cura.

Descansa num banco do Pátio do Livramento, onde costumava namorar Paula, nos dias em que Leonardo não vinha junto com eles. A lembrança o angustia, e nem os pombos voando soltos nem o céu limpo, visto em meio aos sobrados, conseguem deixá-lo feliz. O pátio já fora uma gamboa, lugar em que remansava as águas misturadas do Capibaribe e do Atlântico, dando a impressão de um lago, na preamar. Armadilha natural para os peixes, até ser canalizada pelos holandeses que urbanizaram a cidade. O Recife nunca resolveu sua dicotomia amorosa entre portugueses e flamengos. Ergue monumentos e pinta quadros celebrando a expulsão do conde Maurício de Nassau e dos holandeses que durante anos ocuparam a cidade, mudando sua feição urbana e abrindo-a para o restante do mundo. E, no entanto, se orgulha desse curto período em que os habitantes falavam as línguas vivas da Europa e várias da África, havia liberdade religiosa, e na sinagoga da antiga rua dos Judeus, a primeira das Américas, estudava-se e escrevia-se o hebraico.

Cirilo se distrai olhando o casario de belos sobrados, com três a quatro pavimentos, os mais antigos do século dezessete. Alguns exibem grades de ferro sobre cachorros de pedra, ornatos de massa nas fachadas trabalhadas, quase tudo deformado pelo avanço do comércio, com seus letreiros em placas de alumínio e madeira e revestimentos de cerâmica barata. Acha melhor abstrair esses detalhes, esquecer a varinha mágica com que restituiria a beleza original da arquitetura. E os mangues que antecederam as construções não seriam mais bonitos do que os prédios? O volteio mágico precisaria chegar mais longe. Até onde? Aos índios caetés, a Paula correndo nua no meio deles, talvez comendo a carne branca de Cirilo moqueada num festim antropofágico. Ri com os pensamentos bestas, sente desejo de fumar. Não compra cigarros. Caminha à procura de uma igreja aberta, de um padre que o abençoe.

22.
O lenço estampado de uma camponesa

Querida mãe,

hoje tive um domingo mais difícil do que os outros, apesar de um almoço delicioso e um passeio agradável pelas ruas da cidade. Quando retornei à Casa, frustrado após uma tentativa de reconciliar-me com sua Igreja, caí na cama e chorei como um desvalido. Não havia ninguém com quem eu pudesse conversar e a solidão aumentou meus temores de fazer algo errado contra mim; a senhora sabe do que estou falando.

Lembra a litogravura de São Francisco que herdou de nossa tia Eufrásia, a que pertenceu a sua avó, a minha bisavó Raimunda Anacleta? É aquela na moldura de cedro rosa, veio da Suíça e tem a imagem de Francisco no meio do quadro, olhando um Cristo pregado na cruz, com linhas vermelhas ligando suas chagas às Dele. Em torno dessa imagem central, doze quadros ilustrados narram os passos de Francisco desde o primeiro milagre até sua morte, com legendas em alemão, francês, espanhol e italiano. Na última vez em que estive aí, a senhora me pediu para reforçar a proteção da moldura para as traças não estragarem sua herança. Com muito cuidado retirei a vedação feita com uma tira de pano e cola, uma cartolina externa e um papelão. Tive a maior surpresa quando descobri por trás da gravura de São Francisco outra de mesmo tamanho, escondida talvez por minha bisavó, não sei por qual motivo. Essa segunda estampa era uma Ressurreição de Cristo, a mais bela que já vi em toda a vida, um esplendor de júbilo e glória. Fiquei tão surpreso, tão feliz com essa revelação, que achei tratar-se de um milagre e decidi não contá-lo a ninguém, nem mesmo à senhora, de quem não escondo nada. O acontecimento foi por volta do primeiro ano de medicina, quando prenderam Geraldo durante um mês e chegamos a pensar que ele seria morto. Arrumei o quadro da mesma maneira que sempre esteve, mas prometi inverter a posição das gravuras quando acontecesse o milagre de uma ressurreição em nossa vida, alguma coisa que me libertasse da angústia em que vivo. No começo desse ano, quando passei quinze dias em casa, aproveitei sua ausência para contemplar a Ressurreição e o meu pequeno milagre. O quadro estava igualzinho a como eu o deixei, nenhuma traça conseguira atravessar a vedação que fiz, mas a gravura do Cristo Ressuscitado havia desaparecido. Quase desmaiei de susto. Tomado de pavor, convenci-me de que algo terrível iria acontecer com nossa família. Não tive coragem de lhe falar dessa história, vivíamos as maiores privações e achei injusto preocupá-la com acontecimentos supersticiosos, segundo papai. Vedei o quadro outra vez, botei-o de volta na parede e desde então parei de acreditar em milagres.

Hoje à tarde, enquanto caminhava pelas ruas do Recife, desejando encontrar Geraldo em algum beco, ouvi os sinos da Basílica do Carmo, lembrei nosso infeliz tio João Domísio, que se encantou com essa música e resolvi atender seu pedido: não adiar o meu reencontro com Deus. Eu sempre tive algumas pendências com São Francisco — o meu delírio da ressurreição e a promessa que você fez para eu pagar, caso escapasse de uma queda que sofri com apenas dezoito dias de nascido. Lembra? A senhora prometeu que eu iria à romaria de Canindé, vestido num hábito marrom, descalço, levando uma esmola. Nunca saldei essa promessa. Então resolvi entrar no Convento Franciscano com a igreja de Santo Antônio ao lado, na rua do Imperador. O Recife deserto deixa ver a beleza dos prédios, tons de vermelho, azul e amarelo que apenas os moradores dos trópicos se atrevem a usar. O sol avança por detalhes ocultos, revelando-os. Nessas horas, acho que não existe cidade mais bonita do que essa e tenho raiva dos que a maltratam.

Cheguei pela calçada oposta, querendo mais espaço para apreciar de longe o conjunto franciscano. Do lado de fora, interditados por grades, dezenas de miseráveis, os pobrezinhos de Santo Antônio e São Francisco, disputavam migalhas que as famílias ricas e piedosas traziam nos seus carros de luxo e mandavam os motoristas distribuir. Eu já visitara outras vezes a igreja e o convento, sabia o que existia lá dentro, oculto pelas paredes externas. Sobretudo conhecia a Capela Dourada da Ordem Terceira de São Francisco de Assis da Penitência, construída pelos devotos do Irmãozinho de Deus, que pregava a pobreza e a renúncia aos bens materiais. Já estive em boa parte das igrejas de Recife e Olinda e sempre me impressiona a ênfase dada pelos guias aos quilos de ouro gastos nos douramentos das talhas. Sei o que tudo isso custou. Sei que a vida média de um escravo trabalhando no fundo de uma mina era de cerca de três anos, pouco mais que a garantia de uma máquina de lavar roupa. Não me considere um revoltado, mas não deixa de espantar-me que nenhum daqueles miseráveis do lado de fora transponha o umbral da igreja, nenhum exija para si os espaços feudalmente ocupados pelos frades há quatrocentos anos. No entanto, quando li uma narrativa de um escritor russo chamado Isaac Babel — mais um achado de meu amigo Álvaro —, senti uma reação contrária, o horror ao ultraje dos lugares referidos como sagrados. O conto se chama *O fim de Santo Hypatius* e narra a invasão do mosteiro dedicado a esse santo, moradia dos Romanov em 1613, quando os moscovitas vieram pedir a Mikhail Fyodorovitch, que seria o primeiro czar da dinastia trucidada pelos comunistas, para subir ao trono. Babel viu a igreja indescritivelmente bela, pintada de carmim e azul, destacando-se contra o céu escurecido como se fosse o lenço estampado de uma camponesa, viu a Virgem Sagrada da Rússia, os antigos ícones, os santos sepulcrais, o Deus limpo e ossificado como um cadáver; sentiu a úmida decadência de uma santidade implacável e mal conseguiu escapar ao fascínio do que via. Também assistiu à leva de mujiques com suas tralhas, cavalos, fardos, tinas, gansos, cabras amarradas, bebês adormecidos em trenós, todos seguindo montanha acima, em meio a risos e impropérios. Vinham ocupar o mosteiro, afixar nas paredes descascadas, onde se acendiam velas aos ícones, a foice e o martelo. Também não deixou de se enternecer — quando a noite já caíra e um termômetro marcava quarenta graus abaixo de zero — com a fumaça subindo de todas as chaminés — um indício de que os mujiques pobres comiam —, e com o acordeão de uma das mulheres tocando uma canção terna.

É Isaac Babel quem escreve tudo isso; eu resumo e traduzo para a senhora; apenas repito, porque o meu estupor é o mesmo. Babel, que propagandeou a Revolução Russa com exortações raivosas incitando a turba — "Derrotai-os, soldados vermelhos, batei neles até a morte, mesmo que esta seja a última coisa que podereis fazer! Pisai com toda a força sobre as tampas que se levantam dos seus caixões podres!" —, que se considerava um escritor russo apesar de sua origem judaica, e que se não vivesse com o povo russo deixaria de escrever, também se tornou vítima do regime de que fora propagandista e soldado. E aqui, mamãe querida, vem a parte mais importante do meu raciocínio; é necessário compreendê-lo para a senhora não repetir que abandonei meu irmão Geraldo como um Judas traidor, que não estou ao seu lado quando deveria estar, mesmo o amando tanto. Na biografia de Isaac

Babel, vejo possíveis desfechos para aqueles que se entregam de corpo e alma à luta, como seu filho fez. Chega o dia em que Babel não consegue mais se autoenganar, tão brutais se tornaram a força e a hipocrisia do regime. Ele não aceita mais ser um escritor propagandista, pois as visões de liberdade social com que acolhera a revolução já não o seduzem. Stalin é um tirano semelhante aos antigos. A censura não deixa publicar nada que pareça subversivo, estimulando o realismo socialista, banal e sem valor artístico. É preso, julgado sumariamente e condenado à morte. Ele, que foi um dos mais brilhantes escritores russos alimentados pelo fulgor pós-revolucionário, é suprimido, apagado como se nunca tivesse existido, e tem as obras recolhidas e a existência negada. O mesmo que os da nossa ditadura praticam. O mesmo que faziam os fascistas italianos, os nazistas alemães, e os comunistas chineses fazem ainda hoje.

Pra que lado eu corro? Me responda, por favor! Um filósofo latino escreveu que o que está sob a terra é nada. Babel ficou anos sepultado, deixou de ser lido e poucos o conhecem. Só nós, os vivos, emprestamos realidade às coisas. Uma aquarela se torna real quando eu a contemplo. Isso é papo de físico, de zen-budista, de pirado como eu. Graças a Álvaro e à confraria de amigos dos livros conheci a biografia que transcrevo, tive acesso ao contista fabuloso, li-o em folhas impressas no mimeógrafo, censuradas no Brasil por serem de um escritor russo. Os mesmos que baniram as cartilhas de Lenin e Trotsky proíbem os contos de um intelectual condenado como inimigo da revolução comunista. Santa ignorância.

Agora vamos ao meu dilema, o de todo jovem que deixou as coisas velhas para trás, porém não encontra nada no novo que possa considerar seu. Entrei no convento franciscano, olhei as imagens assombradas dos santos, senti a mesma atração e repulsa de Babel diante do Cristo desfigurado pela dor, as costelas sobressaindo, o rosto escavado, as chagas escorrendo sangue. Tudo em meio ao esplendor do ouro, da opulência dos azulejos portugueses, da arquitetura exuberante. Beleza e horror juntos, causando alegria e medo. Tive consciência do mal que a estética católica nos causou ao longo de séculos, com sua tirania de pecado e culpa que se expiam apenas pela penitência e sofrimento. É terrível já nascer culpado. É insuportável carregar a cruz de um morto, um corpo boiando nas águas de um rio, o fantasma de um irmão que nunca vejo e nem sei mais se vive. Você não se compadece de mim? Quando vi as telas sombrias com os santos mutilados, busquei a lembrança de Paula nua, viva, pulsante de sensualidade e desejo de transar comigo. Convenci-me que prefiro o que está do lado de fora, a saúde do sexo, o direito ao gozo.

Andava a esmo pelo claustro, quando fui abordado por um dos cinco frades que habitam o convento, bem poucos se compararmos ao número dos que buscavam a vida religiosa no passado. Perguntou-me quem eu era e o que desejava ali. Falei da minha infância católica, da senhora e de vovó, de quando decidi nunca mais confessar-me nem ir à missa, aos dezesseis anos. Contei do seu apelo e isso foi bastante para que ele iniciasse uma pregação sobre o amor de Jesus Cristo e da Mãe Santíssima. O tom impostado da voz me irritava, percebia camadas de feminino reprimidas na aparência masculina, uma afetação sedutora, sibilante como se ele estivesse num púlpito. Desejei sair correndo, ganhar a rua, curtir a última claridade do sol. Havíamos caminhado até a nave principal da igreja, que possui uma iluminação natural fornecida por duas janelas laterais e um lanternim, pequena torre de paredes abertas que fora fechada há bastante tempo. Estávamos quase no escuro, sozinhos, e eu perdera minha vontade, deixando-me conduzir por aquela sibila franciscana. O frade arrastou-me à sacristia, abriu as gavetas de uma cômoda de jacarandá e retirou dela algumas vestes litúrgicas. Sentia-me estranho, a pele adormecida, imerso numa surdez temporária. Percebi-me sentado, o franciscano estendendo uma alva sobre minhas coxas, a túnica branca que simboliza a pureza de coração com que o sacerdote deve se aproximar do altar. As mãos dele me tocavam durante um tempo excessivo, nem sei se era correto pendurar uma estola em volta do meu pescoço e olhar-me cheio de concupiscência como se lhe desse prazer enfeitar-me para um ritual que não era o da missa. Quando ele veio com o cíngulo e tentou amarrá-lo em torno de minha cintura, lembrei as lições de quando ajudava missa no abrigo de velhas. Aquilo representava as cordas com que Cristo foi atado e flagelado. Tive um impulso violento, arranquei panos e cordões de cima de mim, atirei-os no assoalho da sacristia e saí enfurecido, sem me despedir ou agradecer. Cruzei com os miseráveis na porta do convento, eles me estenderam as mãos pedindo esmolas e eu perguntei por que não invadiam a igreja e roubavam o ouro escondido lá dentro. Sentia-me a reencarnação de Isaac Babel, um judeu desgarrado, fora do tempo e do lugar, sem pertencimento. Compreendi que a Igreja precisava resolver suas contradições, desfazer-se dos seus tesouros, do passado de catequese, inquisição e cruzadas. Caminhava ligeiro, sem olhar para trás, temendo que os santos vestidos de roxo e com perucas de cabelos naturais viessem no meu encalço. Mesmo delirando eu não deixava de indagar sobre a teologia da libertação, a nova igreja do papa João XXIII, voltada para os pobres. Refletia sobre os verdadeiros apóstolos, esses que o regime chamou de padres vermelhos, que trabalham pela causa dos desfavorecidos. Melhor pensar nisso depois, eu me disse. Queria ficar o mais longe daquele mundo, que lucidamente abandonei aos dezesseis anos. Mas não resisti e voltei-me para uma derradeira foto com os olhos. O sol refletia os raios na torre de azulejos gastos do campanário, uma luz que lembrava o reflexo dos chocalhos do gado, tocados para o curral nas tardes dos Inhamuns. Era tão belo que caí no choro, ali mesmo, sentado no batente de um edifício.

Me perdoe por escrever coisas tão dolorosas, que talvez a magoem. Todos a amamos pela bondade e generosidade. Tente compreender-me, pois isso é importante para mim. A senhora possui uma inteligência privilegiada, o discernimento que vem do coração, e por esse motivo eu não condeno seu catolicismo.

Agora me sinto melhor e acho que vou conseguir estudar um pouco e depois dormir.

Um beijo do filho,

Cirilo.

Cirilo escreveu esta carta à mãe, mas nunca a enviou.

23.
Prova a água e dize-me que gosto ela tem

Chove, o que torna a cidade mais úmida e feia. Na pressa de entrar no ônibus, a porta automática esmaga o guarda-chuva de Cirilo; o romance que lia cai de suas mãos num bueiro, sendo tragado pelas águas. Duas perdas de uma só vez. A má sorte espreita calada e o diabo ri da desgraça alheia, no meio da chuva. Cirilo caminha da rua da Aurora ao cais do porto, molha-se até os ossos e pragueja. Dá aula assim mesmo, a roupa grudada na pele, expondo-se a ficar resfriado. Há algum tempo assumiu essa tristeza, que se agravou após a visita a Geraldo. Cruzou um oceano e sente-se afogar numa poça de lama. A depressão trouxe um ganho, tornou-o invisível aos que antes o magoavam. Aderiu à moda hippie de ler textos indianos sagrados e busca conforto no *Bhagavad-Gita*. Sente-se um herói atravessando o campo de batalha: leões devoram seu braço direito e ele observa indiferente; anjos descem do céu, coroam seu braço esquerdo com guirlandas de flores e sua indiferença é igual. Quem ansiava para livrar-se de leis e regras, entregando-se aos prazeres sem culpa, deixa-se encantar por um ascetismo de última hora.

— O que é o universo inteiro?

— Nada senão ar rarefeito e espaço vazio.

— Qual o bem mais valioso?

— O conhecimento.

— O que encobre todo o mundo?

— A escuridão.

— Que inimigo jamais é vencido?
— A ira.
— Como a paz pode ser falsa?
— Quando é tirania.

Lê as doutrinas dos livros religiosos hindus, em voz alta como se recitasse mantras. Tenta convencer os amigos e a si próprio. Álvaro dá gargalhadas ao vê-lo na crise mística, praticando a macrobiótica, mastigando bolinhos de arroz integral e bifes de soja, memorizando o diálogo entre Krishna e Arjuna. Supõe que o arroubo transcendental não irá além de quinze dias. Provocava-o dizendo que o pior tipo de santarrão é o convertido. Acusa-o de tornar-se igual aos que aceitam o Evangelho, vestem paletós escuros, põem a Bíblia debaixo do braço e saem pregando a palavra de Jesus nas praças. Leonardo e Sílvio, mais tolerantes, acham que a pobreza, as privações diárias e o medo do que poderá acontecer ao irmão e à família são a causa do misticismo de Cirilo. Sua reaproximação da medicina, a mania por estágios e plantões são motivadas pelos mesmos receios. Estranham o empenho do amigo em estudar e conseguir boas notas, sua exagerada compaixão pelo sofrimento dos doentes. Álvaro assegura que a falta de mulher consome o anjo enganoso, e algumas noites de amor o conduziriam de volta à legião dos endemoniados.

Cabelo baixo, barba raspada, Cirilo come pouco e se torna mais magro do que era. Veste roupas comuns e conserva do antigo figurino as sandálias de pneu e a bolsa do exército. Os colegas não reparam nele, parecendo impossível que algum dia fora o motivo de verdadeiras batalhas na escola. Ao entrar na sala de aula, para junto à porta, busca com os olhos uma cadeira vazia e espera ouvir gritos e piadas. Mas ninguém o enxerga, como se uma nuvem mágica o tornasse invisível ou o blindasse contra as agressões. Os amigos da Casa fazem troça dizendo que tamanha santidade não passa de soberba, menor apenas que a de São Francisco de Assis, proclamado o mais humilde dos humildes. Alheio ao deboche, Cirilo lê sem parar, sobretudo escritores latino-americanos, o maior acervo do diretório de medicina. Encontra consolo nos livros, descobre que se torna igual a todos os leitores que folheiam as mesmas páginas. Para ficar mais na biblioteca, cuida do pequeno acervo do diretório, um tempo gasto com prazer. Matricula-se numa turma separada de Leonardo e Paula e dessa maneira os encontra menos. Os dois sentem pena dele, o que aumenta a raiva de Cirilo. O rancor não o impede de escrever uma carta aos primos dos Inhamuns, pedindo que acolham Juan Perez, arranjem uma ocupação para o rapaz e o mantenham sob anonimato. Leva Juan à rodoviária e, no caminho ao sindicato, fantasia que Paula o recebe de volta. Porém, quando a aborda, ela agradece a generosidade do ex-amante e não cede aos seus apelos de reatarem o namoro.

Mesmo com a presença de Juan, Leonardo continuou frequentando o apartamento de Paula, mas Cirilo não deseja saber a extensão dessa amizade. Enquanto caminhavam até a rodoviária, Juan falou que esperava a companheira terminar o curso, para casarem e residirem no México. Cirilo jamais perguntou se Paula trocara a fechadura da porta de casa. Certa noite, quando atravessava uma ponte, jogou no rio a chave que usara tantas vezes.

Rosa nunca estava na escola de Belas-Artes, nem no apartamento, onde Cirilo tocou a campainha dias seguidos e deixou bilhetes. Procurava-a mais pelo desejo de vingança do que pelo gosto em sair com ela e ouvir suas digressões sobre as técnicas de aquarelar. Sentia-se desmotivado para o sexo e consultou um especialista. Há algum tempo, haviam diminuído os sonhos eróticos, a frequência das masturbações e as fantasias com as mulheres. O médico aconselhou um bom descanso e os amigos o convidaram para um final de semana na praia.

Depois de mergulhar na água quente de final de tarde, desejando esquecer a família, a Casa e a faculdade, ele caminhou até uma enseada. Num trecho de praia, pessoas catavam mariscos. Uma garota se ofereceu para ensinar-lhe as técnicas de enfiar as mãos na areia e descobrir os bichinhos ocultos dentro das conchas. Pedras afloravam do mar, lembrando um cenário grego. Cirilo nunca estivera na Grécia e sua imaginação se abastecia em excessos de cinema e literatura. A sílfide arrastou-o para um terreno cercado de mato à margem de um córrego e, sem qualquer preâmbulo, mordeu seus peitos, beijou-o com força e esfregou-se entre suas pernas. Ele correspondeu aos afagos, excitou-se, mas não quis continuar a brincadeira. Correu para dentro da água e nadou com braçadas fortes, esquecendo a angra e a imagem vaporosa. Em outra ocasião, numa festa, uma colega de turma embriagou-se e levou-o até o carro, onde fizeram malabarismos para despir as roupas. De repente, não suportou a embriaguez da moça, a sofreguidão como ela o agarrava, vestiu-se, saiu do carro, acendeu um cigarro e fumou enquanto esperava que a garota se vestisse. Retornaram à festa como se nada tivesse acontecido.

Quando morava na casa dos pais, uma velha para quem escrevia cartas falou do poder de algumas mulheres. Faziam sortilégios no rastro de seus homens e eles nunca mais conseguiam transar com outras parceiras. Na festa, enquanto engole gim com água tônica, evitando os olhares sedutores da companheira bêbada, imagina que Paula enfeitiçou suas pegadas, deixando-o indiferente. Acredita na revolução do sexo e que a alma não é mais que o corpo. Nem o corpo mais do que a alma, rebate

Álvaro. Sempre viveu livremente seus impulsos eróticos, mas agora questiona a compulsão, sonha com uma experiência amorosa verdadeira, por mais abstrato que o amor lhe pareça.

Na aula de psiquiatria, um professor recém-chegado de Paris, onde se formara pela Associação Internacional de Psicanálise, criada por Freud e seus seguidores, iniciava os alunos nas técnicas do psicodrama. Sugeria que um estudante assumisse o lugar de paciente e outro o de médico. Cirilo ofereceu-se para representar o paciente. Pensava numa história em que o personagem descobria uma brusca recusa ao sexo. Sem se dar conta, enveredou pelo drama da velhice e solidão. Narrou a história de um tio alcoólatra, de quem se escondia quando era menino, ao encontrá-lo bêbado, às vezes caído nas calçadas. Sentia vergonha do infeliz, um homem que fora bastante próspero e respeitado, mas que se entregara ao vício depois que a mulher faleceu. A mãe adorava o tio e obrigou Cirilo a acompanhá-la durante o enterro, numa terça-feira de carnaval, debaixo de forte chuva. Ele segurava um ramalhete de rosas, de pétalas frescas e perfeitas. Quando desceram o caixão na cova alagada, a mãe ordenou que jogasse o ramalhete. Ele recusou-se a obedecer, achando que as flores não tinham culpa por aquela morte e não suportaria vê-las cobertas de lama. A mãe beliscou-o com força, a ponto de fazê-lo chorar. Sem condições de reagir, ele atirou as flores no buraco repugnante. Viu a lama cobri-las, até que não restasse um único matiz de rosa. Tomado por uma dor estranha, agarrou-se à mãe e chorou sem consolo. Pensando que o filho lamentava o tio, ela o acalmava, achando curioso o apego repentino.

Ao fim da narrativa, olhou envergonhado para os colegas, sem compreender como tivera coragem de assumir o lugar de paciente, revelando os dramas infantis.

O professor deu uma tapa em suas costas e elogiou-o por trazer um relato fora dos estereótipos da psiquiatria. Analisou-se o caso, porém Cirilo esgotara sua fala e permaneceu em silêncio até o final da aula. Na despedida, o professor convidou-o a frequentar o departamento de psicologia. Cirilo falou que sentia necessidade de ser ouvido por um psicanalista, mas não ganhava dinheiro bastante para custear as sessões. O professor ofereceu-lhe um horário de graça, e Cirilo compareceu apenas três vezes. Concluiu que a psicanálise sem o compromisso do pagamento não funcionava.

Ausente dos lugares frequentados por Paula e Leonardo, também procurou fugir aos encontros no Bar Savoy e às conversas em que se falava das mazelas do mundo, sem nunca encontrar remédio. Buscou o convívio de colegas mais simples, moradores da Casa que antes não se aproximavam dele por receio da aura intelectual que o envolvia.

Com os novos amigos, recordou paisagens familiares, os planaltos sertanejos, os rebanhos de gado, os roçados de algodão cobertos de flores amarelas, que mais tarde se transformavam em capuchos brancos de lã. Recebia aulas sobre o plantio de alho, a especialidade de um estudante de agronomia, que relatou sua experiência no preparo da terra com estrumo, o modo como separava os dentes de alho do bulbo, enterrando-os cerca de seis centímetros, com os bicos voltados para cima. Ele e o avô faziam o semeio em fileiras, nos leirões de solo leve, fino e bem-drenado, rico em matéria orgânica. Cirilo escutava as explicações, percebia o quanto se afastara das origens, de um saber que considerou inútil, mas que agora ganhava outro significado. E se precisasse retornar a esses lugares? Seduzira-se pelo discurso moderno, desprezara a regra dos que ensinam a estender as pernas, afundar um pé na tradição e outro no presente. Mais generoso, compreendeu o esforço em manter-se livre das ideologias de direita e esquerda, numa atitude radicalmente crítica, mesmo antevendo a solidão e o isolamento. Animava-se, sorria feliz e logo se entregava ao desânimo, pois os dias só prometiam a mesma faculdade medíocre, o emprego de subsistência — em que fingia ser professor —, a falta de dinheiro, o presságio de que o irmão fora morto. Por instantes, até mesmo Paula se tornava miragem, um campo de batalha onde não queria pelejar outras vezes.

Revê a foto de Sílvio: a mãe morta no caixão, a família em torno, a casa fechada atrás deles. Assusta-se com o olhar diagonal dos três irmãos mais velhos, buscando uma saída fora daquele mundo. Apenas no menino Sílvio percebe a vontade de despertar a mãe, abrir a porta e as janelas da casa, apagar as velas nos castiçais. Seus olhos imploram à família que retorne para a antiga morada e recomece a vida no ponto em que a desgraça a interrompeu.

Em que ponto a vida de Cirilo precisa recomeçar?

Um professor chama atenção para os pacientes com distúrbios mentais. É fácil enchê-los de remédios, deixando-os calmos e adequados. Depois fala que, ao se despojar as pessoas de sua loucura, muitas vezes tiram delas o melhor que possuem. Cirilo reconhece a paródia de um filósofo niilista, bem comum de se ler nas revistas sentimentais.

Assistiu a uma versão de Medeia no cinema. Impressionou-se com a cena em que ela enterra as joias e os sortilégios dentro de um pote de barro, ao abandonar sua terra, a família e as crenças mais profundas. Trai tudo em que mais acreditava, seduzida pelos apelos do ocidente e de Jasão, o homem que ama e mais tarde também irá traí-la. Cirilo não lembra o que enterrou de importante e precisa desenterrar. Em certas horas, fica a ponto de enlouquecer, seduzido por vozes que não discerne bem. De onde elas chegam? É o que mais deseja descobrir.

24.
Poeiras na réstia

Os pacientes madrugam para conseguir ficha de atendimento e as salas de espera ficam cheias. De pé, ao lado dos professores, os alunos também se amontoam para ouvir queixas e lições práticas. O mobiliário de ferro pintado de branco se resume a mesa, maca para exame, duas cadeiras e um biombo sujo. Alguns consultórios possuem balança e armário, onde se guardam as amostras de remédios, nunca suficientes para um tratamento completo. No terceiro ano, quando encerrou as disciplinas básicas no prédio da Cidade Universitária e mudou-se para o hospital, Cirilo sofreu uma crise. O contato com as doenças, o sofrimento e a miséria das pessoas feria sua sensibilidade e ele duvidou se escolhera a profissão certa, pensando em desistir de medicina. Mas a decisão não era apenas dele, dizia respeito aos pais, que financiaram cursinho, apartamento e gastos com transporte e alimentação. Ele custara dinheiro e precisava dar algum retorno à família. Magoados e temerosos com os desacertos de Geraldo, Célia Regina e Luis Eugênio afirmavam que nenhum outro filho sairia de casa para o Recife. Cirilo não tinha certeza se eles manteriam a decisão até a primeira filha comunicar que arrumara as malas e comprara uma passagem de ônibus.

Os alunos adoeciam com frequência, sofriam os mesmos sintomas estudados nas salas de aula. Somente os menos hipocondríacos escapavam à epidemia. O hospital velho e malconservado, de paredes úmidas caiadas de branco, piorava o abatimento moral e físico dos naturalmente tristes. Cirilo contemplava as fileiras de camas nas enfermarias, os doentes sem entusiasmo pelo mundo além das janelas, crônicos em esperar. Quando recebiam alta, após meses de internamento, tinham perdido o costume de viver lá fora e batalhar pela sobrevivência.

Uma mulher bonita emoldura-se na porta do consultório, onde Cirilo acompanha as consultas. Move-se para dentro da sala, mas recua ligeiro, parecendo temer que alguém a reconheça. Cirilo pede licença ao professor e sai. Tenta parecer calmo, mas não consegue disfarçar a inquietação. Fernanda espera por ele, meio escondida por trás de uma coluna larga, próxima a um pátio arborizado. Quando Cirilo se aproxima, ela começa a andar como se não o conhecesse. Sai do hospital, atravessa a rua e entra numa instituição mantida pela igreja, a mesma que Geraldo costuma frequentar. Cirilo já visitou o prédio junto à favela dos Coelhos. Está nervoso e mal articula o passo, olha para os lados e para trás, imaginando que o seguem.

A casa possui um salão com piso grosseiro de cimento e pequena quantidade de móveis. Ao atravessá-lo, Cirilo perde a cunhada de vista e não sabe em que porta bater. Resolve ficar esperando próximo a uma janela, de onde consegue vigiar a rua. Se o interrogassem, nem saberia responder por que estava ali. Não conhece nenhuma das pessoas que atravessam o salão: homens idosos e algumas mulheres vestidas como freiras. Quando não suporta mais a ansiedade, uma porta se abre e Fernanda manda que ele entre. Alguém se retira da sala às pressas, talvez para não ser encontrado. No recinto pequeno existem apenas seis cadeiras, uma mesa e vários cartazes pregados nas paredes. A cunhada o abraça, pede que se sente numa das cadeiras poeirentas e ele obedece. Não sabendo o que falar, pergunta pelo irmão.

— Geraldo está bem. Na madrugada após sua visita, deixamos o apartamento. A polícia chegou logo em seguida. Levamos o que foi possível e o resto eles destruíram.

Cirilo mal escuta a fala. Ao lado do prédio, as máquinas de uma serraria fazem barulho e enchem o ambiente de pó de serra. Fernanda envelheceu bastante desde o último encontro. Seu corpo nem desperta mais o desejo de abraçar e cheirar.

— Quando saí do apartamento de vocês naquela noite, vi uma Rural verde estacionada, com dois homens e uma mulher dentro dela. Estava escuro, não dava pra reconhecer ninguém, mas tenho certeza que a mulher se escondeu quando me viu.

— Também tenho certeza disso — completa Fernanda, com uma possível intenção na voz.

Cirilo encolhe-se medroso. Embora achasse que se comportara bem, sentia remorso por não haver retornado ao apartamento e prevenido os dois. A polícia desconfiaria, talvez atacasse o irmão e a cunhada na mesma hora, sem deixar tempo para fuga. Ainda pensa dessa maneira e atribui o tom rancoroso de Fernanda à suspeita de que ele agira com irresponsabilidade.

— Você conversou com Paula?

— O que Paula tem a ver com essa história?

— Conversou ou não?

— Nós nos cumprimentamos. E só.

Baixa a cabeça intrigado. Ainda não consegue falar de Paula sem magoar-se.

— Ela me disse que você andou namorando Rosa Reis.

— Paula não tem que se meter na minha vida. Nem falar das garotas com quem eu saio.

— Paula não é de fofoca, você sabe disso. Acontece que Rosa Reis é uma espiã da Polícia Militar. Foi ela quem entregou o padre Antonio Henrique Pereira. E tenho certeza que se aproximou de você pra localizar Geraldo.

Cirilo sofre uma bordoada na cabeça, como se alguém desferisse um murro certeiro ao dar a notícia. Olha a cunhada em pânico, quase chorando, e ela se compadece dele.

— Conheci Rosa fugindo da polícia, machucada e sangrando.

— Ela é fria e competente. Infiltra-se no meio dos estudantes e se passa por um deles. Os policiais não sabem de quem se trata e batem nela como se fosse um dos nossos. É a tática do disfarce. Só os chefes conhecem Rosa Reis.

Uma cheia do rio Capibaribe não causaria dano igual em Cirilo. Anda sem cigarros, desde que resolveu deixar de fumar, e a ansiedade foge ao seu controle.

— Ela perguntou por Geraldo?

— Algumas vezes. Acho que desistiu de mim porque nunca falei nada. Cheguei a ser grosseiro, quando insistia no assunto.

Várias pessoas falam alto do lado de fora e os dois ficam um tempo em silêncio. As máquinas de serrar continuam produzindo barulho acima dos decibéis permitidos por lei e pelos ouvidos frágeis.

— Imagino o que Geraldo falou de mim.

— Falou coisas horríveis, não é para menos. Tentei convencê-lo de que você não tem culpa.

— O irmão atrapalhado só faz besteiras. Espero que não suponha que virei informante.

— Não, isso nunca. Acha apenas que você é ingênuo, não se liga nas coisas, vive com a cabeça na lua.

— Não me ligo nas coisas, é bem engraçado. E trabalho como um burro de carga pra ajudar a família.

A cunhada lhe parece menos atraente e generosa. Sente raiva e pensa em ir embora. Os dois que se danem.

— Rosa Reis esteve na casa de meus pais, ontem à tarde. Deu um nome falso, mas pela descrição era ela mesma. Usa óculos com lentes iguais a fundo de garrafa, não dá para disfarçar. Identificou-se como aluna do curso de música, estava organizando um festival, sabia de minha ligação com o Movimento de Cultura Popular e queria a Escola de Direito participando. Fez a besteira de perguntar por Geraldo. Meus pais não soltaram nada. Eles sabiam de uma visita à família do padre Henrique, semelhante a essa, no dia anterior ao sequestro.

Uma réstia de luz desce do telhado. Partículas de pó de serra se movimentam como se dançassem. A cabeça de Cirilo não para, ele a aperta com força, querendo expulsar as lembranças que o atormentam. O calor na sala sem ventiladores tira o fôlego.

— Por que ela faz isso?

— Talvez porque gosta do poder. É uma moça pobre, veio de Aliança, uma cidadezinha da zona da mata, e sente-se prestigiada junto desses tenentes e coronéis da ditadura. Não é pelo dinheiro que atua, tenho quase certeza. Recebe uma porcaria, uma ajuda de custo, me disseram. Não sei a idade que falou pra você, mas tem apenas vinte e dois anos. Não é ingênua como afirma, foi bem-treinada pelos órgãos de repressão. Trabalha com os milicos mais poderosos e truculentos.

Uma velha abre a porta por engano e pede desculpas.

— O que eu faço?

— Nada.

— E vocês, o que fazem para se proteger?

— Nunca ficamos mais de um dia no mesmo endereço. Agora, vamos sair do Recife.

— Pra onde?

— Não posso revelar, por precaução.

Ele acha que a cunhada e Geraldo não confiam nele. Talvez suspeitem que Rosa Reis o seguisse, na noite da visita. Ou que ele passava informações. A possibilidade dessa suspeita o destroça por dentro, mais que a úlcera a corroer seu estômago.

— Geraldo teme pela segurança da família. Se a polícia tivesse invadido o apartamento naquela noite, você também estaria preso. Não imagine o pior de seu irmão. Ao modo dele, também ama vocês.

Apanha uma caixa embrulhada em jornal, desfaz a embalagem e entrega a Cirilo. Dentro tem um rádio a pilha, um relógio de ouro com o nome Luis Eugênio gravado e uma flâmula de pano, enrolada até parecer um canudo. Cirilo conhece os objetos e toca neles com o mesmo receio infantil com que tocava no cálice e na patena durante as missas.

— Por que me dá isso?

— Seu irmão pede que guarde.

— Não quero esses objetos. O rádio foi presente de mamãe e Geraldo nunca me deixou escutar música nele. Eu morria de inveja por isso.

Fica um longo tempo em silêncio, os olhos na caixa. Não faz nenhum esforço para camuflar o tom rancoroso da voz quando fala.

— Seu companheiro punha o fone no ouvido e saía pra calçada, se exibindo. Sobrava pra mim o rádio da família, se papai não ligava nos noticiários. Geraldo lhe contou de que forma me massacrava? Nossa casa era cheia de gente, além dos filhos. O barulho me impedia de estudar e mamãe me acordava às três da madrugada, quando havia silêncio. Por conta disso, sempre dormi cedo, pra ficar desperto na hora que mamãe me chamasse. Geraldo vinha tarde da casa dos amigos, sabia que eu acordava se ligasse o rádio. Mas ligava de propósito e eu não conseguia dormir. Gritava por papai, ele vinha e abria a porta do nosso quarto, ameaçando bater na gente. Eu precisava fazer as compras do mercado e ajudar a missa no abrigo, bem cedo. Sempre fui cheio de obrigações e odiava barulho. Numa noite, depois de suplicar em vão que desligasse o rádio, me levantei e bati várias vezes em Geraldo com minha bota. Ele se fingiu de morto e entrei em desespero. Depois, começou a rir de mim e senti-me um estúpido.

Cirilo se contrai na cadeira, faz careta e olha para os lados quando termina o relato. Fernanda fica em dúvida se devolve os objetos à caixa e os confia a outra pessoa.

— Na última vez que Geraldo visitou nossa casa, papai deu o relógio pra ele. É um Mido, comprado no tempo das vacas gordas. Papai o chamava minha máquina e dizia com orgulho que nunca atrasou um minuto por ano. Até o bracelete é de ouro dezoito. Viu como é bonito o fundo preto de ônix?

Apanha o objeto de desejo e o observa com atenção. Aproxima-o do ouvido e escuta. Nenhum ruído. Os ponteiros se encontram parados. Balança, dá corda, verifica a hora no relógio do próprio braço e acerta os ponteiros do irmão. Executa a série de manobras sob o olhar comovido de Fernanda.

— Pensei que tivesse quebrado, é corda manual. Papai dava corda à noite e quando levantava de manhã. Assim nunca parou. Geraldo lhe disse por que ganhou o relógio de presente?

— Não. Ele fala bem pouco de vocês.

— Deve sentir vergonha de nós.

— Sente não, posso garantir.

Cirilo lê o nome do pai gravado em itálico, numa caligrafia perfeita.

— Quando fui laureado no curso ginasial, papai mandou que eu escolhesse uma caneta ou um relógio. Eu era muito tolo e escolhi uma caneta-tinteiro. Tinha bem menos valor, mas eu gostava de escrever. Ainda gosto. Acho que papai deu o relógio a Geraldo pensando em chantageá-lo, pra ver se mudava os planos dele. Mas ele não é como eu, não cai em ciladas amorosas.

Desenrola a bandeirinha em formato de triângulo, com os nomes de todos os colegas do irmão, concluintes do ginásio. Lê os nomes em voz alta e bota para rir, lembrando anedotas da turma alguns anos à frente, que fez história na cidade.

— E desses, falou?

— Bastante. Tem muita piada.

— Como tem!

Fica mais um tempo olhando a flâmula. Depois a enrola com cuidado e repõe os objetos na caixa.

— Vou pedir pra mamãe guardar. Não gosto de ficar com isso. Parece o espólio de um morto.

Olha firme a cunhada, enquanto adquire coragem de fazer uma pergunta.

— Geraldo está preso ou foi morto?

— Não está preso nem foi morto. Ele gosta desses objetos e pede que você os guarde por um tempo. Só isso. Vamos pra longe, sem bagagem. Quando essa história terminar bem, com a verdadeira revolução triunfando, você devolve tudo. Fica acertado assim?

Ele balança a cabeça em sinal afirmativo, os olhos cheios de lágrimas. Levanta-se de repente.

— Vou pro hospital. Preciso assinar a frequência, senão levo falta. Diga ao meu irmão que fique tranquilo.

Fernanda também se levanta.

— Falta mais uma coisa.

— O quê?

— Não procure Rosa Reis, jure.

Ele abraça a cunhada, mas não encontra o perfume que gosta de sentir. Observados de longe, os dois parecem ter sessenta anos, de tão alquebrados.

— Isso eu não juro.

Diz e vai embora.

Havia chovido bastante. Talvez por isso fizesse tanto calor na sala pequena.

25.
Algumas cartas de Leonardo a Cirilo

Durante os meses em que não conseguiam se olhar e falavam apenas o necessário, Leonardo e Cirilo trocaram dezenas de cartas, deixadas sobre as mesas de estudo, como se estivessem ali por acaso. Herméticas, cheias de simbolismo e intenções veladas, elas nunca se referiam ao motivo da rixa que os tornara rivais: Paula. Os amigos da Casa acompanhavam a disputa, sem tomar partido, esperando o desfecho da briga. Álvaro sugeriu uma loteria, lances sobre o possível vencedor. Gilberto não permitiu o deboche, rasgando a folha de papel com as apostas. À medida que Cirilo deixava o caminho livre para o mexicano, as cartas diminuíam de tamanho e frequência, até um cessar-fogo provisório.

Cirilo,

parece que já nos falta o sentido do humor. Na ausência dele, não podemos nos colocar, um frente ao outro, numa perspectiva criadora. A desconfiança e o ressentimento, se eram germes que já estavam em nós, tiveram bom terreno para se desenvolver. Tuas singularidades me oprimem e não sei falar contigo publicamente. Creio que a perda desta linguagem se liga a uma quebra do afeto. Distingo nesse processo causas acidentais. Mas a origem permanecerá sempre velada, porque reside em algum ponto intraduzível de nossa individualidade. Esforcei-me para obter em mim ou em ti uma explicação aceitável desses fatos.

Verifiquei que a minha abstração só atingiu os meros acidentes, o plano acessório das implicações. Por muito tempo consegui afogar uma dor quase física que me impunha um relacionamento incoercível contigo. Esta base de fuga (defesa involuntária?) parece ter liquidado para sempre a chance de crescimento de nossa amizade, e minou as relações mais profundas que eu supunha manter com outras pessoas. Foi uma praga que se alastrou e para mim tornou-se difícil retomar os níveis precários de consciência com que existia antes de te conhecer, agora acrescidos da sensação de derrota e culpa.

Se fosse retroceder aos fatos que ora esqueço, ora pulam na minha memória, tu sofrerias o fastio que em ocasiões vi descer sobre o teu rosto como expressão perfeita. E não creio que seria este o momento — se há este momento — de te instigar num apelo para que salves os meus limites de embaraço.

Acredito que te assalta um sentimento agudo de divisão e que os recursos com que compensas esta rotura só raramente te chegam a satisfazer. Na medida em que participei de tuas manifestações mais espontâneas, compreendi nada saber a teu respeito, pois o que me caía nas mãos era uma chave oculta.

Não me conheço, e leio agora o pressentimento tantas vezes familiar: o cansaço precoce, o envelhecimento precoce, o apagamento das cores de cujas cintilações deveria sempre nascer e renascer uma graça de luz.

Quando não de ti, aí me alimentei de sal e de sol (o simbolismo é literal). Agora, resta um diálogo a que algumas amizades comuns e um amor compartilhado nos confinam, como prefácio, interlúdio ou prelúdio de uma idade a que o tempo inevitavelmente nos tange.

Abraços,

Leonardo.

P.S. — Não evito dizer: nunca algumas frases tuas me deram tanto, como agora, a sensação do "já visto". Isso indica um sinal de realidade?

Cirilo,

Se nunca tive a sensação da beleza, ontem *O sétimo selo*, de Bergman, me deu essa sensação: cinzenta, luminosa, imóvel, fluida. Indecifrável e para sempre inesquecível.

E tua carta foi também um movimento de surpresa, de alegria e tristeza misturadas. A carta que não enviaste a tua mãe.

Assim te aguardo.

Abraço,

Leonardo.

Cirilo,

não conseguiria, na pressa do momento, te dar um espelho de cartas que em pensamento e na prática te escrevi, talvez porque representassem tempos concretos demais, tangíveis demais, se bem que tão agudos. Como se eu não tivesse os signos da tua fala.

Será mais uma vez o caso de eu querer levar até bem próximo de ti uma tela clara, com desenhos nítidos de certa realidade, à qual tu te tanges, e muito no que respeita a mim pessoalmente? Não sinto as coisas friamente, mas tu pareces me dar a certeza de uma ebulição excessiva, algo de devastação, lancinante. Assim, me perdi, me fizeste perder a forma, o jeito (necessário?) de estar num só contigo — foi mais que uma contingência.

Pode ser que nada tenha se perdido, mas há determinados ventos sobre os quais mantenho um controle tão forte que é como se ainda ventassem mais.

Continuo sem saber o que você achou de *O sétimo selo*.

Por favor, deixe o telefone de Rosa Reis para mim. Penso em tomar aulas de aquarela. O que achas?

Leonardo.

Cirilo,

é impossível ao teu rosto perder a expressão. A expressão ácida é, em algumas ocasiões, uma verdade inferior que me castiga, porque me conduz a sentimentos como irritação, asco, mal-estar ou impaciência.

Tu me perturbas porque tua atitude de distanciamento, seja qual for o grau que assuma, me torna pior a mim mesmo e fere a minha consciência.

Eu quero o desespero, mas amo, sobretudo, a serenidade. O que divide esses estados é uma linha muito tênue.

Não quis te ferir, mas é possível que ainda volte a fazê-lo e não só involuntariamente. Mas isto não me deixa alegre.

Te amo e te odeio e temo que jamais me esquecerei de que te desejei morto.

Nesse momento e ultimamente sinto coisas inteiramente novas, aliás, não de todo inteiramente novas.

Leonardo.

26.
A intrusa

— Já falei pra você que nosso caso amoroso é semelhante ao de um conto de Borges. É o último conto do livro *O Aleph*. Lembra dele?

— Vagamente. Não tenho boa memória.

— Sorte sua. A memória maltrata a gente, cobra até o que não devemos.

Havia horas estudavam para uma prova, cada um na sua mesa, as apostilhas e os livros espalhados por todos os lugares do quarto, até pelo chão. Cirilo tentava reaproximar-se de Leonardo, uma empreitada bastante difícil, quase impossível.

— E o conto de Borges?

— Se chama "A Intrusa". Você quer ouvir?

— Já que me provocou, conte.

— Vou narrar quase como foi escrito. De tanto ler, terminei decorando. Borges começa a história no estilo que o consagrou, o de induzir o leitor a acreditar que se trata de um relato acontecido de verdade.

— Dispense a crítica literária.

— Se não quiser ouvir, não conto.

— Vai, conta.

— Eduardo e Cristián Nilsen, dois irmãos, moravam em Turdera, um arrabalde de Buenos Aires. Apreciavam a solidão, os cavalos, as facas e o álcool. Dormiam em camas miseráveis como as nossas, nos aposentos da casa sem luxo. Eram altos, ruivos, briguentos e temidos pela vizinhança. Trabalharam como tropeiros e carneadores e se envolveram em roubos de gado. Viviam em perfeita união, e quem ofendesse Eduardo ofendia Cristián. Iam à farra, mas não tinham envolvimento amoroso com as mulheres, a não ser prostitutas. Por isso, causou surpresa quando Cristián, o mais velho, levou uma moça chamada Juliana Burgos para viver com ele, pra servi-lo na cama e ser empregada dos dois. No começo, quando saíam nos finais de semana, para as festas dos bairros, Eduardo acompanhava o irmão e a cunhada. Um dia, ele fez uma viagem sozinho e, quando regressou, trouxe uma mulher, que largou poucos dias depois. Eduardo tornou-se mais silencioso e carrancudo do que costumava ser. Estava apaixonado pela mulher do irmão. As pessoas do bairro exultaram, pensando que finalmente a amizade dos dois teria fim. Uma noite, Cristián arrumou-se para uma farra e na hora de sair disse ao irmão que a mulher ficava e que ele podia usá-la se quisesse. A partir desse dia eles a compartilharam. O arranjo durou apenas umas semanas, pois os irmãos brigavam pelos menores motivos. Não dirigiam a palavra a Juliana nem perguntavam o que achava do acordo sórdido. A vontade da mulher não contava, embora eles reconhecessem humilhados que estavam apaixonados e desconfiassem que ela preferia o mais novo. Um dia, mandaram que Juliana colocasse duas cadeiras no primeiro pátio e sentaram-se para conversar. Ela esperava um longo diálogo e deitou-se para a sesta. Pouco tempo depois os irmãos ordenaram que ela arrumasse as coisas e a levaram para um prostíbulo, onde a venderam e dividiram o dinheiro em partes iguais. Desejavam retomar a rotina, mas Juliana estava plantada entre eles. Passaram a se ausentar sozinhos, com certa frequência, até o dia em que Cristián descobriu o cavalo de Eduardo preso ao mourão do bordel onde venderam Juliana. Esperava a vez de ser atendido. Cristián falou ao irmão que dessa maneira iriam cansar os cavalos e propôs que a levassem de volta. No caminho, Eduardo não se virou em nenhum instante, para não ver Juliana abraçada ao mais velho, no cavalo que montavam. O arranjo não funcionou como da primeira vez, e sentimentos de Caim rondavam os Nilsen. Num domingo, quando voltava do armazém, Eduardo avistou Cristián pondo a canga nos bois. Ele falou que precisava entregar uns couros e convidou o irmão a ir junto. À beira de um palhegal revelou que matara Juliana e que dessa maneira ela não causaria mais danos. Pediu que o ajudasse a livrar-se da carga, que do resto se ocupariam os carunchos. Depois se abraçaram quase chorando, sentindo que um novo vínculo os prendia: a obrigação de esquecer a mulher sacrificada.

Cirilo terminou de contar a história e olhou Leonardo. Intensamente pálido, ele baixou a cabeça para a escrivaninha. Era evidente que não estava lendo, nem conseguia falar. Leonardo fechou o livro, colocou-o suavemente sobre a mesa, respirou fundo e enfiou os dedos da mão direita entre os escassos cabelos do peito. Costumava fazer isso quando não sabia o que dizer. Cirilo percebeu o constrangimento do amigo e a gravidade da história que contara.

— Vou pedir a Paula que denuncie você à polícia, por intenção de assassinato — falou Leonardo depois de longo silêncio.

— Não sou o autor da história, que é bem melhor do que consegui reproduzir. Queria apenas ver sua reação.

— E reagi como você desejava?

— Paula não é Juliana Burgos, nem somos os irmãos Nilsen.

— É mesmo, Cirilo? — perguntou com ironia.

— Controle sua raiva, estou em missão de paz. A única coisa que justifica esse crime de ficção é Borges ter alcançado uma boa literatura com a sua narrativa. Dizem que o mal só é perdoável numa obra de arte.

— Que bonito! — falou com deboche.

Leonardo não disfarçava a inquietação e mexia os braços, do jeito de quando ficava nervoso.

— Nós três não somos personagens de um conto. Paula é emancipada e moderna e eu nunca iria repetir o crime de João Domísio, assassinar uma mulher. Há quase trezentos anos, os homens de minha família pagam caro por esse crime, mesmo sem tê-lo cometido.

De cabeça baixa, fingindo ler e não se interessar mais pela conversa, Leonardo ignorava a presença de Cirilo.

— Nesse tempo que vivi calado, pensei em muitas coisas. Ainda gosto de Paula, mas me convenci de que nossa relação terminou. Sempre tomei o partido das mulheres, a começar por minha mãe. Sou incapaz de magoá-las. Você acredita em mim?

— Não. Nunca acreditei nos santos de última hora.

Cirilo riu contrariado e jogou uma apostila em Leonardo. Ele fez careta, como se não gostasse da brincadeira.

— Peço uma trégua. E, por favor, pare de me escrever aquelas cartas ridículas.

Leonardo baixou novamente a cabeça para os livros e não falou mais.

Cirilo apanhou a camisa e saiu para o corredor, evitando esbarrar nas pessoas.

27.
De uma notícia de jornal

É bastante curiosa a maneira como Luis Eugênio finaliza o livro de anotações sobre o filho Geraldo. Há uma brusca parada na sequência de análises que ele faz dos acontecimentos políticos, parecendo que todos os dramas se resolveram ou deixaram de existir. No meio da página seguinte a essa interrupção, ele colou um pequeno recorte de jornal com as letras maiúsculas "DN", porém sem a data, nem o significado de algumas siglas. Pelo tamanho do recorte, não parece ser notícia de grande destaque, merecedora de uma redação mais cuidadosa e com menos erros. A menos que se tratasse de mais um acontecimento proibido de ser divulgado com riqueza de detalhes, e que a imprensa da época redigira às escondidas.

ESTUDANTE
BALEADO
NUM ATENTADO

O líder estudantil Cândido Pinto de Melo, da Faculdade de Engenharia, está no Pronto-Socorro, onde deu entrada, às 22h55, de ontem, com feridas transfixantes no ombro esquerdo e penetrante no tórax, produzidas por arma de fogo, não sabendo quem foi o autor do disparo.

Segundo informou no HPS, para onde foi conduzido em estado desesperador, o fato se verificou no subúrbio da Torre, quando um veículo, que não conseguiu identificar a placa, começou a persegui-lo e, de repente, um dos seus ocupantes sacou um revólver, efetuando vários disparos.

VINGANÇA

Não denunciou nenhum colega de Faculdade. No entanto, afirmou que acredita ter sido o atentado à sua vida por motivo de política estudantil, em virtude de na Escola de Engenharia liderar movimentos. As autoridades já tomaram conhecimento do fato e estão aguardando que Cândido melhore, a fim de ouvi-lo para tomar as medidas que se fizerem necessárias.

OUTRA VÍTIMA

No atentado ao estudante, resultou ferido José Honorato da Silva, 45 anos, casado, residente na rua Marques de Maricá, 122, Torre, que no momento passava pelo mesmo local. Ele sofreu ferida penetrante na coxa direita e retirou-se após ser medicado. Em seu poder foi encontrado um revólver marca Rossi, calibre 38, cuja apreensão foi feita pelo CPO, nº 503, Jaime José da Silva. A UM-4, desde o momento em que as vítimas chegaram ao Pronto-Socorro, se encontrou de prontidão no HPS.

Nas páginas seguintes do livro de capa preta não consta mais um rabisco sequer. Com o passar dos anos, todas ficaram amarelas e frágeis.

28.
Anotações de Cirilo numa agenda

Acordei por volta das cinco horas da manhã, desperto como se não houvesse nenhum sono mais para dormir, o corpo elétrico desejando expandir-se em estradas, pular ligeiro da cama. Leonardo, Álvaro e Carlos dormiam profundamente, não se incomodavam com a primeira luz do sol filtrando-se no vidro da janela sem cortinas. Olhei lá fora, da várzea coberta de capinzal soprava um aroma fresco e doce, alívio para minhas narinas congestas pelo ar viciado que inspirei durante a noite. Com o coração quase partido, contemplei o abandono dos amigos entregues ao sono, indefesos iguaizinhos às crianças. Tive pena deles; nos últimos dias não fazia outra coisa que não fosse sentir pena. Deixei que dormissem sem hora marcada, a gordura nos rostos, as barbas por fazer e a excitação matinal sob os lençóis. Caminhei com os pés descalços até a janela, avistei a lua se apagando no brilho crescente do sol, uma luz prometendo dia claro e ideias novas. Entre os capins cobertos de orvalho sobressaíam umas florzinhas amarelas e ramagens de flores vermelhas, que sempre imaginei serem sarças. As pessoas chamavam esse nome em minha terra — sarças —, mesmo não possuindo nenhuma semelhança com os silvados do deserto, as sarças ardentes no meio das quais um anjo interpelou Moisés e o Senhor lhe fez revelações. Alegrei-me e sorri para minhas flores sem incêndio, sentia-me seguro na tristeza, um instante raro em que nada temia e nada esperava, a ponto de também ouvir uma revelação. Se fosse possível congelar o tempo. Mas não era possível. Logo o silêncio seria rompido por gritos de colegas, chuveiros abertos, rádios ligados alto, palavrões, batidas de portas. Eu tentaria abstrair as interferências remoendo um poema do chinês Li Po, traduzido por Cecília Meireles, que Álvaro descobriu não sei onde e me deu de presente: Ao acordar, olhei em redor. Um pássaro gorjeava entre as flores. Roguei-lhe que me informasse sobre a estação do ano e ele me respondeu que estávamos na época em que a primavera faz cantarem os pássaros. Como eu já ia enternecendo, recomecei a beber, cantei até a lua chegar e de novo tornei a perder a noção das coisas.

Repetia os versos igualmente como se eles fossem um mantra; dava-me consolo, o consolo da poesia. Ou talvez imaginasse me acalmar como a avó serenava debulhando as contas do rosário, três vezes por dia — de madrugada, após o almoço e antes de dormir —, e a mãe rezando um terço à noite, cochilando de cansaço, mesmo assim rezando por obrigação, porque o bispo pedira. Já não falo mais reza, prefiro a palavra mantra, despojada do catolicismo com que rompi definitivamente após minha visita ao convento franciscano. Sinto-me impregnado de misticismo indiano, superficial como as missas que ajudava na celebração, seduzido pelo cheiro do incenso e o luxo dos paramentos. Mas existe sinceridade no meu gosto pela música de Ravi Shankar. A cítara lembra o som das violas e dos berimbaus tocados por músicos pedintes, nas feiras do nordeste ibérico onde nasci e que nunca deixei de carregar na alma, mesmo ele sendo pobre e desprezado, talvez justamente por isso. É música feminina, materna, generosa, evoca o corpo de Paula, em quem sempre penso. Dou voltas, giro ao redor do mundo e retorno ao mesmo ponto sem nó: Paula, dadivosa como os templos leiterias da antiga Mesopotâmia, onde os fiéis se empanturravam de leite. As deusas mães vacas, de peitos úberes escorrendo leite, saciavam os famintos. Novamente me entrego ao delírio, meu misticismo fajuto não resiste à menor lembrança de Paula nua, enfiando os peitos em minha boca e ordenando que eu chupe até que jorre um néctar. Álvaro tem razão: algumas noites com Paula e ficarei curado, saudável como nunca fui antes.

Tenho descoberto beleza na morte. Numa noite, fiquei sozinho de plantão na enfermaria e fui chamado à emergência para atender um rapazinho, que dera entrada com diarreia infecciosa e desidratação. Examinei o turgor de sua pele, palpei os globos oculares, vi a língua seca. Quase sem água no corpo e com a voz sumida, mesmo assim ele mantinha um sorriso calmo e me olhava fixamente. Necessitava de volume e eletrólitos. O cirurgião dissecara uma veia e mandara a enfermeira correr soro fisiológico aberto. Ao invés de conferir o gotejamento do soro, eu continuava preso ao chão, hipnotizado pelo sorriso indecifrável. Contava os batimentos cardíacos como se marcasse a passagem do tempo, sentia o pulso se tornando fraco, quase imperceptível à palpação. O riso estranho me aliciava para o sono, escutei uma cantiga de ninar, mamãe me embalava numa rede e me cobria com um véu, o mesmo véu negro com que recobriu meus dois irmãos antes de serem enterrados. Alguém sussurrava ao meu ouvido para dormir, numa voz acariciante e terna. Percebi que se tratava da Morte, pois não vi sombra na parede e apenas essa Mulher caminha pelo mundo sem deixar silhuetas escuras. Ela se inclinou sobre o rapazinho, querendo abraçá-lo.

— Seja bem-vinda — escutei o doente falar, enquanto eu tentava vencer o torpor.

— Não esperava encontrar alguém tão jovem por aqui. Geralmente só me deparo com pessoas velhas.

— Me trouxeram às pressas. Não havia tempo de me levarem para outro lugar.

A Andarilha encarou o rapazinho com doçura e o ar perfumou-se de uma fragrância celestial. Ela estendeu a mão até o peito acelerado, como se fosse arrancar alguma coisa daquele sítio.

— Seja generoso — falou. — Não há sofrimento na morte, apenas sono.

Eu havia adormecido e sonhado enquanto examinava o rapaz. Acordei e gritei forte, perdera as coordenadas, não sabia como agir. Pedi à enfermeira que encontrasse um médico. Mas o médico era eu, um inválido sem iniciativa. Abri o soro, chamei o paciente pelo nome, supliquei que olhasse para mim. Instalamos vários soros, um após o outro. Comprimíamos os tubos plásticos com as mãos, para dessa maneira o líquido escorrer mais rápido. O paciente morria de fome e sede.

— A fome destrói a sabedoria e aniquila a coragem.

Falei para mim mesmo, um sonâmbulo. A enfermeira riu de minha citação indiana, queria que eu a repetisse mais tarde para anotar na sua agenda. Sempre me agitava durante os atendimentos de emergência, dizia coisas sem nexo, tentava ganhar coragem e vencer o tempo.

Jorros de água e eletrólitos percorriam canais, artérias, veias e capilares finos, irrigando o corpo estorricado.

Felizmente, o rapazinho voltou a respirar normal, a pele ganhou elasticidade e cor. O riso se tornara saudável, mas perdera o mistério.

Conversamos bastante, sobre muitas coisas. Ele, o pai, a mãe e uma irmã moravam num pequeno casebre, feito de troncos e palhas de coqueiro. Quase não possuíam o que comer.

O encantamento se desfez.

Já nem lembrávamos as imagens sonhadas em comum.

Sempre acompanho meus professores nas manobras de ressuscitamento. Aprendi o significado de três minutos. É o intervalo de que dispomos para reanimar um paciente, antes que ele sofra danos cerebrais. Quando fracassamos e ele morre, mandam chamar os familiares e comunicam a ocorrência. Afasto-me para um lugar à margem e fico observando a cena. Primeiro as pessoas contemplam o corpo e ouvem do médico que está morto. Passam-se alguns segundos e, finalmente, elas alcançam o conhecimento de que algo irremediável aconteceu. Essa fração de segundos é variável para cada pessoa, do mesmo jeito que são diferentes as reações à perda. Meus parentes nunca levaram seus enfermos para os hospitais, mantendo-os em casa e deixando que morressem naturalmente. Talvez sofressem menos assim.

Há um longo percurso até se alcançar a compreensão da morte. Nos últimos dias, tenho fantasiado sobre o instante em que minha avó encontrou o marido sem vida, na margem de um rio. Imagino que demorou a compreender o que ele fazia deitado sob o sol quente, os olhos abertos para o nada. Primeiro a avó se incomodou com farelos de bolo presos ao bigode e à barba, um desleixo imperdoável num homem tão elegante. Em seguida, contemplou o rio de águas barrentas e lamentou que sujassem as flores dos aguapés, de brancura imaculada. Essas pequenas alterações na ordem de beleza do mundo causaram nela um primeiro estalo doloroso. Tentando escapar ao confronto com a realidade, pôs em dúvida se o avô estava morto de verdade. Chamou-o pelo nome várias vezes, de início carinhosamente, até alcançar a intensidade dos gritos. Em vão balançou seus ombros, tentando erguê-lo. Uma lembrança absurda cruzou sua cabeça: o que fazer com os objetos pessoais que o marido deixava? Selas, alforjes, esporas, rebenques, chapéus, toda uma tralha masculina restaria inútil pelos cantos da casa sem dono. Sentiu o primeiro acesso de raiva. Quando pensou nos filhos que criaria sozinha, sem a ajuda de um pai, a raiva cresceu em ódio. É provável que, antes de abraçá-lo chorando, tenha esmurrado seu peito e puxado seus cabelos, alvoroçada pelo rancor. A percepção mais amarga veio no instante em que interpretou o abandono em que o avô a deixava como traição. Nessa hora, uma dor insuportável dilacerou-a e ela finalmente pôde chorar e cobrir-se de luto, o preto que nunca mais despiu.

Perambulo pelas ruas do Recife, às vezes amargo, noutras vezes sereno. Meu último divertimento nas caminhadas sozinho é descobrir a beleza das pessoas, o que se esconde por detrás de manchas brancas na pele, dentes careados, pernas finas, abdomes volumosos, passos desengonçados. Aprendi isso com minha mãe. Ela sempre encontrou um toque de formosura nas pessoas mais desvalidas de graça: um acento de voz, um olhar firme, o modo seguro de apertar a mão, a gentileza, os dedos longos. Depois de ser traído por Rosa e rejeitado por Paula, ocupo-me em observar as mulheres, em tentar vê-las através de minha nova câmera. O resultado disso é que me sinto calmo. Aprendo a acariciar com os olhos, a tocar sem as mãos. Relato minhas experiências a Álvaro e ele debocha dizendo que me tornei poeta.

Cansei de procurar Rosa. Certamente ela se escondeu desde que os jornais traçaram o retrato falado de uma informante da polícia. Não existe outra explicação para o seu desaparecimento. A misteriosa míope que esteve na casa da família do padre Henrique, na véspera do assassinato, e na casa dos pais de Fernanda, era mesmo Rosa. Ninguém duvida disso, até já circulam detalhes de sua biografia de espiã, agravando minha frustração e raiva. Algum dia ela revelará seus motivos ou talvez tudo se perca em arquivos sebentos de prédios escuros e inacessíveis, como o coração de Rosa. O que levaria uma moça inteligente e culta a se oferecer para trair estudantes, no meio de quem ela se infiltrava, fazendo-se passar por militante de esquerda? Se não recebia um salário significativo, apenas uma ajuda de custo como garantem os bem-informados, quais seus interesses? O gosto em alinhar-se ao poder? As mesmas motivações dos que se posicionam no outro lado do combate e em nome de uma revolução sequestram embaixadores e explodem bombas nos aeroportos? Perco noites de sono buscando resposta para essas perguntas. Elas devem parecer ingênuas ao meu irmão Geraldo, sempre tão seguro nas escolhas. Se Rosa tinha consciência de que suas denúncias levavam à prisão e à morte, como conseguia pintar aquarelas tão delicadas? Talvez praticasse a arte pela arte, o que poderia conduzi-la à idolatria da beleza, a achar justo até mesmo atear fogo no mundo, desde que um efeito estético fosse alcançado. Sinto calafrios quando penso em Rosa. Nunca valorizei minha intuição, mas deveria ter alertado para seu cheiro de cadáver e as fantasias de morte que me provocou. Voltei ao seu apartamento algumas vezes. Paguei ao porteiro e ele me deixou entrar no edifício. Fiz plantão na porta, cheguei a dormir no corredor, a cabeça apoiada num tapete sujo. Porém Rosa não teve coragem de aparecer, não quis encarar-me, e desisti dos meus planos de vingança. Na verdade, eu desejava apenas ouvir sua voz, perguntar por que dobrava meticulosamente a colcha da cama onde se deitava, não comia carne e nem bebia álcool. Sei que um dia Rosa se pronunciará sobre esse tempo sombrio, para as câmeras de uma televisão. Mas aí já estará arrasada pelo alcance do que fez, mesmo que afirme sua ingenuidade e inocência. Sentirei compaixão por essa moça que pintava aquarelas e me dava aulas sobre técnicas de misturar tinta na água, deixando se formarem nuvens, arbustos e montanhas. Compaixão é o que as pessoas sentem quando já não podem fazer nada.

Recebi uma carta dos Inhamuns. Os primos acolheram Juan Perez e o tratam com bastante carinho. O jovem foragido se esforça para adaptar-se à família Rego Castro e ao mundo sertanejo. Veste-se igual aos moradores do lugar e até arranjou trabalho na colheita de algodão. Fiquei enciumado ao imaginá-lo com um saco preso ao corpo, colhendo os capuchos brancos. Sempre gostei dessa atividade, do contato quente com a lã, do cheiro da semente moída para extração de óleo. O trabalhador ganha por arrouba apanhada. Os mais hábeis alcançam a façanha de noventa quilos diários. Nunca ultrapassei os vinte quilos. Machucava os dedos, sentia coceira na pele, olhava o sol na esperança da noite chegar depressa. Era o primeiro a correr despido até o açude e me banhar na água fria. Não levava o trabalho a sério, ficava no roçado apenas para me divertir, escutar os cantos e as conversas das pessoas, anotar histórias. Os primos reclamavam do jeito como eu me relacionava com os afazeres do campo, sem enxergar neles uma relação de sobrevivência, uma luta diária pela vida. Meu apego não ia além do pitoresco, um amor às lembranças, à memória do passado, a certa atmosfera romântica. Nunca dei um corte radical na possibilidade do retorno, como fez meu pai, rompendo em definitivo com a subsistência agropecuária. Acalentava a esperança de voltar, embora eu fosse o mais inábil da família para a administração de terras, coisa que nosso pai reconheceu bem cedo, cuidando em pôr em minhas mãos os livros que encontrava no caminho. Levava-me ao cinema, seduzia-me para as cidades grandes e o mundo moderno. Alertava-me sobre os meios de produção medieval do nosso campo. Permaneciam iguais aos dos primeiros desbravadores, que chegaram margeando o rio Jaguaribe. Essa conversa me cansava, pois eu a ouvia desde criança, numa verdadeira catequese. Ele só enxergava um caminho para a família, o que levava às cidades.

Mamãe desejava retornar à paisagem verde de onde fora arrancada com menos de dez anos, para estudar na casa dos tios, e de onde a morte também arrancara seu pai, precocemente. Esse paraíso imaginário ficava num engenho em franca decadência, bem diferente da nossa fazenda. Ela não aceitava a vida estafante em que ingressara com o marido, ao se casar, mas sonhava com um mundo inexistente. De verdade, queria mesmo era retomar os estudos na cidade e conviver com pessoas semelhantes a ela.

Minhas andanças pelo Recife me levam à ponte da Torre. Encontro os amigos pescadores que nada pescam, mas comemoram sempre com várias garrafas de cachaça. Nunca os conheci lúcidos, talvez porque a lucidez para eles consista numa exaltação que distorce a realidade excessivamente dura. Embriagados eles cantam e dançam, os corpos vacilando na ponte quando se debruçam para jogar o anzol. Divertem-se e imaginam que fazem alguma coisa útil, sempre em bando, cardume como os peixes que nunca pescam. Seguem sozinhos para suas casas, as palafitas minúsculas onde convivem com as mulheres e os filhos, que há tempo deixaram de enxergar. De tanto beber cachaça um dos amarelos flutuou sobre as tristezas do Recife e subiu aos céus. Marmelo, a quem aprendi a chamar de Jonas, garante que o outro ictérico muito breve seguirá as pegadas do amigo.

— Vai catar caranguejo nos mangues da lua.

Fica em dúvida e me pergunta:

— Na lua tem mangue?

— Acho que não — respondo achando graça.

— Então prefiro ir pra outro canto, quando morrer.

Rimos da besteira. Recuso a cachaça, eles estranham minha abstinência, oferecem um baseado e também recuso. Nem cigarro comum eu aceito.

— Virou evangélico?

— Não. Dei um tempo pra desintoxicar o fígado. Vocês querem que eu morra igualzinho ao amarelo?

— Não. Vira essa boca de praga pra longe.

Geraldo nunca mais cruzou a ponte, eles me informam sem que eu pergunte. Também não apareceu nos Coelhos.

— Nem ele nem a moça bonita que não raspa o sovaco.

Riem parecendo felizes.

Tanta graça com a vida.

Existe motivo para a alegria?

Não pergunto.

A lua aparece no céu, o rio corre lá embaixo, um homem transporta passageiros de uma margem à outra.

Será que esses homens enxergam a lua?

Fico um tempo de leseira, penso em minha mãe e recomendo o irmão desvalido aos quatro anjos protetores, que mal se sustentam nas pernas e não pegam um peixe.

Nada levam para casa que alimente as esposas e os filhos.

E a troco de nada oferecem as próprias vidas em defesa do meu irmão, que mal conhecem.

29.
Estive lá fora

Choveu durante uma semana e o Recife encharcado ameaçou desabar. Os canais transbordaram por causa da cheia e da maré alta, alagando as ruas. Paredes de casas, bichos e árvores desciam nas águas. Desafiando as margens lamacentas, pessoas contemplavam o rio, vislumbrando a morte nos redemoinhos e à espera que tudo findasse. Helicópteros sobrevoaram a cidade, com fotógrafos e cinegrafistas a bordo. Parecia ilícito que alguém transformasse em imagens uma realidade tão real.

Nas emergências dos hospitais públicos, com leitos improvisados em corredores, crescia o número de atendimentos. Cirilo se ofereceu para um plantão voluntário, não aguentava mais ficar preso dentro da Casa, escutando Álvaro falar sobre um tema de Hermann Broch, o dos tempos modernos e o sacrifício da vida em favor do mundo, um assunto complexo que ele não conseguia alcançar com clareza, embora reconhecesse que o tocava diretamente. Assistia à dissolução dos valores que aprendera a considerar sagrados, perdera a fé em Deus e sentia-se boiando como os destroços trazidos pelo Capibaribe. Álvaro não dava trégua e repetia Broch inúmeras vezes, insistindo que a falta de crença num valor supremo, absoluto e não terreno levara a uma anarquia de valores, ao despedaçamento da visão católica estável do mundo.

Para aliviar o tédio, os amigos da Confraria de Leibowitz liam trechos de livros, olhavam a várzea úmida e sentiam-se mais náufragos e deprimidos. Leonardo apontava como única saída para a humanidade um retorno ao mito. Sílvio imaginou a arca de Noé lá fora, onde todos deveriam entrar, salvando as vidas e a poesia. Estavam de acordo que a poesia era a mais esquisita das atividades humanas, pois se ocupava de questões relativas à morte, como a própria medicina. Álvaro aconselhou Cirilo a regressar ao convento franciscano, vestir paramentos e percorrer as ruas pregando que o Recife se afogava nas águas da grande cheia por culpa dos pecados cometidos, e apenas os poetas corajosos, os que nunca pecaram sobreviveriam. Que coragem era essa a dos poetas? Não turvar os olhos ao enxergar o nada? Aguçar os ouvidos, escutar a morte e não fugir? Ninguém falava sério, os assuntos mais complexos se tornavam motivo de riso, talvez porque os conhecimentos fossem rasos, os pontos de vista contraditórios e todos vivessem intoxicados pelo excesso de metafísica, numa cidade onde qualquer ação esbarrava no obstáculo da insegurança.

Antes de anoitecer, a chuva parou de repente. Os amigos ainda se alegraram com uns raios de sol aquecendo o quarto. O céu ficou limpo de nuvens e a lua cheia apareceu inteira. Sentado no ônibus a caminho do plantão, Cirilo experimentou uma conhecida angústia, o abandono e o sentimento desagradável de que algo se partia dentro dele. Desde pequeno sofria esses sobressaltos. O professor psicanalista explicou que eram motivados pelos meses no útero materno, onde viveu inseguro se iria nascer ou morrer feito o irmão que o antecedera. Cirilo achava a digressão freudiana semelhante às superstições da avó, insuficiente como a própria literatura. Saber que sofrera dentro da barriga da mãe não diminuía seu desconforto nem o receio de que estivesse perdido. Preferia acreditar que sua ansiedade decorria do medo de uma morte violenta e da tortura; da ameaça permanente do terror. Não suportaria ver o irmão Geraldo morto. Seria uma última prova do quanto se tornara sombrio e cruel o tempo em que vivia.

Cirilo imagina esse final como um presente que está além e é remoto, que o espreita no ônibus, nas ruas, nas pontes, despercebido, mas inesquecível. Ele cruza uma linha incerta que sabe existir no futuro, em meio ao nevoeiro ou aos destroços da cheia. Semelhante a se estivesse sonhando, tudo parece absurdo, impossível de acontecer.

Soa um estampido e o corpo é lançado nas águas barrentas do rio.

E pronto.

E fim.

A vida que pulsava cheia de perspectivas transpõe a linha. O espaço que entremeava a narrativa do homem se desfaz, o começo e o final se tocam, constata-se que são a mesma coisa, tudo se guardava encubado e previsível.

Cirilo chega ao hospital derrotado. A palidez acentua-se sob as luzes amarelas. A todo instante sente o coração saindo pela boca, a respiração curta; mal consegue falar. Movimenta-se pela enfermaria como se ela fosse um Getsêmani, o lugar onde Cristo viveu a espera do desfecho.

Rememora a ladainha dos padres de sua terra, o canto monótono e repetido nas cerimônias da Paixão: Minha alma está triste até a morte. Permanecei aqui e vigiai comigo.

Um paciente geme e agoniza, provavelmente morrerá naquela noite, longe dos familiares, sozinho e indigente. Arrepende-se de ter vindo, do arroubo de solidariedade. Tudo funcionaria da mesma maneira sem ele.

A enfermeira pede que atenda uma intercorrência no segundo andar. Caminha pelos corredores pouco iluminados. No pátio interno, a única luz vem da lua cheia. A súplica dos padres penitentes da infância não deixa seus ouvidos em paz: Dormi agora e repousai: eis que a hora está chegando e o Filho dos Homens está sendo entregue às mãos dos carrascos. Levantai-vos! Vamos! Eis que meu traidor está chegando.

Nas sombras, enxerga dois vultos. Sílvio e Leonardo se encaminham até ele e o abraçam.

Entram num fusca estacionado em frente ao prédio, em que mal cabem Cirilo no banco da frente e os amigos atrás. Passava da meia-noite quando os dois saíram da Casa, caminhando à procura de um táxi. Poderiam se dirigir primeiro ao local da ocorrência, mas acharam justo avisar Cirilo antes. Um colega ouvira a notícia no rádio.

As informações eram imprecisas. Um estudante de engenharia, talvez Geraldo do Rego Castro, fora alvejado com vários tiros na ponte da Torre, após deixar sua namorada na casa de um amigo. As pessoas viram quando uma Rural verde se aproximou do suposto Geraldo, três homens encapuzados desceram do carro e tentaram arrastá-lo para o seu interior. O estudante reagiu e foi atingido pelos disparos. Uma rádio garantia que a vítima conseguira se jogar nas águas do rio, para fugir dos perseguidores. Outra informava que morrera. Uma terceira dava notícias de que fora socorrido e se encontrava no pronto-socorro. Todas falavam de um pescador que tentara defender o estudante e que também sofrera agressão.

Pediram ao taxista que seguisse para o bairro da Torre. O velho sugeriu um caminho, porém Cirilo fez questão de que fossem pela ponte da Madalena, um trajeto mais longo, cortando ruas estreitas e decadentes, todas ameaçadas por um futuro incerto. Leonardo e Sílvio estranharam a escolha, mas preferiam não contrariar o amigo.

Desde o momento em que ouviu a notícia sobre o irmão, Cirilo conservou-se em silêncio, como se o atentado nada significasse para ele. O relato de Sílvio e Leonardo não possuía pormenores, ele já o havia sonhado com detalhes bem mais precisos, uma trama que se estendia pela própria vida, consumindo-a nesses derradeiros anos.

Os amigos imaginavam vê-lo chorando, correndo feito um louco de um lado para outro, ou que mandasse o taxista acelerar o carro. Porém, nada disso aconteceu. Cirilo pediu ao velho que deixasse o rádio ligado num programa musical, pois não desejava ouvir noticiário. Olhou para a frente e remoeu a lógica dos acontecimentos. Eles já não tinham importância, de tão previsíveis.

Vez por outra Sílvio afagava os cabelos de Cirilo, ou massageava seus ombros num gesto tímido, quase medroso. Numa das vezes, Cirilo segurou a mão do amigo e beijou-a.

O velho dirigia lento, como se também não desejasse chegar a nenhum endereço.

Passaram em frente à igrejinha de São Gonçalo, a pintura branca reluzindo sob a luz da lua. Os sinais do tempo nas paredes diferiam do sofrimento nas pessoas, um descompasso entre a arte e a vida. Num lugar da cidade, um rapaz agonizava com as marcas vermelhas da morte, sob a mesma luz branca. Sofria com a certeza de que tudo continuaria depois dele e a memória de suas façanhas seria apagada. Essa crença o matava bem mais do que o sangramento dos pulmões e a medula partida, impedindo seus passos.

Na praça Chora Menino o velho explicou a origem desse nome esquisito. Talvez contasse a mesma história aos outros passageiros. As árvores gigantes escureciam as ruas, tornando-as sobrenaturais. Os quatro homens olharam as casas adormecidas, os palacetes assombrados da Paissandu, tentando imaginar se moravam pessoas nas ruínas.

O Recife se transforma numa cidade diferente, a cada refletor focado nos seus ângulos. A luz radioativa do sol atravessa camadas de matéria e expõe as entranhas de gente e casas. Os raios talvez sejam as lâminas de punhal de que falam os poetas.

Na subida da ponte da Madalena Cirilo pediu ao motorista que parasse, descendo com o carro ainda em movimento. Não bateu a porta e atravessou o vão de concreto sem olhar para os lados.

Quase nenhum veículo circulava por ali àquela hora. Sílvio e Leonardo se inquietaram com o gesto imprevisível, mas resolveram permanecer dentro do táxi.

O motorista aumenta o volume do rádio, desliga o motor para economizar gasolina e se recosta no banco. Só aceitou os três passageiros soturnos porque os conhece do hospital onde ele faz ponto há muitos anos.

Vegetações escuras boiam no caudal do rio. Depois que os olhos se acostumam à claridade da lua, é possível reconhecer destroços arrastados para o mar.

Jonas e os outros pescadores não jogam mais seus anzóis naquele trecho do Capibaribe, nem as enchentes são propícias às pescarias. Talvez estejam na ponte da Torre, bebendo cachaça e descansando das confusões de casa. É a terceira ponte mais adiante, contando em direção à cabeceira do rio. Tanto faz. As construções suspensas sobre os rios possuem um princípio e um fim, que depende de onde se começa a caminhada. Unindo os dois extremos, estende-se o meio, sempre indefinido e vago. É nesse lugar impreciso que Cirilo se debruça, perigosamente.

Álvaro garante que as pontes do Recife nunca se prestaram aos suicídios, são baixas e não há profundidade suficiente nas águas. O suicida se imagina forte e heroico, mas se trata de um covarde que se mata porque não tem coragem de matar o outro. Álvaro não revela o autor dessa afirmação, esquece os nomes de propósito, faz parte do seu método.

Quem Cirilo deseja matar? Ele sorri atônito diante da pergunta. Supunha que durante a queda apagaria a consciência e não pensaria em nada. Mas, entre a ponte e a água, há um espaço pequeno, de alguns metros apenas. Um corpo gastaria bem poucos segundos até cair, um intervalo insignificante para o esquecimento.

Melhor adiar os prazos.

Revê, como num filme projetado ao contrário, imagens de Geraldo e João Domísio separadas pelo tempo. Conclui que já não é mais um deles, vive e pulsa sozinho.

Olha o espelho sujo da água, tenta enxergar o corpo do irmão arrastado para o oceano, em meio à correnteza. Talvez fique esperando que ele passe, sem fazer nada como os seus amigos pescadores.

E se recusar-se a morrer junto com os mortos da família?

Lembra um sonho da noite anterior. Ficou estudando até bem tarde e adormeceu sobre os livros. Muitas vezes esquece as revelações dos sonhos, talvez porque elas não são reais. Que história é essa de realidade? O sonho não é realidade?

Ele caminha sobre essa mesma ponte, bem mais velho. A cidade se transformou bastante, parece outra. Um rapaz vem em sua direção e Cirilo se reconhece nele, porém faz anos que não se encontram. Percebe que o jovem esconde a mão dentro da camisa. Quando os dois se aproximam a ponto de quase se tocarem, o jovem dá uma gargalhada, saca a mão de dentro da roupa e mostra um pequeno disco.

Cirilo distrai-se com o locutor anunciando a música de uma banda do Recife, e isso lhe traz alguma esperança. Qualquer coisa que aconteça essa noite será reflexo da infância, de profundezas distantes, de um tempo em que tocava rebanhos junto ao irmão. Ninguém que ele chame no sonho será alcançado por sua voz. Nem os companheiros que o guiam, esquecidos lá dentro do carro, parecem fazer parte do seu tempo. Eles chegaram movidos pela vontade de Cirilo, ou por eles mesmos?

O som do rádio o traz de volta à ponte. O nome da banda seria homenagem ao perfume francês que Paula usa em algumas ocasiões? Ou os músicos lembraram o pintor Magritte, que tratou o real como se fosse ilusório? Nada mais adequado para o momento.

— Esta ponte não é uma ponte! — fala alto e ri.

Sente a presença da noite, o desejo de viver. Recorda noites e mais noites com a angústia da separação, um rio fluindo ao seu lado, a maré crescente que o envolve e molha. Somente os moribundos como ele reconhecem o amor, o sono e a hora da fuga.

A voz amplificada do locutor soa mais forte que o barulho da correnteza.

— Um ouvinte pede para escutar a segunda faixa do disco compacto — *Estive lá fora.*

A melodia desvela um Recife invisível ao olhar sem interesse, um Recife despojado de véu na luz noturna. Cirilo reconhece que nesses anos todos caminhou como um sonâmbulo, olhando o mundo através da cidade. Olhar doente, de quem sempre esteve do lado de fora.

Como foi possível que nunca tivesse enxergado uma bailarina sobre as águas do rio, acenando para ele?

— Quem é você, que dança sem parar? — grita, repetindo um verso da canção.

Descalça os sapatos e as meias, despe a camisa. O motorista e os dois amigos olham sem compreender o que faz. Já não se importa com nada. O corpo possuiu bom equilíbrio e ele decide caminhar sobre a amurada estreita. Quando era menino, viu um equilibrista no circo. Com a ajuda de uma sombrinha da mãe, contornou o muro de casa sem tombar uma única vez.

Desafina, quando tenta repetir a voz do solista, mas não se envergonha com isso. Tanto faz se canta bem ou mal. Sente-se feliz.

A melodia também repete acordes, obsessivamente. As perguntas dos homens são sempre as mesmas.

A música alcança um crescendo com guitarra, baixo, bateria e trompete.

Num salto, ele cavalga a parede baixa da ponte.

— Ficou maluco, Cirilo? — grita Leonardo.

Alguém sobe a música de propósito, no instante em que o equilibrista ensaia os primeiros passos.

— Vamos, Cirilo! — chamam do carro.

Nota do autor

Usei o critério de não pôr aspas ou itálicos na maioria das citações, para não quebrar o ritmo narrativo e porque elas foram quase sempre reescritas. Segui uma sugestão de Walter Benjamin: a de que "escrever consiste largamente em citações — a mais louca técnica mosaica imaginável".

Os trechos do poema de Bertolt Brecht, citados no capítulo 4, foram extraídos de *Homens em tempos sombrios*, de Hannah Arendt, traduzido por Denise Bottmann, em edição da Companhia de Bolso.

O conto "O fim de Santo Hypatius", de Isaac Babel, recontado e transcrito em algumas passagens no capítulo 21, é o da editora A Girafa, 2008, com tradução de Cecília Prada. As referências biográficas de Babel são copiadas de Cynthia Ozick e Nathalie Babel, constantes na mesma edição de *Contos escolhidos*.

O conto "A intrusa", de Jorge Luis Borges, foi recontado do volume *O Aleph*, da edição Globo/MEC/1972, com tradução de Flávio José Cardozo.

Há citações de Walter Benjamin, Bertolt Brecht, Hermann Broch e Franz Kafka, em parte ou adaptadas, a maioria delas referida por Hannah Arendt no livro *Homens em tempos sombrios*, conforme anotado acima. Também refiro *Lojas de canela*, de Bruno Schulz, Imago Editora, 1996, tradução de Henryk Siewierski.

O Mito de Sísifo, de Albert Camus, é citado a partir da tradução de Ari Roitman e Paulina Wacht, para a edição BestBolso/2010.

Alguns diálogos no capítulo 17 referem o ensaio de Thomas Mann — "Dostoievski, com moderação" —, publicado em *O escritor e sua missão* — Zahar, 2012, traduzido por Kristina Michahelles.

No último capítulo, aparecem referências a Ricardo Piglia, Jorge Luis Borges e Ernesto Sabato.

A notícia do capítulo 27 foi transcrita do jornal *Diário da Noite*, de Recife, Pernambuco, edição de 29 de março de 1969.

Transcrevo na página 139, e na primeira pessoa, um relato do engenheiro Cândido Pinto.

O título do romance é o mesmo do EP da banda Magriffe, da cidade do Recife.

Este livro foi impresso
pela Lis Gráfica para a
Editora Objetiva em
fevereiro de 2013.